성공으로 이끄는
따뜻한
말 한마디

성공으로 이끄는
따뜻한 말한마디

· 부모자녀 편 ·

김정일 박사 지음

평단

어떤 산모가 자기 배를 쓰담쓰담 하면서 말한다.

"밤톨아, 엄마는 세상에 너밖에 없단다."

아빠가 째려봤지만 싫지는 않다. 밤톨이는 곧 자기 자신이기 때문이다. 밤톨이는 엄마의 따뜻한 말 한마디로 사랑의 첫걸음을 시작하는 것이다.

영화 〈귀취등지심용결〉에 이런 대사가 있다.

"우리 엄마가 이런 말을 한 적이 있어. 남자와 하룻밤을 보냈다면 절대 먼저 연락하지 말라고. 남자가 연락하지 않으면 그냥 잊으라고."

남자의 따뜻한 말 한마디가 있어야 사랑이 시작되는 것이다.

영화 〈러브 스토리〉에도 이런 장면이 나온다. 여자는 남자를 사랑하지만 프랑스로 유학 가려고 한다. 빈부차이가 너무 크기 때문이다. 이때 남자가 이렇게 말한다.

"날 떠나지 마, 제니. 제발……."

"내 장학금은 어쩌고? 한 번도 가본 적 없는 파리는?"

"우리 결혼은?"

"결혼하자고 누가 그랬어?"

"내가 지금 하잖아."

"나랑 결혼하고 싶어?"

"그래."

"왜?"

"왜냐하면……."

"그거 좋은 이유다."

여자의 따뜻한 말 한마디로 둘의 결혼은 이루어진다. 사랑은 따뜻한 말 한마디로 시작된다. 그 말에는 믿음과 책임이 깔려 있다. 그건 사업에서도 마찬가지다. 사람을 믿지 않으면 아무 것도 할 수 없다. 그 믿음은 따뜻한 말 한마디로 시작된다. 어떤 사람이 나와 함께 일하기를 바라면서 이렇게 말했다.

"시키는 것은 무엇이든 하겠습니다. 사람을 죽이라면 죽이고 아킬레스건을 끊으라면 끊겠습니다."

이렇게 똑같이 말하는 사람이 둘이나 있었다. 자기를 믿으라는 얘길 게다. 사람을 믿고 안 믿고는 인생에서 매우 중요하다. 그 믿음을 통해 사랑도 사업도 결정되기 때문이다. 그래서 믿음과 배반은 삶을 넘어 지속된다는 얘기도 있다. 생존에 너무도 중요하기에 우리 유전자에 깊숙이 박히나보다.

우리 마음의 한평생을 수놓는 건 뭘까?

태어나면서는 사랑과 버림받음을, 자라면서는 어울림과 따돌림을, 커서는 믿음과 배신을 경험한다. 그런데 이 모든 게 '말'을 통해 이루어진다. 부모님의 따뜻한 말 한마디, 친구의 따뜻한 말 한마디, 연인의 따뜻한 말 한마디, 선배나 상사의 따뜻한 말 한마디는 나를 천국으로 이끌고, 그들의 차가운 말 한마디는 나를 지옥으로 이끈다.

마윈Ma Yun은 자기 일생에 가장 큰 영향을 준 것이 무협지라고 했다. 이세돌도 무협지 덕분에 알파고와의 대국 때 멋진 말을 구사했다고 한다. 나 역시 무협지의 영향을 많이 받았다. 무협지의 주인공은 자랄 때 나의 가장 큰 동일시 모델이었다. 나에게 무협지가 준 가장 큰 감동은 '말'이었다. 무협지 속에서는 거짓말을 하는 사람은 인간 취급도 안 한다. 주인공은 어떤 일이 있어도 자기 '말'을 지킨다. 주인공이 '말'을 지키고, '약속'을 지키고, '맹세'를 지키면서 성장하는 모습을 보는 것은 경이롭기까지 했다. 주인공의 그런 일관된 모습에 여자, 남자, 선후배, 기인奇人 할 것 없이 다 신뢰하며 사랑을 준다. 현실도 무협지와 크게 다르지 않다. 신뢰할 만한 사람은 기회를 많이 잡고, 그렇지 못한 사람은 차갑게 외면당한다.

사람이 일생을 사는 방식은 두 가지다. 하나는 사람을 믿으며 사는 것, 다른 하나는 사람을 불신하며 사는 것. 둘 다 장단점이 있다. 사람을 믿으면 그때는 행복하나 사기를 당하기 쉽고, 사람을 불신하면 사기는 안 당하나 아무것도 할 수가 없다.

사람을 믿으면 나쁜 사람을 많이 만나나 간혹 좋은 사람도 만날 수 있다. 그 좋은 사람은 나쁜 사람들에게 피해받은 것 이상으로 내게 큰 도움을 주기도 한다. 사람을 안 믿으면 나쁜 사람은 안 만나나 좋은 사람도 만날 수 없다. 좋은 사람은 자기를 안 믿는 사람을 가까이하려 하지 않기 때문이다.

자식을 키울 때도 딜레마다. 사람을 믿으라고 해야 할지 말아야 할지. 사람을 믿으라고 하고 싶은데 그러다가 사기를 당할까봐 겁난다. 사기, 거짓은 틈만 있으면 비집고 들어오고 강도, 살인 이상으로 무섭기 때문이다.

전도연 주연의 영화 〈인어공주〉는 순수했던 한 처녀가 사기를 당하면서 얼마나 억척스러워지는지를 잘 보여준다. 남편은 그저 착하고 남을 잘 믿어 사기만 줄곧 당한다. 그 덕분에 항상 해맑게 웃는 전도연이 웃음기라고는 전혀 찾아볼 수 없는 고두심으로 변한다. 그래서 부모들은 자식이 전문직에 종사하기를 바란다. 전문직은 그래도 사기당할 가능성이 적기 때문이다. 아니, 사기당해도 그럭저럭 입에 풀칠은 할 수 있기 때문이다.

사람을 믿을 수도 없고 안 믿을 수도 없고…… 믿음으로 성장하는 무협지 주인공은 현실에서는 꿈만 같다. 그러나 결국 믿음으로 가야 한다. 불신은 원시고 믿음은 문명이기 때문이다. 우리는 원시에서 문명으로 진화해왔다. 세상이 아무리 살벌하다고 해도 원시에 머무를 수는 없다. 진화는 보다 효율적으로 환경에 적응함이다. 그래서 인간은 거짓말은 가혹히 단죄

하며 문명을 발전시켜 왔다.

영국에서 공부한 한 후배에게 물었다, 영국 사람들은 어떠냐고. 그가 이렇게 답했다.

"영국 사람들은 먼저 다가와서 친절하지는 않지만 내가 다가가서 물어보면 성심껏 대해줍니다. 그리고 그들은 거짓말을 정말 싫어합니다."

내게도 한 기억이 있다. 지인을 만나러 호주에 간 적이 있었다. 지인이 홈 스테이 하는 집 주인은 택시운전기사(영국인)였다. 지인과 함께 그가 마중 나왔을 때 나는 그에게 후하게 돈을 치렀고 그는 감사히 받았다. 그 집에서 며칠 묵는 동안 우리는 친해졌다. 하루는 그가 일을 접고 부인과 함께 우리를 관광시켜줬다. 내가 정말 고마워 갖고 있던 현찰을 모두 주었는데 그는 받으려 하지 않았다. "이츠 마이 플레저 It's my pleasure!(제가 좋아서 한 건데요!)"하면서. 그 모습이 참 인상적이었다. 그는 삶에서 자기일관성이 있어 보였다.

이세돌이 알파고와 대국하면서 이런저런 말들이 많았다. 그 중 하나는 이세돌이 너무 값싸게 계약을 했다는 것이다. 구글은 이 대국 덕분에 58조 원을 벌었는데 100만 불 계약이 뭐냐는 것이다. 그러나 난 그렇게 생각지 않는다. 이세돌은 원 없이 바둑을 뒀다. 그러면 그걸로 족하다. 내가 좋으면 됐지 일일이 돈으로 따질 필요는 없다.

삼성이 마거릿 대처 여사의 젊은 시절 사진을 갖고 광고하겠다고 대처 여사 측에 타진했을 때 그들은 돈은 따지지도 않았다. 오히려 어디서 이런 사진을 구했느냐며 감사했다고 한다. 나는 대처 여사 측의 의견이 일치했던 게 참 신기하다. 그들 중에 이 기회에 크게 후려치자는 사람이 없었으니 말이다. 아마도 그들 모두가 같은 느낌이었나보다. 나는 여기서 하나의 해결책을 본다. 내 느낌이 살아 있으면 사람을 믿어도 된다. 느낌은 순간순간 살아 있으므로 사람을 믿는다고 해서 주야장천 끌려다니지 않는다.

누군가를 소개받은 적이 있다. 그는 곧 친구 하자고 했다. 그러더니 얼마 뒤 한 달만 돈을 꿔달라고 했다. 나는 선선히 꿔줬는데 그는 아직도 안 갚고 있다. 그와의 관계에서 뭐가 잘못됐나 생각하니 '친구'를 하기로 했다고 믿은 내 잘못이었다. 사귄지 얼마 안 되는데 돈을 꿔달라고 하는 것은 예의에 어긋나는 짓이다. 그러면 의당 거절해야 했는데 '친구' 하기로 했다고 끌려다닌 내가 잘못이다. 영화를 너무 많이 본 탓이다.

사랑도 마찬가지다. 한 여자를 사랑하기로 해 그 여자에게 뭐든 해주고 싶었다. 그러나 여자의 요구가 과했다. 그러면 의당 거절해야 했는데 '사랑'하기로 했으니 죽는 한이 있더라도 감당해야 한다고 생각했다가 파산할 뻔했다. 영화를 너무 많이 본 탓이다. 사랑은 무례히 행치 않는다. 내 느낌을 '친구'나 '사랑'이라는 낭만적인 틀에 가둔 결과다.

어렸을 때부터 지금까지, 또 정신과 임상에서 믿음, 배신과 관련된 수많은 안팎의 체험을 했다. 많은 수읽기를 하고 배우기도 했지만, 아직도 사람을 잘 모르겠다. 사람은 그가 하는 말로 판단할 수밖에 없는데, 어느 게 믿어야 할 따뜻한 말이고, 어느 게 멀리해야 할 차가운 말인지 아직도 잘 구분이 가지 않는다. 때로는 사기꾼의 한 수가 신의 한 수를 뛰어넘기 때문이다.

아마 알파고도 인간의 말들에서 따뜻한 말을 구분하기가 쉽지 않을 것이다. 변화의 수가 바둑보다 훨씬 많을 테니까. 그래도 따뜻한 말 한마디를 구분하는 지혜가 필요하다. 사람 말을 무조건 믿지 못하고 울타리를 치고 산다면 사랑마저 만날 수 없다. 따뜻한 말 한마디가 있어야 사랑의 첫걸음을 뗄 수 있다.

이 책을 사랑하는 아이들에게 바친다. 그들이 원시와 문명이 교차하는 이 현실에서 진정한 사랑과 행복을 발견하길 바라면서.

2016년 5월
김정일

...
이 책은 엄밀한 과학적 근거보다는 임상적 체험을 바탕으로 한 개인적인 상상으로 집필했습니다. 과학적 증명만 찾다보면 상상력이 제한받기 때문입니다. 주제에 충실하기 위해 과거에 발표한 책 가운데 일부 내용을 다시 사용하기도 했습니다. 이 책에서 인용한 케이스들은 허락받은 경우를 제외하고는 모두 픽션으로 처리했습니다.

CONTENTS

돈보다는 말

CONTENTS

그래도 믿을 것은 말

사랑의 언어가 바뀌고 있다

정신건강과
말

1
가족이란
무엇인가

"너나 나나 할 것 없이 잘살아보세 잘살아보세 죽어라 외쳐대면서 살아댔지. 나도 평생 두부 찍어가며 오늘날 이마만큼 살게 만들어놓은 거야. 그러면 니들은 그보다는 좀 더 가치 있게 살아줘야지. 우리 세대처럼 먹고사는 거에 아등바등할 게 아니라 젊은 니네들은 좀 더 가치 있게 보다 나은 인생을 위해서 가줘야지. 어떻게 못 먹고 굶고 사는 우리들보다 니들이 더 '돈 돈 돈' 거리고 가진 놈 못 가진 놈 더 따지고 앉았냐 말이야. 응. 그래도 이 정도 먹고사는 세상이 됐으면 돈을 위해서 일을 할 게 아니라 진짜 니들 행복을 위해서 일을 해야 하는 거 아니야. 응."

드라마 〈가족끼리 왜 이래〉에서 아버지(유동근 분)의 대사다.

우리 사회가 지금 노인들의 고독사, 친부모의 아동학대, 가족해체 등으로 홍역을 앓고 있다. 왜 그런가 살펴보면 '돈' 때문이다. '돈 돈 돈' 거리고 가진 놈 못 가진 놈 더 따지고 앉았으니 못 먹고 못살던 과거보다 더 참혹해진 것이다. 과거 어른들이 잘살아보세, 잘살아보세 죽어라 외쳐대면서 이마만큼 살게 만들어준 것은 자식들이 좀 더 가치 있게 보다 나은 인생을 위해 가주길 바라서다. 그런데 자식들은 오히려 '돈 돈 돈' 거리면서 부모도 내치고, 자식도 학대하고, 심지어 형제, 배우자까지 등 돌리며 가족해체로 나아가고 있다.

아마 죽어라 고생했던 어른들은 후회하고 또 후회할 것이다. 이럴 줄 알았으면 차라리 잘살아보세, 잘살아보세 죽어라 외쳐대며 살지 말 것을. 그렇다고 이제 와서 다시 옛날로 돌아갈 수는 없다. 이미 너무 많은 것이 바뀌었기 때문이다. 이마만큼 살면서도 좀 더 가치 있게, 보다 나은 인생을 위해서, 진짜 행복을 위해서 살려면 어떻게 해야 할지 가족문제에 대한 희망적 대안을 찾아보자.

1) 고독사

우리나라 부모들은 자식들에게 퍼줄 만큼 퍼주고도 죽음으로 내몰린다. 요즘 부모를 죽이는 자식들이 그렇게 많다고 한다. 빨리 안 죽는다고 굶겨 죽이고, 약 먹여 죽이고, 돈 없으면 돈 든다 해서 죽이고, 돈 있으면 돈 달라 죽이고. 직접적으로 죽이진 않아도 빨리 죽기를 바라면서 방치하는 경우는 또 얼마나 많겠는가. 그래서 노인은 2시간에 한 명꼴로 자살하고 노인 자살률은 10년 새 5배가 늘었다고 한다.

이렇게 된 데는 노인들의 책임도 크다. 오직 내 자식만 편하게 잘살기를 바랐기 때문이다. 심지어 자식에게 무엇이든 해주고 싶다며 사기 치고 돌아다니는 엄마도 있다. 그렇게 키우면 자식은 이기적이 되고 그 이기심이 나중에는 부모까지 삼키고 만다. 자식들이 보다 나은 인생을, 진짜 행복하게 살기를 바란다면 자식의 사회성을 키워줘야 한다. 주변 사람들에게 인정받고 존중을 받아야 더 나은 인생을, 진짜 행복한 삶을 살 수 있기 때문이다.

드라마 〈태양의 후예〉에서 유시진 대위와 서대영 상사는 아무리 연인을 사랑해도 나라가 부르면 언제든 달려가고 목숨 걸고 임무를 수행하며 자존심 또한 세다. 남을 도외시하거나 이기적이지 않고 일관된 자세로 살아가는 모습에 시청자들은 열광한다. 그렇게 사는 삶에는 진정한 가치가 있기 때문이다. 자기만 잘살겠다고 웅크리는 삶은 피해의식과 경계로 점철돼 있어 남의 눈살을 찌푸리게 한다.

그러면 그럴수록 그들은 더 돈에 집착하며 남들과 담을 쌓는다. 그 밖에는 살길도 다른 기쁨도 없기 때문이다. 그런 삶에 진정한 행복이 깃들 리 없다. 자식이 진정으로 잘살기를 바란다면 자식을 사회적으로 키워야 한다. 그러기 위해서는 부모도 맹목적으로 자식을 사랑할 게 아니라 합리적으로 키워야 한다. 자기도 멋지게 살고.

언젠가 미국 플로리다에 있는 더 빌리지스The Villages라는 실버타운을 방문한 적이 있다.

> 55세 이상이면 입주할 수 있는데 은퇴자들의 천국이라 불린다. 무료로 이용할 수 있는 골프 코스가 무려 20여 개나 있고 유명 골프 스타들이 참가하는 챔피언십대회도 자주 열린다. 골프 강습도 무료다. 각종 동호회 활동도 활발하고 댄스파티 광장도 두 개가 있고 교회, 성당, 클럽 그리고 최신 개봉작을 상영하는 극장도 있다. 침대 두 개, 방 두 개짜리 집 매매가가 10~20만 불, 매달 평균 경비 712불 정도가 든다.
>
> - damoo1.tistory.com 참고

더 빌리지스에서 노인들은 골프카를 몰고 다니면서 일도 하고 서로 어울리며 말년의 삶을 살고 있었다. 1~2억에 집 사고 매달 70만 원 정도만 내면 천국에서 살 수 있는 것이다.

요즘 부모 재산을 가지고 다투다가 자식들끼리 원수가 되는 경우가 많다. 노골적으로 뻔뻔하고 파렴치하게 소송하다가 평생 의가 갈리곤 한다. 어떤 할아버지는 뇌출혈로 쓰러진 다음 중환자실에서 가장 먼저 한 일이 두 아들의 손을 서로 맞잡게 하는 일이었다. 하도 아버지 재산을 두고 싸우니 쓰러지는 순간에도 안타까웠나보다. 그런다고 두 아들이 화해를 하진 않는다. 돈이 걸렸는데.

그럴 바에는 차라리 부모가 미리미리 돈을 다 쓰는 게 낫다. 고독사는 돈 쓸 줄 모르는 데서 생긴다. 1~2억에 매달 70만 원이면 천국에서 노후를 행복하게 보낼 수 있다니, 그 정도는 누구나 가능하지 않을까? 한평생 그렇게 열심히 사는데.

2) 아동학대

지수는 자책감에 어쩔 줄 몰랐다. 오늘 또 시작됐다. 아, 내가 저지른 짓을 생각하면 아무리 생각해도 정상이 아니다. 다섯 살 아이에게 어떻게 그렇게 몹쓸 짓을 했을까? 평소에는 아이가 숫자 셈을 못해도 전혀 아무렇지 않았는데 오늘은 갑자기 화가 나기 시작하더니, 결국 '넌 그것도 못하냐?'고 다그치게 되었다. 당연히 아이는 그 자리에 얼어서 대답도 못했다. 화가 벌컥 치밀었다.

"너 나 무시하니?"

아이는 아무 대답도 안 했다. 아니, 못했다. 얼어붙은 입이 살벌한 분위기에서 풀릴 리 없다.

"내가 우습니? 엄마가 말 못하는 건 나쁜 거라 했어? 안 했어?"

그렇게 진행이 돼서 결국 아이를 안아서 내동댕이치고, 옆에 보이는 프라이팬으로 아이 몸을 얼마나 때렸는지 온몸이 빨갛게 부었고, 게다가 머리까지 심하게 때렸다. 둘째 아이는 어이가 없는지 바라만 보고 있었다.

조금씩 늘기 시작한 잔소리가 이젠 걷잡을 수 없이 큰 화가돼 한 번씩 이렇게 터트리고는 결국 아이에게 "엄마가 미안하다"며 안고 울고 그런다. 아무리 봐도 내가 미친 것 같다. 나중에 우리 애들이 내 모습을 닮을까봐 제일 겁난다.

아동학대를 하는 부모는 대개 네 부류로 나눌 수 있다.

첫째는 우울증이다. 위에 예로 든 '지수'가 그렇다. 우울증은 힘이 빠지는 병으로 우울증에 걸리면 모든 게 힘들고 버거워진다. 그러다보면 스트레스 상황에서 강팍하게 적응한다. 그러다 결국 아동학대까지 하게 되는 것이다.

둘째는 박해를 받고 자란 경우다. 부모에게 박해받고 자라게 되면 사랑하는 법을 몰라 자식을 함부로 대한다.

셋째는 중독이다. 중독자들은 정상인보다 뇌세포가 현저히 작아지거나 뇌 전두엽의 회백질 부피가 줄어든다. 이 같은 뇌의 변화는 도박, 마약, 인터넷, 게임 등 물질이나 행위 중독자에게서 공통적으로 나타나는 현상이다. 전두엽 기능이 떨어지면 자기통제력 또한 떨어진다. 그러니 스트레스에 취약해지면서 쉽게 폭력을 쓰는 것이다.

넷째는 정신적 미숙이다. 아동학대를 하는 부모들을 보면 감정적인 성숙 면에서 딱 어린애다. 과잉보호를 받고 자란 마마보이나 마마걸 등이 여기에 해당된다. 보통 사랑을 많이 받고 자라면 자신이 받은 사랑만큼 자녀에게 돌려주려고 하는데, 사랑을 지나치게 많이 받고 자라면 그냥 아이로 평생 머무르려고 한다. 이들은 자기중심적, 이기적이어서 현실감이 떨어져 많은 잘못을 저지르게 된다.

위의 네 가지, 즉 우울증과 박해, 중독, 정신적 미숙은 대체로 서로 섞여 나타나 아동학대로 이어진다. 그리고 이들의 공통점은 감정조절력, 충동조절력 미숙이다. 이는 정신적 미숙 곧 대인관계, 사회관계의 경험부족으로 생긴다. 사람은 경험을 할 때 뇌의 신경세포가 서로 연결된다. 특히 대인관계, 사회관계 경험은 중요하다. 대인관계, 사회관계는 쉽고 아무나 맺는 것 같지만 사실 굉장히 어려운 것이다.

생명체는 누구나 면역반응을 보이는데, 면역반응은 낯선 물체는 무조건 경계하고 멀리하고 파괴하는 것이다. 대인관계는 낯선 사람과 어울리는 것이어서 생물학적으로 거부감을 느끼게 한다. 면역반응 외에도 인간은 오랜 원시생활 동안 대인관계, 사회관계를 위험한 것으로 경험해왔다. 보면 죽이고 잡아 먹고 강간하곤 했으니까. 그래서 인간은 생물학적으로 또 본능적으로 낯선 사람을 매우 두려워한다. 그러나 사회생활을 해야 하니 할 수 없이 인간관계를 해나가는 것이다.

이렇게 잠재적으로 두려운 대인관계, 사회관계를 해낼 때 뇌의 신경세포는 전두엽에서 강하게 연결된다. 자연계에서 생존하려면 위험한 것과 그렇지 않은 것을 빨리 구분하는 것이 필수적이기 때문이다. 그래서 인간의 마음은 인연으로 이루어졌다고도 할 수 있겠다. 그러나 인간이라고 다 관계를 하는 것은 아니다. 어떤 사람은 관계를 거부하면서 계속 원시상태에 머물러 있다. 낯선 사람, 낯선 환경이 너무 무섭기 때문이다.

특히 먹고살 만해지면서 관계를 기피하는 경향이 늘고 있다. 그들의 뇌신경망은 발달하지 않고 원시적인 연결로 그냥 있게 된다. 그 원시 연결이 싸우거나 도망가는 것fight or flight이다. 그런 사람들은 싸우거나 도망갈 줄밖에 모른다. 그래서 그런 사람들의 아이들은 맞아 죽기도 하고, 굶어 죽기도 하고, 차에 치여 죽기도 하고, 썩은 우유를 먹고 탈이 나기도 하고, 먹을 것을 찾아 집을 뛰쳐나가기도 하고, 아예 가출하기도 한다. 부모들이 인간적으로 할 줄 아는 게 너무 없기 때문이다. 해결책은 부모들의 인간성과 사회성을 강제로라도 키워주는 것이다. 공포는 스스로 극복하기에는 너무 무서운 것이기 때문이다.

우리나라는 반도국가면서 워낙 못살았기 때문에 똘똘 뭉쳐 살 수밖에 없었다. 그래서 인간성과 사회성은 기본적으로 너무 좋았다. 국가가 개입할 필요가 없었다. 오히려 사람들이 너무 착하고 순해서 문제였다. 그러나 먹고사는 게 나아지면서 관계를 기피하는 사람들이 늘고 있다. 그들은 도시 속의 원시인으로 자라면서 인간 같지 않은 짓을 아무렇지도 않게 하고 있다.

그런 자들에겐 반드시 제도적으로 개입해야 한다. 강제적으로라도 대인관계, 사회관계를 주입해야 한다. 그래야 사회의 무서움을 깨닫고 조심한다.

선진국 사람들이 잘나서 법도 잘 지키고 거짓말도 안 하고 인간적·사회적인 것은 아니다. 법을 안 지키면 크게 혼나기 때문에, 거짓말하면 망하기 때문에 남들도 배려하고 사회도 배려하면서 사는 것이다. 우리 사회도 이제 선진국적인 개입이 필요할 때다. 나이만 들었지 감정적으로는 어린 부모들이 너무 많기 때문이다.

3) 가족해체

예전에는 친척들 간에 우의가 참 좋았다. 자주 왕래하고 서로 도와주고 대화도 나누고……. 그런데 언제부턴가 왕래가 뜸하더니 아예 끊겼다. 왜 그런가 살펴봤더니 자주 만나봤자 사는 데 별 영양가가 없기 때문이다. 이젠 아예 장례식장에도 안 간다. 형제가 죽어도, 조카가 죽어도 갈 생각을 하지 않는다. 남은 건 오로지 부부, 부모자식뿐이다.

그러나 이혼이 급증하면서 부부도 쉽게 깨지고 있다. 부모자식 사이도 마찬가지다. "긴병에 효자 없다"고 100세 시대가 되니 부모도 귀찮다. 남은 건 개인밖에 없다. 개인은 어떻게 살까? 가족보다는, 아니 부모자식보다도 친구가 더 좋다. 친구끼리는 말도 통하고 또 어려울 때 도움받을 수도 있기 때문이다.

사람들의 삶이 실용적으로 바뀌고 있다. 가족이라고 무조건 우선시되는 것도 옛날얘기다. 실질적으로 도움을 줄 수 있어야 한다. 그래서 가족도 기능적으로 달라져야 한다. 가족이라고 무조건 선택해달라고 주장할 게 아니라 가족도 쓸모 있는 친구가 되려고 끊임없이 노력하고 공부해야 한다. 어떤 아들은 연로한 아버지를 주기적으로 방문했는데, 단순히 아버지를 위로하기 위해서가 아니라 아버지에게 유용한 지혜를 얻기 위해서였다. 아버지의 의견이 그에게 항상 도움이 되었기 때문이다.

가족이란 무엇인가?

부모님은 내게 생명을 주고, 키워주고, 아플 때 고쳐주고, 위험에 처했을 때 극복하게 도와준다. 또 행복하게 살 수 있도록 뒷받침해준다. 형제들은 나를 지지하고 사회생활 훈련을 미리 시켜준다. 그러나 사회가 관계중심에서 돈중심으로 옮아가면서 이런 가족의 기본적인 기능은 흔들리기 시작했다. 돈중심의 가치관은 가족이기주의를 낳기도 하고 가족해체를 불러일으키기도 했다.

그러나 사회는 이기심을 허락하지 않는다. 사회는 공동의 이익을 위해 개인의 이기심을 누르고 모인 집단이기 때문이다. 그래서 가족이 구성원을 올바로 자라게 하지 못하면 그 가족 구성원은 불행한 삶을 맞게 된다. 그리고 그 불행은 다시 가족에게로 오게 된다.

영화 〈세이빙 미스터 우〉에서 납치살인으로 사형선고를 받은 아들을 면회 온 엄마가 이런 대화를 나눈다.

> 엄마 : 아들, 바르게 키우지 못해 미안하다. 엄마 탓이다.
> 아들 : 됐어요. 내가 없어도 몸조심하고.
> 엄마 : 다음 생엔 다시는 이런 일을 하지 말아라.
> 아들 : 이번 생엔 됐고요. 다음 생에나 효도할게요.

가족은 또 영혼으로 이어진 존재다. 영화 〈디 아이 2〉를 보면 죽은 부모는 자식의 자손으로 다시 태어난다. 그래서 내가 자식을 낳아 잘 키우면 나는 좋은 부모 밑에서 다시 태어나게 된다. 그러나 내가 자식을 올바르게 키우지 못하면 나는 망가진 부모 밑에서 다시 태어나게 된다. 자식에게 하는 만큼 자식(?)에게 돌려받는 것이다.

그래서 가족의 중요성은 아무리 강조해도 지나치지 않다. 가족은 눈에 보이는 행복뿐만 아니라 눈에 보이지 않는 큰 가치도 지니고 있기 때문이다.

2
내일은
오리라

우리 사회가 요즘 우울증, 자살, 이혼, 저출산, 대형인재, 극악범죄, 고령화 등으로 많이 앓고 있다. 우리 사회가 많이 아픈 것은 '말'이 흔들리기 때문인 것 같다. 말 한마디를 소홀히 했을 때, 말을 함부로 했을 때 이는 파장은 상상을 초월한다. 세월호에서의 안내방송, 남대문 화재에서의 결정 한 번이 얼마나 큰 피해를 초래했는가?

돈을 못 번다고, 취직이 안 된다고, 친구가 없다고, 애인이 없다고, 결혼을 못한다고, 자식들이 뜻대로 안된다고, 직장에서 나를 인정해주지 않는다고, 세상이 나를 몰라준다고, 늙어서 외롭다고, 행복하지 않다고……. 그렇게 안타까울 때는 자기 '말'을 돌아볼 필요가 있다. 내가 말을 너무 소홀히 다루지는 않았는지를. 말을 발달시키면 사람들이 나를 믿게 할 수도, 믿을 만한 사람과 믿지 못할 사람을 구별할 수도, 말을 현실에서 이룰 수도 있다. 말은 믿음의 수단으로서 내 행복을 지켜주기도 하고, 삶을 한 차원 높게 발달시켜주기도 하고, 내 뇌를 바꿔 현실에서 놀라운 성취를 이루게도 하기 때문이다.

요즘 우리말은 이상하게 걱정과 비판으로 가득하다. 옛날에도 그랬나 하고 옛날 문학작품들을 살펴보면 예전에는 아무리 어려워도 삶을 즐기고 순간을 소중히 하고 자존심이 살아 있었다. 일상에서 해학과 재치가 번뜩였으니 말이다.

> 뭐니 뭐니 해도 젤 좋은 건 날아다니는 새라. 알겠나? 사람 사는 거이 풀잎의 이슬이고 천년만년 살 것같이 기틀을 다 지고 집을 짓지마는 많아야 칠십 평생 아니가. 믿을 기이 어디 있노. 늙어서 병들어 죽는 거사 용상에 앉는 임금이나 막살이 하는 내나 매일반이라. 내야 머엇을 믿는 사람은 아니다마는 사는 재미는 사람의 마음속에 있는 기라. 두 활개 치고 훨훨 댕기는 기이 나는 젤 좋더마.
>
> – 박경리 원작, 오세영 그림, 《만화 토지》 1편, 마로니에북스, 2016, 146~148쪽.

그런데 요즘은 먹고사는 게 아무리 나아져도 걱정이 끊이지 않는다. 왜 그럴까? 아마 말의 기준이 달라져서일 것이다. 예전엔 '인간'이 말의 기준이었는데, 요즘엔 '돈'이 말의 기준이 돼서다. 인간이 말의 기준이 되면 말은 믿을 만한 것이 돼 말에 의지하면 된다. 그런데 돈이 말의 기준이 되면 말에 의지할 수 없어 걱정과 염려가 끊이지 않는다. 돈 때문에 말을 이용하기 때문이다. 거짓말, 사기 등으로.

세계에서 행복지수가 높은 나라를 보면 말의 기준이 인간이 되는 나라다. 말이 인간적으로 믿을 만한 것이 될 때 서로 믿고 의지하며 행복하게 살 수 있기 때문이다. 우리나라도 행복지수를 높이려면 빨리 말이 인간 기준으로 다시 살아나야 한다. 드라마 〈응답하라 1988〉이나 〈태양의 후예〉가 많은 사람들에게 감동을 주는 것도 그들의 사랑과 우정, 친근한 어울림 때문이다.

다이아몬드와 돈에 사로잡힌 인간은 별 매력이 없다. 그러나 한번 돈에 맛들이면, 아니 한번 인간을 떠나면 인간으로 다시 돌아가기가 어렵다. 사람을 믿지 않으면, 사람을 등지면 그다음에 믿을 것은 돈밖에 없기 때문이다.

그러나 정작 돈 많은 친구들을 보면 돈이 많다고 사는 게 크게 달라지는 것은 아니다. 한 친구는 돈은 그저 윤활유에 불과하다고 하고, 어느 회장님은 인생에서 가장 재밌는 것은 지인들과 소주 한잔하는 거라고 한다. 아무리 돈이 많아도 삼겹살, 짜장면, 막걸리, 돼지갈비, 돼지껍질, 족발, 닭볶음탕, 당구, 소주 등이 최고다.

그건 권력도 마찬가지다. 모 대통령은 삼겹살이 얼마나 먹고 싶었던지 청와대 담장을 넘었다는 얘기도 있지 않은가. 결국 가장 행복한 것은 믿을 만한 인간들과 소탈하게 어울리는 것이다.

초등학교 때 어머니가 장사하는 시장에 가서 짜장면을 맛있게 먹은 적이 있다. 그때 짜장면값이 30원이었다. 짜장면을 먹고 나서 이런 생각이 들었다.

'30원씩 하루 세 번이면 90원, 90원 곱하기 한 달은 2,700원. 한 달에 2,700원만 있으면 행복하겠네.'

또 그때는 심심하면 친구 집에 가서 "○○야, 놀자!" 하면 됐다. 돈이 없어도 얼마든지 하루를 시간 가는 줄 모르게 보낼 수 있었다. 지금도 크게 다르지 않다. 싸구려 음식이 맛있고, 좁은 집이 편하고, 사랑하는 여자와 친구들만 있으면 더 이상 바랄 게 없다. 아마도 어렸을 때 가난하게 살았던 방식이 깊이 새겨진 것 같다. 뭐니 뭐니 해도 인간만 있으면 족한 것이다.

그러나 이런 말은 돈에 눈이 멀고 귀가 먼 사람한테는 보이지도 들리지도 않는다. 그들은 그저 수단, 방법 안 가리고 돈만 움켜쥐려고 하기 때문이다. 그래서 '돈'에서 '인간'으로 다시 돌아가려면, 그래서 '말'이 다시 인간 기준이 되려면 혁명적인 각오가 필요할 것 같다.

영화 〈레미제라블〉에서의 마지막 노래같이.

우리와 함께하겠나

굳게 내 곁을 지키겠나

그대가 염원하는 세상이 바리케이드 너머에 있네

민중의 노래가 들리는가

저 멀리 북소리가 들리는가

내일과 함께 미래는 시작되지

내일은 오리라

3
님은 먼 곳에

어느 식당에 갔는데 손님도 없고 해서 주인부부와 여러 가지 대화를 나누었다. 내가 정신과 의사라고 소개하자 부부가 반색을 하며 자식 상담을 한다. 자식이 어렸을 때 따뜻한 사랑을 못 받아서 제대로 못 산다는 것이다. 그러면서 엄마는 아빠를 이 잡듯 잡는다. 저이가 애가 자랄 때 따뜻한 사랑을 안 줘서 저렇게 됐다. 애가 트라우마를 받았다…….

딸은 불평, 불만만 가득한 채 집에 틀어박혀 있다고 한다. 아빠는 한참 죄의식에 젖어 있었는데, 나는 간단히 처방을 내렸다.

"아버님, 그냥 하던 대로 악역 계속하세요. 잘하신 거예요. 자식을 의존적으로 만드는 게 더 나빠요."

그제야 아빠는 기를 펴고는 자기 자랑을 시작한다. 자기가 자식을 얼마나 독립적으로 키웠는지 등등을. 말이 좋아 독립이지 아마 그는 자식에게 별 관심이 없었을 것이다. 그러나 그것은 본능이다. 자연계에서 아버지가 있는 종은 인간밖에 없다. 물론 가족이 있는 새나 늑대, 돌고래, 원숭이 같은 종도 있지만 이렇게 한 아내만 섬기며 평생 같이 사는 아버지는 인간밖에 없다. 그 이유는 아마도 자연계에서 생존하려면 아버지가 별 도움이 안 되기 때문일 것이다. 자식이 어느 정도 크면 아버지가 없는 게 생존에 유리하다. 이 험난한 자연계에서 아버지가 언제까지 지켜준단 말인가.

그러나 인간사회는 다르다. 법과 질서를 지켜야 하기 때문에 아버지가 있는 것이 유리하고, 아버지도 가족이 있는 것이 유리하다. 서로 지켜주기 때문이다. 그러나 경쟁이 치열해지면서 인간사회가 원시사회같이 살벌해지면 얘기는 또 다르다.

요즘 사회에서 극악한 일이 많이 일어나고 있다. 자살, 우울증, 은둔형 외톨이, 묻지마 범죄, 존속폭행, 존속살인……. 자식들 비위 잘못 건드렸다가는 큰일 날 것만 같다. 자식이 자살할 수도, 패가망신할 수도 있기 때문이다. 이 모든 게 부모가 자식을 따뜻하게 사랑하지 않아서 생긴 것만 같다. 그러나 그렇지도 않다. 그런 끔찍한 일들은 부모가 자식을 너무 감싸 안아서도 생긴다. 자식이 사회성을 키우지 못해 생기는 것이기 때문이다. 사회성이 떨어지면 원시적으로 적응한다. 다 때려 부수고 죽고 죽이면서. 대부분의 범죄는 '어른아이'들이 일으킨다. 드라마 〈리멤버-아들의 전쟁〉에서 남규만 사장도 사람 죽이는 것을 아무렇지 않게 생각한다.

옛날에는 자식이 집에만 있는 것은 상상도 하지 못했다. 집에는 먹을 것도 없었고, 비실거리다가는 아버지한테 크게 혼났다. 어떻게든 바깥으로 나가야 했다. 집이 바깥보다 못했고 더무서웠기 때문이다. 영화 〈님은 먼 곳에〉에서 순이(수애 분)는 남편이 바람피우고 집 나갔다고 봇짐 안고 친정으로 왔다. 그런 순이를 보고 친정아버지가 한마디 한다.

"한번 시집갔으면 죽어도 마 그 집 귀신이다. 자 한 발이라도 들어놀라 카면 니 내 손에 죽는데이. 알았재."

엄마는 아버지 눈치만 보고, 순이는 남편 찾아 월남까지 가서 사랑을 회복한다. 봇짐 안고 친정으로 갔을 때의 순이와 월남에서 남편을 찾아 뺨을 갈기며 무릎 꿇리던 순이는 전혀 다른 여자 같았다. 그만큼 강하게 달라진 것이다.

사회로 나가 뒹굴다보면 자연히 사회성이 키워졌고 사회가 살 만한 곳이라는 것을 알 수 있었다. 비비고 부대끼다보면 어떻게든 살길이 생겼고 점점 더 자유와 풍요를 확대할 수 있었다. 부모의 따뜻한 말 한마디? 상상도 안 했다. 부모도 따뜻한 말 한마디 내뱉지 않았다. 요즘 자기가 자랄 때 부모가 칭찬도 안 하고 존중도 안 하고 따뜻하게 사랑하지도 않았다고 원망하는 자식들이 많은데, 옛날에는 그럴 수밖에 없었다. 생존이 절박했기 때문이다.

야생동물이 웃는 것을 본 적 있는가. 야생동물은 하루하루가 절박하기 때문에 웃고 따뜻하게 노닥거릴 여유가 없다. 그러나 먹고사는 게 나아지면서 따뜻한 말 한마디의 가치는 점점 부각되었다. 편하다보니 더 쉽고 더 편하게 살고 싶어서리라. 한번 편한 맛을 보면 죽으면 죽었지 그 맛을 놓치려고 안 한다. 그래서 부자가 망가지면 재기가 더 힘들다.

그러나 현대는 다시 옛날처럼 힘들어지고 있다. 너무 빨리 변하기 때문이다. 이 빠른 변화에 잘 적응하려면 무엇보다 끈끈한 생존력과 창의성이 필요하다. 창의성은 새로운 것을 만들어내는 능력만이 아니라 미지의 상황에 가장 잘 적응하는 힘이다. 창의성을 키우려면 스스로의 판단과 결정을 책임져버릇해야 하고, 순간에 기민해야 하며, 자기 결정에 대해 확고한 믿음이 있어야 한다. 틀리면 고치고 계속 나아가면서 인간과 세상을 보는 눈을 키워야 한다. 누구한테 의지하고 남한테 결정을 기대기만 해서는 창의성이 자랄 수가 없다.

우리 사회는 언제부턴가 심리상담가로 가득 찼다. 얘기를 잘 들어주고 상처를 따뜻하게 감싸주고 과거의 문제를 해결해주고……. 그러면 의당 자식들에게 큰 도움이 될 것 같다. 그러나 그것이 오히려 자식을 망칠 수도 있다. 어설픈 상담이 자식을 의존적으로 퇴행시킬 수 있기 때문이다.

현대는 그야말로 치열함 그 자체다. 잘 적응하는 사람은 어마어마하게 가져가고 새로운 차원의 삶을 살지만, 제대로 적응하지 못하는 사람은 굶어 죽을 수도 있다. 자살도 엄청 늘고 있다. 현대에서 생존방식은 절박해져야 한다. 현대 정보화 사회가 너무 빨리 변하고 있기 때문이다. 출산율이 떨어진다고 걱정을 많이 하는데, 출산율 못지않게 자식 정신건강율도 떨어지고 있다. 아기를 낳는 것도 중요하지만 있는 자식을 정신적으로 건강하게 잘 키우는 것도 중요하다. 정신이 무너지면 모든 게 무너지기 때문이다.

자식은 이 살벌한 세상에 발 빠르고 강하게 적응해야 살 수 있다. 누구를 믿고 누구를 의지한단 말인가. 아빠엄마는 더 모르는데. 기업인인들 알까? 학자인들, 정치가인들……. 세상은 시시각각 빠르게 변하고 있고 새로운 답을 계속 요구하고 있다. 그 답은 그 순간을 사는 사람만이 찾을 수 있다. 현대에선 자기를 믿고 자신을 의지하며 자기의 역량과 안목을 키우는 게 최선이다. 우리의 무의식에는 수많은 도전을 이겨낸 힘이 축적돼 있기 때문이다.

자기를 키우다보면 사용될 데는 많고도 많다. 청년실업이 엄청나게 늘어난다고 하지만 아직 동물의 생존만큼 어렵지는 않다. 마음만 먹으면, 집중만 하면 아직도 이 세상에서 살아남을 구석은 많다. 또 부모도 자식이 편하게 사는 데만 신경 쓸 게 아니라 어디에 내놔도 스스로 생존할 수 있게끔 자식을 독립적으로 강하게 만드는 데 신경 써야 한다. 따뜻한 사랑뿐 아니라 차가운 사랑도 필요하다. 〈님은 먼 곳에〉의 아빠가 다시 필요한 세상이 된 것이다.

4
청산리
벽계수

청산리 벽계수야 수이 감을 자랑 마라

일도창해하면 다시 오기 어려우니

명월이 만공산하니 쉬어 간들 어떠리

(푸른 산속을 흘러가는 맑은 시냇물아

빨리 흘러간다고 자랑 마라

일단 바다까지 흘러가면 다시 돌아오지 못하니

달이 밝을 때 쉬어 감이 어떻겠느냐)

왕족의 한 사람인 벽계수는 하도 근엄하여 여자를 절대 가까이하지 않는다는 소문이 자자했다. 그는 '황진이를 보더라도 유혹받지 않을 것'이라고 큰소리를 쳤다. 어느 날 벽계수가 달밤에 나귀를 타고 만월대를 산책할 때 소복 차림을 한 황진이가 그에게 다가가 이 시를 읊었다. 벽계수는 놀라서 뒤를 돌아보았고, 황진이의 자태를 보고는 더욱 놀라 나귀에서 떨어졌다고 한다.

벽계수를 무너트린 힘은 어디에 있었을까? 황진이의 외모일까, 시일까? 내가 보기엔 시다. 외모는 육체를 사로잡지만 시는 영혼을 사로잡는다. 육체의 욕망은 억압할 수 있지만 영혼의 욕망은 억압할 수가 없다. 영혼은 끝없는 자유를 지향하고 시는 그 자유를 도와준다.

그래서 남자를 사로잡으려면 외모가 뛰어날 뿐 아니라 말도 잘해야 한다. 요즘은 불신풍조가 만연해 사람들이 더 이상 말을 안 믿으려 한다. 그 결과 여자는 외모, 남자는 능력이라는 공식이 강하게 힘을 발휘한다. 외모나 능력은 바로 확인할 수 있기 때문이다. 그래서 결혼을 앞둔 처녀들은 기를 쓰고 예뻐지려 하고, 총각들은 죽기 살기로 대기업에 들어가려 한다. 그러나 아름다움도 아름다움 나름이고 능력도 능력 나름이다. 겉만 예쁘거나 멀쩡해 가지고는 오래 못 간다.

우선 여자의 아름다움엔 다음 세 가지가 뒷받침돼야 한다.

1) 순수

매스컴에서 인기를 끄는 미인들의 경우 하나같이 순수해 보이려고 노력한다. 예쁘다는 것이 아기같이 순수하고 맑다는 것을 의미해야 하기 때문이다. 그래서 남자로 하여금 '저 여자는 너무 순수해서 한평생 내 말을 잘 듣고, 내가 무슨 짓을 해도 참고 용서해주고, 내 곁에 영원히 있으며, 나를 영원히 기다려 줄 것만 같다'는 착각을 불러일으키게 해야 한다. 남자들은 미인을 보면 그런 것들을 상상하기 때문이다.

그런데 예쁘다고 헤프면 남자들은 그 여자를 멀리한다. 아무리 예쁘더라도 다른 남자의 여자에게 진을 빼고 싶지는 않기 때문이다. 그래서 아이돌 스타에게 애인이 생기기라도 하면 오빠부대, 아저씨부대의 분노가 폭발하고 인기가 폭락하는 등 난리가 나는 것이다. 일본에서는 아이돌 스타가 스캔들이 나면 머리 깎고 석고대죄를 한다고 한다. 남자들의 환상을 깬 것을 사과한다는 것이다. 그러면서 나만 이렇지 다른 애들은 여전히 순수하니 그들만은 계속 사랑해달라고 애원한다고 한다.

그래서 황진이도 벽계수를 유혹할 때 수수한 소복 차림을 선택했을 것이다. 순수함은 곧 아름다움인 것이다.

2) 말

아름다운 외모로는 상대의 마음을 사로잡을 수 있지만, 말을 잘하면 상대의 영혼을 사로잡을 수 있다. 그래서 절세미녀는 조각같이 예쁜 미녀가 아니라 말을 잘하는 미녀다. 여자가 아무리 예뻐도 입을 여는 순간 환상이 깨진다면 그 아름다움은 순식간에 날아간다. 그러나 생긴 건 평범해도 말이 잘 통하면 그렇게 아름다울 수 없다.

한 사업가가 접대를 받았다. 룸살롱에 초대를 받았는데 접대하겠다는 놈이 아주 예쁜 여자는 자기 옆에 앉히고 사업가 옆에는 수수한 청바지 차림의 여대생 같은 애를 앉힌다. 사업가는 화가 났다. 자기 곁에는 예쁜 여자를 앉히고 내 곁에는 이런 애를 앉히다니. 그런데 얘기를 시작하니 달라졌다. 여자는 문학을 전공했는지 불란서 문학 등을 꿰고 있었다. 사업가는 문학을 좋아했는데 그녀와 얘기하다보니 시간 가는 줄 몰랐다.

나중에 모임을 마칠 때 사업가의 마음은 흡족함으로 가득했다. 가능하면 사업 파트너로 자신을 접대한 쪽을 택하고 싶다는 생각이 강하게 들었다. 상대 쪽의 예쁜 여자는 아예 눈에 들어오지도 않았다. 영혼이 충족되니 육체적인 것이 하찮게 여겨졌던 것이다.

접대한 사람이 점잖게 말했다.

"오늘 얘기 재미있었습니다. 다음에 또 이런 기회를 가졌으면 합니다."

클레오파트라도 예쁘기보다는 말을 더 잘했다고 한다.

… 클레오파트라, 완벽한 외모라고 하기에는 너무나 큰 코, 귀엽기보단 지적이던 눈. 사실 그녀는 완벽한 미인은 아니었다. 하지만 클레오파트라는 당시 최고의 카리스마를 가진 여성이었다고 한다. 대화 상대를 즐겁게 해주고, 한번 이야기를 나누기 시작하면 빠져나올 수 없도록 하는 매력

을 지녔기에 모두 그녀 앞에서는 한없이 작아졌던 것이다.

– 김대식, 《내 머릿속에선 무슨 일이 벌어지고 있을까》, 문학동네, 2014,

155쪽.

말이 곧 아름다움인 것이다.

3) 애교

"여자가 애교가 있으면 절반은 먹고 들어간다"고 한다. 만화

《유리가면》에서 키타지마 마야는 사랑하는 남자 하야미 마스

미의 무릎에 앉으며 이렇게 말한다.

"나 오늘 당신에게 어리광 부릴 거야."

이런 말을 들은 남자는 얼마나 행복할까? 남자를 행복하게

해주는 여자가 남자 눈에는 가장 아름다운 여자다.

남자의 능력도 마찬가지다. 대기업에 목매면서 월급만 받는

능력이라면 매력 없다. 그런 능력은 스스로를 점점 쪼그라들게

하니까. 대기업 사원들의 다음 대사를 보자.

사원 1 : 교육점수 다 채웠어요?

사원 2 : 겨우겨우…….

사원 1 : 사내교육은 시간이 안 맞아서 못하고 온라인으로.

　잠도 못 자고.

(사원인 기간 동안 총 100점의 교육점수를 확보해야 한다면

교육점수를 채우지 못할 경우 고가점수와 상관없이 승진대상에서 제외된다. 재무, 회계, 경영전략, 무역실무, 물류관리 등의 강의를 일주일에 총 6시간 들으면 교육점수 5점 부여 같은 식이다.)

사원 1 : 자부심 가득 안고 입사했는데… 시간이 지날수록… 점점 쪼그라드는 느낌이에요.

– 윤태호, 〈미생 파트 2〉 제30수

남자의 능력은 자기계발에 있다. 자기계발은 잡다하게 많이 아는 것보다 자기가 잘하는 것에 집중할 때 이루어진다. 어디에 취직을 하든 자기계발을 게을리하지 않는 남자가 능력 있는 남자다. 그런 남자는 영업사원을 하다가도 CEO가 되기도 한다.

"여자는 외모, 남자는 능력"이라는 말이 있지만 진정한 외모, 능력은 그 이면에 빛이 있어야 한다. 여자는 빛나는 외모, 남자는 눈부신 능력.

5
사랑만 하기 위해
만들어진 몸 위에

여자가 알몸으로 누워 있다. 아름다운 얼굴, 잘록한 허리, 동 그스름한 엉덩이, 하얗고 부드러운 살결……. 그녀가 엉덩이를 좌우로 꿈틀댄다. 들어오라는 듯. 촉촉한 눈빛, 곡선으로만 이 루어진 그녀의 몸은 오직 사랑만 하기 위해 만들어진 것 같다. 내 시선은 그녀의 가운데로 향한다.

구릿빛 살결의 사내가 알몸으로 서 있다. 그의 시선은 태양 을 향해 있고 가슴은 떡 벌어져 있다. 사내는 세상을 헤쳐가기 위해 잘 만들어진 것 같다. 페니스 또한 가운데 잘 자리하고 있 지만 내 눈길은 그의 빛나는 얼굴로 향한다.

정신과를 찾는 젊은 여자들을 보면 참 안쓰럽다. 사랑만 하 기 위해 만들어진 몸 위에 너무 많은 것을 짊어지고 있기 때문이다. 경제적으로 풍요로워지고 여권이 신장되고 성폭력에 대한 처벌이 강화됐지만 여자들의 삶이 더 나아진 것 같지는 않다. 여자들에 대한 요구사항이 점점 더 많아지고 있기 때문이다. 옛날 같으면 여자이기만 하면 됐는데 지금은 돈과 능력, 취업까지 요구하는 것이다.

현대녀들의 스트레스를 한번 살펴보자.

1) 외모 스트레스

여자는 예뻐야 한다. 남자에게 능력이 힘이라면 여자에겐 예쁜 게 힘이다. 하지만 여자가 항상 예쁠 수는 없다. 나이 들면 얼굴에 주름도 지고 몸도 붙기 시작한다. 그래서 성형수술도 하고 보톡스도 맞고 지방흡입수술도 하고 PTpersonal training도 하고 비만약도 먹어보지만 가는 세월을 잡을 수는 없다. 여자의 아름다움은 신이 일시적으로 빌려준 선물 같아서 일단 회수하고 나면 돌려받을 수 없다.

이 문제를 해결하는 유일한 방법은 '사랑'이다. 사랑하는 남자가 있으면 외모는 아무런 문제가 안 된다. 한 여자가 결혼 후 몸이 많이 불었는데, 친구가 그것을 지적하자 남편이 이렇게 말했다.

"나는 그녀를 너무 사랑하기 때문에 그녀가 이 세상에서 차지하는 면적이 넓으면 넓을수록 좋아."

그러나 사랑이 없을 때는 예뻐야 한다. 예쁘지 않으면 아무도 날 사랑하지 않을 테니까. 그래서 다시 젊어지고 예뻐지고 날씬해지려는 여자들의 노력은 필사적이다. 그런 분들이 정신과를 찾는 이유는 두 가지다. 첫째는 더 이상 예쁠 수 없을 것 같아 좌절해서 생기는 우울증이다. 둘째는 성형부작용이다. 성형외과 의사는 괜찮다고 하는데 아무래도 수술이 잘못된 것만 같아 하도 졸라대니 의사는 정신과나 가보라고 한다. 예뻐지려다가 우울증까지 생기면 더 추해진다. 우울증은 사람을 늙어보이게 하기 때문이다.

2) 감정조절

감정조절이 잘 안 된다고 정신과를 찾는 여자들이 늘고 있다. 이래서는 안 된다는 것을 알지만 자기도 모르게 화가 나고 짜증이 나고 때려 부수게 된다는 것이다. 한 여자가 말한다.

"원시시대에 여자들은 동굴 속에 있었고 남자들이 무리 지어 사냥을 했다. 여자들은 남자들이 잡아온 것으로 살림을 했고. 그러니 여자들이 뭘 알겠는가?"

여자가 남자보다 사회성이 떨어진다는 얘기다. 옛날에는 남자에게 사회생활을 맡기고 뒷전에 물러앉아 있었다면 여권신장이 된 요즘엔 여자도 직접 사회와 부딪쳐야 한다. 하지만 그녀들의 유전자는 세상에 익숙지 않다. 남자의 유전자만큼 세상에 단련되지 않았기 때문이다. 여자의 유전자는 문명사회로 들어오면서 단련하기 시작하지만 여전히 원시시대의 속성이 강하다. 원시시대의 적응방식은 싸우거나 도망가는 것이다. 그래서 현대녀들은 스트레스를 받으면 자기도 모르게 원시방식을 사용한다. 싸우거나 도망가거나.

▶ 선릉 주위를 걷는데 어디선가 여자의 고성이 들린다. 돌아보니 한 여자와 두 남자가 대치하고 있었다. 여자는 소리 지르면서 한 남자의 뺨을 때렸다. 맞은 남자도, 그 옆의 남자도 맞았다는 사실조차 망각한 듯 멋쩍게 서 있다.

▶ 한 남자는 결혼한 뒤 여자가 하루 종일 화내는 바람에 이혼하고 말았다. 내가 이러려고 결혼했냐면서.

▶ 한 여자는 남자와 잘 사귀다가 어느 날 술 먹고 많은 사람들 앞에서 남자에게 무릎을 꿇으라고 호통쳤다. 남자는 무릎을 꿇었지만 다음 날 도망가버렸다.

▶ 한 여자는 사귀는 남자에게 너무 소리를 질러대는 바람에 남자가 얼이 빠지고 넋이 나가버렸다. 여자는 당황해서 미안하다고, 다시는 안 그러겠다고 했지만 남자의 상태는 점점 더 심각해져 정신과를 찾았다.

옛날에는 도망가는 여자가 많았지만 요즘에는 싸우는 여자들이 많다. 그만큼 여자들이 사회생활을 하기 편해졌기 때문일 것이다. 화가 나는 것은 말로 표현이 안 되기 때문이다. 내 감정을 말로 잘 표현할 수만 있다면 굳이 화를 내지 않아도 된다.

그런데 의외로 여자들은 말발이 약하다. 수다에는 강할지 모르지만 논리적 대화가 약하다. 관계에서는 서로 납득할 수 있는 이유가 필요한데, 논리가 뒷받침되지 않으니 말을 피하고(그런 얘기는 하고 싶지 않아요) 뚱하게 고집을 부리거나 도망가고, 급기야 화까지 내는 것이다.

사실 여자 입장에서는 많이 억울하다. 늑대들로 둘러싸인 세상에서 움츠리다보니, 또 임신하고 애를 낳고 키우는 고귀한 일에 시간을 바쳐야 하니 논리를 키울 기회가 남자보다 상대적으로 부족했다. 그래서 요즘 여자들이 애를 안 낳는 것일지도 모른다. 남자와 똑같은 기준으로 평가당할 바에야 차라리 결혼도 안 하고 애도 안 낳겠다는 것이다.

여자들의 짜증과 지랄에 남자들은 많이 관대해야 한다. 그래야 남자의 2세도 많이 태어나 잘 자라지 않겠는가. 감정조절이 잘 안 될 때는 너무 기죽지 말고 "나는 여자니까" 하며 좀 당당할 필요가 있다. 짜증과 지랄은 여자의 당당한 권리며 또 애교이기도 하다. 물론 너무 지나치면 조금 자제해야 한다. 잘못하다가는 그 화에 모든 게 불타버리고 마니까. 그리고 감정조절에서 여자가 항상 불리한 건 아니다. 여자들은 선천적으로 모성이 있어 마음만 먹으면 얼마든지 엄마같이 너그러워질 수도 있다.

3) 호환마마보다 더 무서운 것은 '아야야병'
한 여자가 우울하게 말한다. 자기는 결혼에 어울리지 않는데 왜 자꾸 결혼을 하라는지 모르겠다고. 결국 그녀는 이혼했다. 그녀를 보면서 참 궁금했다. 자기는 그렇게 많이 사랑받고 자랐으면서 왜 자기가 받은 사랑을 자식에게 넘겨주려고는 하지 않는 걸까? 의존적으로 사는 데 길들여졌기 때문이다.

삶이 풍요로워지면서 의존적으로 사는 사람들이 늘어나고 있다. 그들은 편한 것만 바랄 뿐 골치 아픈 것을 싫어한다. 골치 아프면 차라리 자살을 택하기도 한다. 한 여자는 돌아가신 부모님이 유산을 100억쯤은 남겨줘야 하는데 30억만 남겨줬다고 자살했다. 물속에 쥐를 떨어트리면 파닥거리다 죽는다. 그러나 죽기 직전 몇 번 건져주면 파닥거리는 시간이 엄청 길어진다. 의존심이 생명력보다 강하기 때문이다.

한번 의존적으로 길들게 되면 죽으면 죽었지 자기 힘으로 살려고 하지 않는다. 그래서 의존심은 항상 경계해야 하고 의존적이 되면 빨리 빠져나와야 한다. 의존적이 돼서 무기력하게 늘어지면 알 수 없는 병만 찾아온다. 한 여자는 부잣집 아들에게 시집가 팔자가 늘어졌는데 아침에 일어나면 가장 먼저 떠오르는 게 통증이다. 머리도 아픈 것 같고 목도 아프고……. 바쁘면 아픈 것도 못 느끼는데 한가하면 안 아파도 아픈 것이다. 한가해서 생기는 병은 좀처럼 좋아지지 않는다. 그래서 "호환마마보다 무서운 게 아야야병"이라는 말도 나온 게 아닐까?

4) 수면중독

잠을 못 자는 여자들이 늘고 있다. 낮의 활동이 그만큼 줄었기 때문이다. 편한 것을 성공한 삶으로 생각하면서 편하게만 있으려고 하는 것도 불면증의 한 원인일 것이다. 잠을 못 자 수면제를 찾으면 일시적으로는 잘 수 있어도 수면제의 후유증이 남아 낮에도 늘어져 또 활동이 줄어든다. 활동이 줄어들면 또 잠이 안 오고 또 수면제를 찾고……. 악순환이다. 그러면서 점점 수면중독에 빠져든다.

잠을 잘 자는 유일한 길은 낮에 열심히 사는 것이다. 낮에 잘 살아야 밤에 푹 잘 수 있다. 편한 것이 성공한 삶이 아니라 치열하게 사는 것이 성공한 삶이다. 우리는 잘 자기 위해 하루를 열심히 살고, 잘 죽기 위해 일생을 열심히 사는 것이다.

여자들은 아무 노력을 안 해도 크게 각광받는 시절이 있다. 젊을 때다. 젊고 예쁘고 빛날 때는 돈의 유혹이 참 많다. 그중 하나가 화류계다. 화류계에 나가는 여자들이 의외로 많다. 논현동에서만 7만여 명이 술집에 나간다고 한다. 먹고살기 힘들어 어쩔 수 없이 나가는 경우도 있지만 큰돈을 노리고 가는 경우도 적지 않다. 3개월이면 1억을 벌 수 있다 하니 대학 다니다 말고도 들어가는 것이다.

그러나 그곳에서 일하는 것은 만만치가 않다. 손님 비위만 맞추다보니 스트레스가 쌓이고, 남자를 만나며 돈을 벌다보니 일상적인 만남도 자연스럽지 않다. 보통 데이트 때도 괜히 공짜로 남자를 만나주는 것 같고, 자기도 모르게 접대를 하게 된다. 한때 큰돈을 벌기도 하지만 낭비가 심해 빚만 남기도 한다.

그런데 그녀들을 보면서 문득 이상한 생각이 스칠 때가 있다. 어쩌면 저들이 술집에 나가는 것은 돈보다는 사랑 때문일지도 모른다는. 술집에 가보면 외국 유학을 갔다 왔는지 영어를 유창하게 구사하는 여자도 있고 술집 분위기와는 어울리지 않는 착하고 수더분한 여자, 집안이 좋아 보이는 여자도 있다. 그들은 왜 술집에 나갈까. 아마도 외로워서일 것이다. 외로우면 스트레스가 쌓이고, 그러다보면 폭발 직전까지 가다가 결국 폭발하고 만다.

우리 사회는 참 많이 외로운 사회다. 초·중·고 시절에는 대입 준비하느라, 대학 때는 취업 준비하느라 사람관계가 뜸하고 사회로 나오면 순수하게 사람을 만날 기회가 너무 적다. 그러다보니 점점 외로워지고 스트레스가 쌓이는 걸 견딜 수 없어 알코올중독, 마약중독, 도박중독, 쇼핑중독, SNS중독 등 중독에 빠지고 급기야는 술집까지 나간다. 술집은 그나마 살을 부대끼고 사랑할 수 있는 곳이기 때문이다.

영화 〈은교〉에서도 여자가 남자와 섹스하며 이렇게 말한다.
"여고생이 왜 남자랑 자는 줄 알아요? 외로워서 그래요."

하얀 살결의 여자와 구릿빛 피부의 남자가 열정적으로 사랑한다. 그 모습은 마치 활활 타오르는 불꽃 같다. 여자는 사랑하기 위해 만들어진 존재다. 사랑만 있으면 어떤 스트레스도 감당할 수 있다. 그러나 사랑하는 게 점점 힘들어지고 있다. 사랑만 보면 되는데, 사람만 보면 되는데 돈과 외모 등 따지는 게 많고 부모의 간섭도 심하다. 하지만 따지면 따질수록 사랑은 멀어지고 나이만 먹는다.

사랑은 있을 때 잘해야 한다. 어떻게 하면 사랑을 잘할 수 있을까? 몇 가지 팁을 제시하면 이렇다.

ㄱ. 인연을 소중히 해라. 인연만 소중히 한다면 사랑할 수 있는 기회는 얼마든지 있다.

ㄴ. 사랑에 두 번째 기회는 없다. 좋은 남자다 싶으면 집중해라. 젊고 예뻐서 인기 많다고 한눈팔다가 평생 후회할 수 있다. 원하는 것 다 얻어놓고도 더 욕심부리다가 이미 가진 것마저 다 잃는 여자들이 의외로 많다.

ㄷ. 말에 무게가 없는 남자는 만나지 마라. 그는 믿을 만한 사람이 못 된다.

ㄹ. 게으른 사람은 아무리 돈이 많아도 상대하지 마라. 거지가 되는 것은 시간문제고, 설사 거지가 안 되더라도 사는 게 짜증나고 지루하다. 또 망하면 재기가 안 된다.

ㅁ. 아니다 싶으면 신속하고 과감하게 깨라. 인간은 쉽게 안 바뀐다.

6
말만 통한다면
누구라도 좋아

"말만 통한다면 누구라도 좋아!"

영화 〈캐롤〉에서 테레즈가 캐롤과 여행을 떠나는 걸 말리는 남자친구에게 한 말이다. 영화를 보는 내내 이 말이 내 뇌리를 떠나지 않았다. 테레즈는 캐롤에게 자기는 거절을 못한다고, 자기가 거절을 못해서 캐롤을 따라온 것 같다고 안타까워한다. 그러나 캐롤은 그런 테레즈를 따스하게 감싼다. 우리는 서로 사랑하는 거라고.

거절을 못한다는 것은 무슨 뜻일까? 사람을 그만큼 믿는다는 것이다. 믿으니까 당하고, 당해도 속고 또 속아도 사람을 믿고 끌려다니는 것이다. 남자가 입 맞추면 받아주고. 그런데 그렇게 당하는 데는 이유가 있다. 자기 믿음을 버리고 싶지 않기 때문이다. 믿음을 버린다면 약게는 살 수 있겠지만 가장 소중한 걸

잃는다. 바로 진실한 관계다. 사람을 믿지 않고 어떻게 진실한 관계를 맺을 수 있단 말인가. 그러나 그런 관계는 어렵고도 어렵다. 사람을 믿지 않거나 속이는 사람들이 너무 많기 때문이다.

남을 믿지 않고, 경계하고, 자기 이익을 위해 술수를 부리고, 상대를 조종하고, 거짓말하는 사람들을 상대하다보면 말문이 막힌다. 그들의 말에는 일관성도 진실성도 대담성도 없기 때문이다. 심지어 대화 자체를 거부하는 사람들도 많다. 그런 사람들에게 오죽 시달렸으면 테레즈가 "말만 통한다면 누구라도 좋아!" 했을까? 〈캐롤〉은 동성애 영화라고 말들 하지만 내가 보기엔 관계의 영화다. 캐롤 정도의 언어구사와 그에 수반된 일관된 자세가 있다면 테레즈는 캐롤이 남자라도 따라나섰을 것이다.

테레즈와 캐롤은 난관을 극복하고 사랑에 성공했다. 아마도 이들의 남은 인생은 안정과 번영으로 가득할 것이다. 사실 누구나 이들 같은 관계를 바란다. 진실한 사랑 속의 안정과 번영은 누구나 원하는 것이기 때문이다. 그러나 그것이 쉽지는 않다. 테레즈처럼 자기가 손해를 보면서까지 순수하게 믿음을 지키는 것도, 캐롤처럼 거친 세상을 극복하고 헤쳐가면서 믿음을 관리하는 것도 쉽지 않기 때문이다. 또 순수한 믿음을 간직한 상대를 만나는 것도, 그런 상대에게 끌려 용기 있게 사랑하는 것도 쉬운 일은 아니기 때문이다.

그리고 믿음을 고수하는 것이 바람직한지도 의문이다. 행운이 따라주지 않는 한 온갖 거짓말쟁이, 사기꾼, 도둑들에게 갈기갈기 찢겨 생존 자체가 불가능해질 수도 있기 때문이다. 얼마나 많은 사람들이 사기를 당해 자살했는가.

늦둥이로 태어난 나는 어린 시절 부모님과 함께 잤다. 내가 잠들면 부모님은 속닥속닥 이야기를 나누곤 했는데, 대개는 다른 사람들을 욕하는 내용이었다. 부모님은 사람을 잘 믿어 사기를 참 많이 당했다. 더 이상 사기당할 돈이 없자 아버지는 집에 칩거했고 어머니가 열심히 품을 팔아 생활했다. 아버지는 집 안에서 단순노동으로 뒷바라지하고.

나는 부모님이 남을 욕하는 게 참 싫었다. 그래서 어린 마음에도 '난 커서 아무리 사기를 당해도 집에 칩거하지는 않으리라' 결심했다. 그런데 사회생활을 해보니 사회는 참 무서웠다. 왜 그리도 거짓말과 사기가 난무하는지 관계 맺는 것 자체가 두려웠다. 처음엔 예의 있게 다가와도 내가 맹목적으로 믿는 줄 알면 상대는 가차 없이 치고 들어왔고, 그들의 탐욕은 상상을 초월했다.

하루는 누군가에게서 돈을 꿔달라는 전화가 왔다. 얼마나 꿔주랴 물었더니 가지고 있는 돈을 다 꿔달란다. 참 어이가 없었다. 내가 얼마나 호구 같으면 이런 말을 할까. 물론 그는 돈을 꿔가면 갚지 않았다. 사기꾼들은 마치 "너, 언제까지 사람을 믿을래", "제발 사람 좀 믿고 살지 마" 하고 훈련시키는 것 같았다. 덕분에 사회는 불신풍조로 가득하고 나도 부모님과 비슷한 길을 가고 있다.

예전엔 인연을 소중히 하며 사람을 믿고 가까이했다면 이제는 처자식과 죽마고우 정도만 만나며 지낸다. 테레즈처럼 사람을 믿고 거절을 안 하고 지내다가 한없는 추락을 맛보았기 때문이다. 그러나 테레즈처럼만 살 수는 없다. 말이 통하는 사람을 기다리며 사진만 찍고 외로이 사는 것은 나와 안 맞는다. 캐롤처럼 순수한 믿음을 견지하면서도 세상과 적극적으로 어울려 사는 것이 필요하다. 또 정신과 의사가 환자에게 세상은 믿을 만한 곳이 못 되니 꼭꼭 숨어 살라고만 할 수도 없지 않은가?

어떻게 하면 캐롤처럼 살 수 있을까? 사기도 눈치채고, 어려움도 극복하고, 순수한 사랑도 하고, 관계도 적극적으로 하고, 자기 삶도 찾고, 사람들을 능수능란하게 다루면서 부자로 살려면 어떻게 하면 될까? 그 비결은 말에 있다. 말을 잘 구분하고 말을 잘하면 된다. 나와 테레즈의 과거 실수는 말을 맹목적으로 믿은 데 있었다. 상대의 말을 긍정적으로 해석하면 한이 없다. 그러니 가진 돈을 다 꿔달라는 말도 나오는 게 아닌가.

그러나 합리적으로 주의하면 말을 구분할 수 있다. 말 같지도 않은 말, 말도 안 되는 말, 일관성 없는 말, 거짓으로 가득한 말, 무례한 말, 이기적인 말, 생기 없는 말, 빙빙 돌려서 하는 말 등은 처음부터 주의해야 한다. 말은 인간의 믿음과 직접 관련돼 있기에 사람은 말을 믿는 경향이 있다. 과거 집단사회에서는 말로 사기 치면 나쁜 소문이 돌 수 있어 말에 주의했으나, 현대사회는 복잡다단해서 얼마든지 사기 치고 도망갈 수 있다.

그래서 많은 사기꾼들이 말을 믿는 사회적 본능을 이용해 배를 두둑이 채웠다. 수많은 보이스피싱, 채팅사기 등이 그러하다.

또 말은 입에서 나오는 것이기에 의존심과도 상관이 있어(입으로 젖을 빤다) 말을 잘하는 사람들 중에는 의존적인 사람들도 많다. 행동은 뒤따르지 않고 입만 둥둥 뜨는 것이다. 그래서 사람들은 점점 말을 믿지 않게 되었다. 당할 만큼 당했기 때문이다. 새로운 사람들과 말을 섞기가 점점 어려운 시대가 되어가고 있다. 그러나 말을 통하지 않고는 관계를 할 수 없다. 말이 불신받는 사회일수록 말을 제대로 하는 사람은 더 좋은 기회를 잡을 수도 있다. 말이 통하는 사람은 정말 드물기 때문이다.

말은 누구나 입만 벌리면 쉽게 할 수 있지만 말을 제대로 하는 데는 상당한 주의와 경험, 공부가 필요하다. 우리 사회가 냄비근성이 있다는 이야기는 어쩌면 말을 그만큼 가볍게 여긴다는 뜻일 수도 있다. 자기가 하는 말에 책임과 무게를 느낀다면 냄비 끓듯 쉽게 흥분했다가 냄비 식듯 쉽게 잊지는 않을 것이다. 말이 굳건할 때 개인도 가정도 직장도 나라도 세계도 인간도 인류도 굳건해질 것이다. 말은 인간이 발견한 최고의 선물이니까.

7
정신건강과
말

　우리나라 정신건강이 심각하다. 치솟는 우울증, 자살률에 보건복지부가 종합대책까지 내놓았다. 앞으로는 내과, 가정의학과 등 1차 의료기관에서도 우울증을 보라는 것이다. 이제 정신건강 문제는 정신과뿐만 아니라 전 국가 차원에서 접근하게 됐다. 그러나 정신건강은 사실 우리만 심각한 게 아니라 전 세계적인 문제다. 우울증이나 조현병 신약이 잘 개발되면 전 세계 히트상품이 된다. 이렇게 세계적으로 정신건강이 나빠지고 있는 이유는 뭘까?

　아마도 현대사회가 물질적으로는 발전하고 있지만 정신적으로는 퇴화하고 있기 때문일 것이다. 인간은 원시에서 문명으로 진화했는데 인간의 정신은 다시 원시로 가고 있다. 그 이유는 아마도 정보화 시대, 하이테크가 발달하면서 사람들의 삶은 나아졌지만 사람들 사이의 거리는 멀어지고 있기 때문일 것이다.

어떤 나이 든 사람이 말한다.

"착하게 살아서 뭐해?"

그가 자랄 땐 착하게 사는 게 유리했지만 요즘은 그렇지 않기 때문에 하는 말일 것이다. 과거엔 능력보다 인간성이었지만 (먼저 인간이 되라), 요즘엔 인간성보다는 능력이다(한 사람의 인재가 수백만 명을 먹여 살린다). 스티브 잡스Steve Jobs, 마크 저커버그Mark Zuckerberg, 손정의처럼 돈만 잘 벌면 아무도 그의 인간성에 대해 뭐라 하지 않는다.

인간은 생존하기 위해 뭉쳤다. 뭉치기 위한 전제조건은 서로에 대한 믿음이다. 믿지 못하는 사람과는 함께할 수 없기 때문이다. 그래서 사람은 믿을 수 있는 존재가 되기 위해 애썼다. 나는 당신에게 위험한 사람이 아니고 도움을 줄 수 있는 사람이다(착한 사람, 성실한 사람). 그러면서 언어가 발달했다. 믿을 신信 자는 사람 인人과 말씀 언言으로 이루어졌다. 즉 '믿음'이 곧 '말'이다. 그래서 믿을 만한 존재가 되기 위해 말을 중시하고 말이 발달했다.

그러나 요즘은 굳이 사람들끼리 뭉치지 않아도 살 수 있다. 아니, 오히려 사람들을 안 만나는 게 생존에 유리하다. 괜히 허접하게 남들에게 신경을 쓰느니 자기에게 집중하는 게 낫다. 관계보다는 능력이 인정받는 시대가 됐기 때문이다. 또 전에는 사람들을 만나야만 얻을 수 있는 정보들이 지금은 인터넷에 다 있다. 심지어 사람들에게 미움을 받아도 손가락질을 받아도, 아니 사람들을 아예 안 만나도 살 수 있다. 부모님이 돈 좀 있는 분들이면 사람들이 알아서 기고 혼자 놀 수 있는 게 워낙 많기 때문이다.

사실 모르는 사람을 믿고 사는 게 쉬운 일은 아니다. 자연계에서 생존하려다보니 어쩔 수 없이 집단을 선택했지만, 할 수만 있다면 남을 안 보고 사는 게 가장 좋다. 남을 어떻게 믿는단 말인가. 그래서 면역반응도 있는 게 아니겠는가. 남을 밀어내라고. 생명은 본능적으로 남을 기피하게 돼 있다.

그러나 인간은 그렇지 않다. 남들을 안 보고 혼자만 잘 살 수 있으면 좋은데 마음이 따라주지 않는다. 몸은 편안한데 마음이 불안하고, 나쁜 일도 없는데 괜히 기분이 우울하고 짜증나고, 자꾸 사람들이 무서워지고 심지어 주변에서 이상한 일도 생긴다. 누가 나를 감시하는 것 같고, 내 얘기를 수군대고, 남들이 내 생각을 다 아는 것 같고……. 불안, 우울, 조울, 대인공포, 사회공포, 피해의식, 피해망상 등이 발달하는 것이다. 왜 그럴까? 사람들도 안 만나고, 일도 안 벌이고, 스트레스도 안 받고, 아무죄도 지은 게 없는데. 바로 마음속 원시가 떠오르기 때문이다.

인간이 집단생활을 시작한 것은 언어문자가 발달한 기원전 4천 년 정도다. 말과 글이 생기면서 인간은 비로소 남을 믿고 모여 살 수 있었고, 말과 글이 발달하면서 인간사회는 더욱 발전할 수 있었다. 이렇게 형성된 마음이 의식(문명)이다. 그전에는 낯선 사람을 믿을 수 없어 경계하고 피하고 싸웠고, 그렇게 산 세월이 수십만 년에서 수백만 년이다. 그때 형성된 마음이 무의식(원시)이다. 생명체는 자기가 경험한 것을 저장할 수 있기 때문에 우리 마음속에는 의식(문명)과 무의식(원시)이 모두 들어 있다.

문명이 원시를 억압하면서 인간사회는 발전해왔다. 문명이 주는 혜택이 원시에 비해 워낙 크기 때문에 문명은 효율적으로 원시를 억압할 수 있었다. 그러나 문명에 비해 원시는 크고도 크다. 축적되어 형성된 세월이 워낙 오래기 때문이다. 그래서 인간이 문명화 노력, 즉 사람이 안전하고 믿을 만한 존재라는 것을 확인하는 노력을 게을리하면 잠재해 있던 원시가 깨어나게 된다. 그건 마치 괴물이 깨어나는 것과 같다.

원시(무의식)는 급속히 떠올라 문명(의식)을 지배하게 되고, 원시가 밖으로 투사되면서 주변은 온통 원시로 바뀌게 된다. 그는 문명사회 속에 홀로 원시인이 되는 것이다. 아무도 그를 해치지 않고 아무도 그에게 관심이 없지만, 그는 주변을 경계하고 두려움에 떨게 된다. 이렇게 의식이 무의식에 사로잡혀 해체되는 현상이 바로 정신질환이다. 물질적으로는 무엇 하나 부족할 게 없어도 사회성이 떨어지면 마음이 황폐해지는 것이다.

현대사회는 부의 양극화뿐만 아니라 정신건강의 양극화도 심화되고 있다. 은둔형 외톨이 등 사회생활을 피해 스스로 원시인이 되는 사람들이 있는가 하면, 글로벌한 세상을 자기 집처럼 누비며 다른 차원의 삶을 사는 사람들도 있다. 이 차이를 결정짓는 게 바로 '말'이다. 스티브 잡스, 마크 저커버그, 손정의가 착한 사람인지 어떤지는 모르겠지만 그들은 말만은 소중히 했을 것이다. 영화 〈스티브 잡스〉를 보면 스티브 잡스는 말한마디도 양보하지 않는다.

> 스티브 워즈니악 : 핵심인원만 호명해줘. 곧 잘릴 사람들이야. 그 팀이 없었다면 애플도 없었어. 그 팀이 없었으면 너도 없어. 이 사람들은 네 칭찬에 목숨을 걸어.
> 스티브 잡스 : 못해.

스티브 잡스는 타협을 하지 않아 주변 사람들과 심각한 갈등을 겪었다고 한다. 그러나 그의 언어는 정확하고 일관성이 있었기에 큰 성과를 낼 수 있었다. 스티브 잡스의 '말'이 곧 '스티브 잡스'를 만든 것이다.

말은 누구나 노상 하니 쉬운 것 같지만, 말을 일관성 있게 잘하는 것은 굉장히 어렵다. 사람들은 말을 믿는 경향이 있어서 말로 쉽게 이득을 보려 하는 유혹이 수시로 생기기 때문이다. 그러나 한번 말로 신뢰를 잃으면 다시 회복하기는 굉장히 어렵다. 말을 잘하면 6천 년의 신뢰를 얻지만, 말을 잘못하면 수십만 년에서 수백만 년의 불신을 받기 때문이다. 그래서 말을 잘지키고 가꾸는 데는 개인뿐만 아니라 집안, 학교, 직장, 나라의 노력이 모두 필요하다.

만화 《미생》에 나오는 한 장면. 인턴사원 '장그래'가 요르단 사업으로 큰 성과를 낸 다음 중국과의 통화에서 오버를 한다.

"무엇 때문인지 모를 전무님의 판단으로 '절'을 받아야 하는 우리 회사가 '인사'를 해야 하는 상황이 된 거군요. 제가 맞습니까?"

이 한 통화로 중국과의 거래는 물 건너간다. 이때 장그래는 이렇게 야단을 맞는다.

"이… 노무 새끼가……."

"제정신이야, 인마!"

장그래는 눈물을 흘리며 후회하지만 이미 물은 엎질러졌다. 부장이 수습하려고 전화하니 상대는 이렇게 공손히 받는다.

"칼 같아서 진짜 놀랐어요. 어린 친구가 '인사'니 '절'이니, 내용 정리가 귀신이더라고요."

그러나 그걸로 끝이었다. 장그래가 잘못한 점은 상대를 불안하게 했다는 것이다. 상대는 장그래 쪽을 신뢰할 수 없었고, 중국 쪽에서 먼저 제보하는 바람에 발칵 뒤집어지고 결국 전무까지 퇴출당한다. 장그래의 정직원 발령도 물 건너가고. 말 한마디로 순식간에 많은 것이 무너진 것이다.

그래서 말을 잘하는 것은 배우고 또 배워야 한다. 말에는 소중한 '신뢰'가 담겨 있기 때문이다. 말이 진실하고 일관되게 흐를 때 개인이나 사회는 건강하고 부강해진다. 나라가 열리고 세계화가 진행된 지 오래지만 아직도 우리나라 사람들은 말을 많이 소홀히 한다. 아마도 우리나라는 집단 중심이 강해서 말보다는 집단 우선이기 때문인 것 같다. 집단에만 속하면 어떤 말을 해도 이해받고 용서받았으니 말이다.

명수는 어떤 집단에서 다른 의견을 말했다가 맞을 뻔한 적이 있다. 다행히 주변에서 말려 맞진 않았지만 상대는 미친 듯이 달려들었다. 상대가 분노한 이유는 단 하나였다.

"네가 어떻게 나한테 이럴 수가 있어."

자기와 의견이 다르다고 그 의견의 타당성은 따져보지도 않은 채 주먹부터 날린 것이다. 그리고 이런 핀잔도 들었다.

"남의 일에 왜 껴들어!"

명수는 기가 막혔다. 말하기 전에 말해도 되느냐고 물었고 된다고 해서 말한 건데 의견이 다르니 곧장 주먹과 핀잔이 날아왔던 것이다.

국회의원들이 싸우는 것도 비슷하다. 서로 논리로 싸우는 게 아니라 상대의 힘 빼기에 주력한다. 쌍욕도 서슴지 않고. 서로 잘 따져 합리적으로 좋은 방안을 모색하는 것이 아니라 무조건 자기편 주장만 관철하겠다는 것이다. 그래서 목소리 큰 사람이 이긴다는 말도 나왔을 것이다. 이런 분위기에서는 말이 발전할 수 없다. 비록 나와 의견이 다르더라도 그 말이 합리적이고 옳을 때는 검토할 수도, 받아들일 수도 있어야 한다. 그래야 말도 발전하고 궁극적으로는 집단도 발전한다.

물론 이해가 안 가는 것은 아니다. 아무도 믿을 수 없는 세상에서 그래도 자기들끼리만은 믿으려 하는 데서 집단이기주의가 발달했으니까. 그러나 현대 같은 글로벌한 정보화 세계에서 집단은 더 이상 나를 책임져주지 않는다. 세상은 다 열리고 빠르게 발전하는데 가족이나 집단에 함몰돼 있으면 혼자만 점점 퇴화할 것이다. 날로 악화되는 우리 사회의 정신건강은 어쩌면 세상의 변화를 제대로 따라가지 못하는 데서 생기는 것일 수도 있다. 세상은 진화하는데 우리만 머물러 있으니 '퇴화'라는 갖가지 정신질환에 시달리는 것이다.

글로벌한 세상에서 믿을 수 있는 것은 말밖에 없다. 말로만 상대를 가늠하고 짐작할 수 있기 때문이다. 우리가 말을 보다 세련되게 발전시킬 때 우리의 정신건강도 건강해질 것이다.

8
우울할
틈이 없다

한 환자가 8년 만에 찾아왔다. 강박과 우울이 심했던 환자다. 그런데 8년 전보다 많이 달라져 있었다. 목소리 톤도 높고 표현도 많이 했다. 그래서 "전보다 많이 적극적이 됐네요" 했더니 그가 말한다.

"그래야 살 수 있으니까요."

그는 우울증 치료 방법을 스스로 발견한 것이다. 우울증 치료는 우울할 틈도 없이 열심히 적극적으로 사는 것임을.

사업해서 크게 성공한 친구가 있다. 그런데 요즘 센티멘털해졌다. TV 보다가도 괜히 울고 뭔가 감상적이 되었다. 그 친구가 말한다.

"이 분야에서 최고가 되다보니 방향감각을 잃은 것 같아."

그 친구는 어릴 때 아버지가 미국에 가서서 아버지의 결핍을 겪고 살았다. 어릴 적 부모의 결핍은 커서는 보충할 수가 없다. 어릴 적에 신경계의 90퍼센트가 형성되기 때문이다. 신경계는 성장해서는 오로지 10퍼센트만 성장할 수 있다. 어린 시절 90퍼센트의 상처를 마음속의 '가엾은 어린아이'라고 할 수 있다. 그 어린아이는 사랑을 달라고 보채는데, 나중에 얻을 수 있는 10퍼센트 가지고는 그 아이를 만족시킬 수가 없다. 그래서 아이는 계속 징징거리게 되고, 그것이 밖으로 나타나는 게 우울증이다. 아무 이유 없이 눈물이 나오고 센티멘털해지고 심지어는 너무 외롭고 불행해 죽고 싶어지기까지 한다.

이 어린아이를 달랠 수 있는 유일한 길은 많은 사람들에게 사랑과 인정을 받는 것이다. 혼자서는 채울 수 없지만 많은 사람들의 사랑을 받으면 넘치도록 채울 수 있다. 그러려면 대인관계, 사회관계를 열심히 해야 한다. 관계를 잘하면 세상 모든 사람이 내 부모, 형제, 연인, 자식이 된다. 그런데 돈이 많고 성공을 했다고 게을리 살게 되면 사람들은 다시 내 주변에서부터 멀어지게 된다.

대인관계, 사회관계는 누구에게나 다 힘든 것으로 돈 많고 편해지면 자기도 모르게 대인관계, 사회관계를 멀리하고 가진 돈도 지켜야 하니 더 위축된다. 또 돈이 없어 열심히 살 때는 진정으로 함께하는 친구들이 많지만 돈이 늘어나니 주변에 사기꾼들만 우글거린다. 그러니 자연히 관계를 더 꺼리고 기피하게 되며, 반면에 마음속의 가엾은 어린아이는 다시 고개를 든다. 이때는 과감하게 돈을 쓰는 것도 좋다. 돈을 벌 줄만 알지 쓸 줄 몰라 우울증에 걸리는 사람들이 많다.

이런 논리는 비단 어린 시절 부모의 결핍이 있는 사람에게만 적용되는 게 아니다. 우리는 자랄 때 어느 누구도 완벽한 사랑을 받을 수 없다. 다른 동물과 달리 인간은 머리가 커서 엄마의 자궁을 일찍 나오는데(그러지 않으면 자궁문이 찢어져서 엄마가 죽는다), 아무리 좋은 환경도 자궁과 같은 이상적 환경을 만들어줄 수 없다. 그래서 정도 차이는 있을지언정 우리의 마음속에는 모두 가엾은 어린아이가 있다. 동물세계에서는 찾기 힘든 우울증이 인간세계에서는 쉽게 찾을 수 있는 이유가 여기에 있다.

우리 마음속의 어린아이를 어떻게 다루느냐에 따라 우울증도 생기고 삶의 만족도 생긴다. 잘 다루는 길은 열심히 살아 관계의 질과 양을 넓히는 것이다. 자기 삶의 불행을 불우했던 어린 시절, 부모님의 부족한 사랑으로 돌리는 사람들이 많은데 어린 시절의 결핍이 꼭 나쁜 것만은 아니다. 그 결핍 때문에 열심히 살 수 있기 때문이다. 그래서 영웅의 조건으로 어린 시절 부모의 결핍을 꼽기도 한다. 고아나 편모, 편부 슬하에서 자란 사람이 사랑의 결핍을 충족하기 위해 열심히 살기 때문에 영웅이 될 가능성이 더 높다는 것이리라.

반대로 자랄 때 원하는 것을 많이 충족한 사람은 우울증에 더 취약하기도 하다. 원하는 것을 쉽게 가져 꼭 이루고 싶은 목표가 없기 때문이다. 부모한테 말하기만 하면 다 이루어지니

열심히 살 이유가 없고, 그러면 외롭고 지루해지면서 살맛까지 잃는 것이다.

티베트에서는 삶이 편하면 액운이 오게 해달라고 기원한다고 한다. 액운이 와야 열심히 살 수 있고, 그렇게 열심히 살아야 영혼이 맑아져 다음 생에서는 좋은 부모 밑에서 태어날 수 있다는 것이다. 티베트에는 우울증이나 자살이 없다고 하는데, 아마도 열심히 살아서 우울증에 걸릴 틈이 없기 때문이리라.

우리 사회의 우울증은 24.5퍼센트로 선진국의 10퍼센트보다 두 배 이상 높다. 요즘에 노골적으로 살려달라는 사람들이 늘고 있다. 우리 사회에 우울증이 이렇게 많은 이유는 돈과 편한 삶, 성공이 목표이기 때문일 것이다. 그러나 성공해서 돈이 많고 편안해진다고 해서 삶을 늦춰서는 안 된다. 삶을 게을리하면 우울할 틈이 생기고, 그 틈을 비집고 어둠이 물밀듯 밀려 들어오기 때문이다.

우주는 138억 년 전 빅뱅Big Bang(대폭발)으로 탄생했다. 우주는 무한히 팽창한다고 한다. 그러나 아무리 큰 폭발도 한 번의 폭발(빅뱅)로 무한히 팽창할 수는 없다. 무한히 팽창하려면 폭발은 연쇄적으로 끊임없이 반복돼야 한다.

작은 폭발

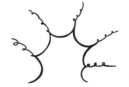
큰 폭발

아주 큰 폭발 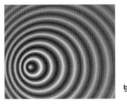 빅뱅

즉, 우주가 끊임없이 팽창한다면 폭발은 지금도 계속되고 있는 것이다. 어떤 이는 이를 "천지창조는 지금도 계속되고 있다"고 표현한다. 이 끊임없는 폭발이 바로 변증법, 곧 사랑이다.

게오르크 헤겔Georg W. F. Hegel은 우주를 지배하는 일반적인 원칙이 변증법이라고 했다. 우주는 대립의 충돌, 새로운 합의 도출(정반합)로 계속 퍼져가고 있는 것이다. 그래서 우리 안에는 누구나 나아가고 부딪쳐서 폭발하고 싶은(사랑하고픈) 본능이 있다. 이 본능을 저버리고 편안하게 머물러 있으면 역변증법이 작용한다. 나아가서 부딪쳐서 폭발하면 더 나은 것으로 재탄생하지만(정반합. 변증법) 그저 머물러 있기만 한다면 머물러 있는 것 이상으로 에너지가 빠진다(합반정. 역변증법). 나아가면 나아가는 것 이상으로 에너지가 생기는 것이 변증법이고(진화), 가만있으면 가만있는 것 이상으로 에너지가 빠지는 것이 역변증법이다(퇴화).

눈이 두 개가 있는 것이 아깝다고 한쪽 눈을 가리고 살면 가린 눈은 시력이 떨어지다가 급기야 실명하고 만다. 돈이 너무 많아 편안하게 살 수 있다고 걷는 것을 거부하고 휠체어를 타

고 지내면 나중에는 스스로 걸을 수조차 없게 된다. 마음도 계발하지 않고 그냥 방치해두면 마음이 스스로 황폐화하면서 우울, 불안, 걱정, 강박 등 온갖 증세가 생긴다.

내가 현실에서 열심히 부딪치고 살면 가속도가 붙어 빛과 건강 곧 천국에 있게 되고, 내가 현실에서 회피적으로 게으르게 살면 에너지가 소용돌이같이 빠지면서 어둠과 불건강 곧 지옥 속에 있게 된다. 우울증이 심할수록 빛과 색깔이 사라지고, 우울증에서 벗어날수록 빛과 색깔이 살아난다. 건강하고 행복하고 싶으면 무조건 열심히 살아야 한다. 그래야 빛 가운데 안정되게 살 수 있다.

우리 사회의 우울증은 또한 남과 비교하는 데서 많이 생긴다. 남들보다 앞서가려면 욕심내고 조급해지는데, 이때 과도하게 무의식의 에너지를 끌어 쓰면서 무리하게 된다. 무의식은 시간과 공간을 초월한 응축된 에너지여서 내 생각에도 현실처럼 반응한다. 서로 다른 조건과 형태로 태어났는데 남들과 획일적으로 비교하면서 앞서가려고 무리하다가 우울증에 빠지게 된다. 우울증은 힘이 없는 상태이기 때문이다.

영화 〈은밀한 유혹〉에 이런 대사가 나온다.

"루이 칸은 말했죠. 벽돌조차도 무엇인가가 되길 원한다고. 벽돌은 무엇인가가 정말 될 수 있었습니다. 평범한 그런 벽돌도 그 자신 이상의 무엇인가가 되길 바랐습니다. 원래의 자신보다 더 나은 것이 되기를 갈망했죠. 우리도 이런 벽돌이 되어야 합니다.”

그러나 우울증에 걸리면 열심히 살고 싶어도 살 수가 없다. 너무 힘이 없어 몸이 말을 안 듣기 때문이다. 그래도 움직여야 한다. 안 움직이면 안 움직일수록, 쉬면 쉴수록 우울증은 더 악화되기 때문이다.

뉴로스타NeuroStar라는 우울증 치료기가 있다. 37분 30초 동안 머리를 3천 번 때려주는데, 한 번 치료비가 300~800불(미국 기준)이나 하는 비싼 치료다. 그런데 이 비싼 치료가 때론 도움이 된다.

재봉틀 일을 하는 가난한 환자가 우울증이 너무 심해 뉴로스타 치료를 받았다. 치료가 끝난 뒤 나는 그녀에게 말했다.

“만일 열심히만 산다면 그것이 뉴로스타보다 더 치료 효과가 좋습니다. 뉴로스타가 머리를 때려주는 것은 열심히 사는 효과를 뇌에 직접 주는 것에 불과해요. 우울증은 열심히만 살면 좋아집니다.”

그 뒤 그녀는 비싼 치료를 받지 않기 위해서라도 악착같이 열심히 살았다. 문화센터에도 등록하고 하루 세 개의 프로그램에 참여했다. 그녀는 요즘 한 달에 한 번씩 약만 타가며 잘 지내고 있다. 비싼 뉴로스타 가격이 오히려 치료에 도움을 준 것이다.

우울증은 매우 비싼 병이다. 우울증으로 인한 손해도 엄청나고 제대로 치료하려면 치료비도 엄청 든다. 우울증 때문에 안

팎으로 큰 손실을 보지 않으려면 삶에 틈을 만들지 말아야 한다. 삶에 틈을 주면 누구나 우울증에 걸릴 수 있다. 우울증은 빛에 틈이 생길 때 스며드는 어둠이기 때문이다.

사람은 돈이 많든 적든, 성공을 했든 실패를 했든 무조건 열심히 살아야 한다. "뭘 해도 열심히만 하면 된다"는 말은 만고불변의 진리다. 어둠 속에서 길을 잃고 방황하고 싶지 않으면, 빛 가운데서 모든 것을 보며 주인으로 살고 싶으면 한시라도 게으르게 살아서는 안 된다. 그래서 우울증에 가장 좋은 처방은 우울할 틈도 없이, 우울할 새도 없이 열심히 관계하며 사는 것이다. 언제나 어떤 경우에도.

9
도전의 시대

　도전! 시대의 도전이 거세지고 있다. 취업난, 백세시대, 눈부시게 빠르게 변화하고 있는 정보화 시대…….

　기존의 인간중심 가치는 무너지고 돈중심의 가치는 높아지고 있다. 돈 때문에 연로한 부모를 죽음으로 내몰고, 형제가 원수가 되며, 사회 전반에 불신이 빠르게 확산되고 있다. 믿음보다는 돈이 우선이니까. 이제 세상에 남은 관계는 엄마와 자식밖에 없는 것 같다. 그러나 이 관계 또한 많은 문제를 만들고 있다. 엄마가 나이 들어서까지 자식을 품고 있으면 자식이 사회성을 키울 수 없다. 사회성이 떨어지면 사회에 잘 적응할 수 없고 불만만 늘어난다. 그 불만이 자기를 향하면 우울증, 자살이고 남을 향하면 범죄가 된다. 요즘엔 엄마가 죽으면 따라 죽겠다는 자식도 늘고 있다.

세상은 점점 추워지고 이 추위를 못 견디는 사람들이 많아지고 있다. 그렇다면 돈이 많으면 그만큼 행복할까? 못 먹고 못살 땐 그럴 줄만 알았다. 그러나 잘살아도 보고 그렇게 시간도 흐르다보니 꼭 그런 것은 아니라는 게 드러나고 있다. 돈 많은 사람들은 크게 두 부류로 나눌 수 있다.

첫째는 금수저를 '문' 사람이다. 그들은 자기 힘으로 돈을 번 것이 아니니 돈 벌 능력이 없다. 그래서 물려받은 돈을 잘 지켜야 생존할 수 있다. 그러려면 사기를 안 당해야 하고, 그러자면 사람을 경계하고 멀리해야 한다. 또 자기가 변해서도 안 된다. 괜히 혜까닥 잘못 변했다가 가진 돈이라도 날리면 살아갈 길이 없기 때문이다.

그래서 그들은 금수저만 꽉 붙들고 전전긍긍 살아간다. 잘 먹고 잘사는 것 같은데 외롭고 할 일이 없다. 결혼도 안 하고, 결혼해도 이혼하고, 이혼하지 않아도 배우자와 거리를 두고, 배우자와 사이가 좋으면 배우자와 자식만 끼고 살고, 사이가 나쁘면 배우자와 자식도 안 보고 산다. 돈 외에는 아무도 믿을 수 없고 뭘 하기가 두렵다. 드라마 〈리멤버-아들의 전쟁〉에서 일호그룹 회장 아들 남규만 사장은 이렇게 말한다.

"난 아무도 안 믿어. 심지어 나까지."

부잣집 자식은 고생을 안 해서 순수할 것 같지만 그것도 옛날이야기다. 옛날, 관계가 살았을 때는 부잣집 자식들이 베풀 줄도 알았지만 요즘은 그렇지 않다. 그들은 의심덩어리다. 남들을 의심하고 경계하며 가까워지면 어느 날 크게 지랄해 거리를 둔다. 자기에게 가까이 오는 것을 경계하는 것이다.

둘째는 금수저를 '번' 사람이다. 그들은 돈 버는 게 만만치 않다는 것을 잘 안다. 그리고 자전거가 굴러가다가 멈추면 넘어진다는 사실도 안다. 그래서 돈 버는 일을 계속한다. 자기가 번 돈이기 때문에 또 돈을 벌어봤기 때문에 얼마든지 돈을 쓸 수 있다. 돈이 떨어지면 또 벌면 된다. 돈 버는 것은 성실함과 부지런함, 기회를 포착하고 물고 늘어지는 기민함, 용감함, 집요함에 달렸음을 잘 알고 있다.

공부도 많이 한다. 지식이 힘이라는 것을 잘 알기 때문이다. 그러나 세상에 사기꾼들이 얼마나 많은지도 잘 안다. 이들에게 돈은 에너지기 때문에 다양한 선택을 할 수 있다. 그러나 모든 걸 다 잘할 수 있는 것은 아니다. 어떤 일이나 다 전문가가 따로 있기 때문이다.

영화 〈어바웃 타임〉에 이와 비슷한 내용의 대사가 나온다. 아버지는 시간여행을 할 수 있는 가문의 비밀을 아들에게 알려주면서 이런 대화를 나눈다.

아들 : 아빠 이 능력을 어떻게 썼어요?
아버지 : 난 책을 팠지. 인간이 읽을 수 있는 책이란 책은 모두 다 읽었어. 두 번씩. 디킨스는 세 번. 넌 어떻게 쓰고 싶니?

아들 : 우선 머리 좀 다시 자르고.

아버지 : 그래.

아들 : 돈 버는 게 정답인 거 같네요.

아버지 : 그건 은총이자 저주지. 네 할아버지 인생은 돈 때문에 망했지. 사랑도 친구도 없이 말이야. 난 진심으로 행복한 부자를 본 적이 없어.

아들 : 그래도 일하지 않아도 되면 좋잖아요.

아버지 : 아니, 그거야말로 재앙의 길이야. 프레드 삼촌을 봐라.

아들 : 프레드 삼촌이 어떻게 됐는데요?

아버지 : 완전 말아먹었지. 인생을 낭비했어. 네가 정말 바라는 인생을 위해서만 사용하는 게 좋아. 정말 심사숙고해서 말이야.

아들 : 그럼 솔직히 말해서 지금 이 시점에선 여자친구가 있으면 정말 좋을 것 같아요.

아버지 : 우와!

내가 정말 바라는 인생! 그건 어떤 인생일까? 그리고 그 인생을 사는 데는 무엇이 필요한 걸까? 양자역학을 다룬 영상을 보다가 재미있는 대사를 발견했다.

물리학이 물리적 실재를 이해하려 하고 물질이 실제 무엇으로 이루어져 있으며 모든 생명의 근본이 되는 핵심단위를 찾으려고 더 빈틈없이 들어가면 갈수록 삶과 우주는 손가락 사이로 빠져나가 버립니다. 순수하게 추상적인 영역에 이를 때까지 점점 더 추상적이 되어버립니다.

그리고 점점 더 추상적인 것과 마주치게 되는데 그것이 '통일장'이라고 부르는 것이고, 그것이 순수하고 추상적인 잠재성입니다. 순수하게 추상적인 존재. 순수하고 추상적으로 스스로를 인식하는 의식입니다. 그리고 그것은 진동의 파도 속에서 솟아올라 이 광활한 우주 속에서 우리가 보는 모든 것과 입자와 사람들을 창조해냅니다. 물질을 구성하는 것은 더 이상 물질이 아니라 생각이나 개념, 정보들입니다.

– 〈다운 더 래빗 홀Down the rabbit hole〉 중에서

그렇다면 정말 내가 바라는 인생을 살아가려면 어떤 생각이나 개념, 정보를 가지고 있느냐가 중요하다. 근원적으로는 거기서 모든 것이 창조되기 때문이다. 예전에는 가치 있는 생각, 개념, 정보를 얻으려면 돈과 권력이 필요했다. 돈과 권력이 정보를 통제하고 독점했기 때문이다. 그러나 이제 그런 독점은 사라졌다. 인터넷, SNS의 발달로 소중한 정보도 누구나 마음만 먹으면 쉽게 구할 수 있다. 더 이상 부자를 부러워할 필요가 없는 세상에서 살고 있는 것이다.

항상 굶주리며 먹을 것을 찾아 헤매는 동물의 단계에서, 저

축하고 부를 불려 배고프지 않고 화려하게 살 수 있는 인간을 넘어, 돈이 없어도 부자와 다름없이 살 수 있는 정보화 시대에 도달한 것이다. 카를 마르크스Karl Marx가 혁명으로 이루고 싶어 했던 평등의 세상을 정보의 공유로 쉽게 이룬 것이다.

문제는 그 평등의 세상을 어떻게 슬기롭게 누리느냐다. 아마도 앞으로의 삶에서 중요한 것은 얼마나 배불리 먹고 화려하게 사느냐가 아니라 나이 들어서까지 얼마나 젊고 건강하고 행복하게 사느냐일 것이다. 돈보다도 중요한 것은 건강이고, 활력을 잃고 늙어가는 것을 바라는 사람은 없을 테니까.

젊음과 건강, 행복을 결정하는 것은 돈일 것 같지만 사실은 마음이다. 어떤 마음을 가지고 사느냐가 우리 신체의 건강과 정신건강, 행복을 결정한다. 돈이 많았던 적 있는 사람은 잘 알 것이다. 돈이 많아도 별 쓸데가 없다는 것을. 돈은 어려울 때는 목숨을 좌지우지하지만 너무 많을 때는 그저 숫자일 뿐이다. 주제넘게 논다고 더 재밌는 것도 아니고, 맛있는 것도 하루 이틀이고, 언제 죽을지 모르는 것은 매한가지다. 하루를 알차게 채우는 것은 돈이 아니라 내가 어떤 생각이나 개념, 정보를 가지고 사느냐다.

물론 돈은 필요하다. 그러나 보험회사 직원들이 강조하는 것처럼 돈이 많이 필요한 것은 아니다. 돈에 매달리기보다는 마음의 보석이 널려 있는 세상에서 자기에게 맞는 보석을 찾아 건강, 젊음, 행복을 잘 찾고 유지하면서 하루하루를 알차게 보내는 것이 바람직할 것이다. 그러자면 나에게 맞고 나를 잘 이끌 수 있는 '말'을 잘 찾아야 한다. 말 속에 소중한 생각, 개념, 정보가 담겨 있기 때문이다. 그래서 마음껏 시간여행을 할 수 있었던 〈어바웃 타임〉의 아버지는 세상의 책이란 책을 다 읽은 게 아닐까. 좋은 책은 두 번, 세 번씩도 읽고.

10
현대의
독립운동은 말로!

말 한마디에 천 냥 빚도 갚는다! 가능할까? 가능하다. 말만 잘하면 천 냥 빚은 지금도 갚을 수 있다. 말에는 믿음이 깔려 있기 때문이다.

원시시대에는 말이 없었다. 그러나 문명사회로 들어오면서 말이 생겼고, 이 말을 바탕으로 사회는 커지고 발전했다. 사람들이 모여 살려면 믿음이 중요하고 그 믿음을 유지시키는 수단이 바로 말이다. 그래서 사회는 말을 소중히 했고, 말을 소중히 하는 만큼 사회는 크고 발전했다. 선진국일수록 말을 소중히 하고 후진국일수록 '거짓말'이 판친다. 말은 곧 사회성이다. 은둔형 외톨이, 히키코모리들이 가장 먼저 잃어버리는 것이 말이다.

〈더 로드The Road〉라는 영화를 보면 어떤 사건으로 문명이 파괴되면서 순식간에 원시시대로 바뀐다. 갑자기 원시사회로 바꿰자 많은 사람들, 특히 여자와 아이들이 자살한다. 강간당하고 잡아먹힐 바에는 차라리 자살을 택하는 것이다. 어떤 사회에 자살이 많다는 것은 그만큼 원시성이 많다는 것이다. 원시성이 많다는 것은 사회성이 약한 것으로 곧 말이 소중하게 다루어지지 않고 있다는 것이다.

우리 사회는 OECD 국가 중 최고의 자살률을 기록하고 있다. 그만큼 말을 소홀히 하고 있는 것이다. 우리 사회는 말에 대한 교육(인문학), 거짓말이 얼마나 나쁜지에 대한 교육이 부족하고, 거짓말에 대한 단죄도 약하다. 우리 사회에서는 아이러니하게도 사람을 믿지 않고 경계하는 사람들이 성공한다. 워낙 거짓말이 판치고 있기 때문이다. 내가 어렸을 때는 "사람 말을 어떻게 안 믿어!"가 상식이었지만, 요즘은 "사람 말을 어떻게 믿냐!"가 상식이 되었다. 말을 믿는 성향을 이용해 사기꾼들이 오랫동안 해처먹은 결과다.

사기꾼들에게 한두 번 데면 아예 말 자체를 안 믿으려는 경향까지 보인다. 콩으로 메주를 쑨다고 해도 안 믿는다. 말을 이용하는 사기꾼들의 솜씨가 워낙 출중하기 때문이다. 사람이 사람 말을 안 믿다보니 사람이 사람을 만날 기회는 점점 줄어들고 있다. 그래서 깡패들이 스폰서를 구하려고 구치소에 간다는 말까지 있다. 그나마 구치소라도 가야 괜찮은 만남이 가능하기 때문이다. 구치소에 번듯한 사람이 갇히면 그와 사귀려는 사람들이 벌떼처럼 몰려든다.

사람을 안 믿고 경계하면 손해는 안 보겠지만, 사는 건 춥고 각박해진다. 불신에 사로잡힌 사람은 모든 것을 경계한다. 그 경계가 상대에게는 자기를 공격하는 것으로 느껴진다. 불신과 피해의식에 사로잡힌 사람들의 '눈'은 그야말로 먹이를 노리는 맹수의 눈 같다. 그런 사람의 시선은 움직이는 사람을 뚫어지게 쫓는다. 움직이는 존재는 다 자기를 해치려는 것으로 인식하기 때문이다. 그 시선을 받는 사람은 섬뜩하다. 그 시선은 경계를 넘어 상대를 잡아먹으려는 포식자의 눈빛으로 느껴지기 때문이다. 그래서 사람들은 사람을 안 믿고 경계하는 사람을 멀리한다. 불편하기 때문이다.

또 이야기를 나누면 극도로 피곤하다. 의심하는 게 너무 많고 까칠해서 편치 않기 때문이다. 사람은 대인관계와 사회관계를 통해 감정이 발달하는데 관계를 멀리하면 감정이 발달할 수 없다. 대인관계, 사회관계는 원시시대 때는 불가능했다. 낯선 사람을 보면 싸우고, 죽이고, 강간하고, 잡아먹었으니까. 대인관계, 사회관계는 무의식적으로 굉장히 위험한 경험이다. 그래서 대인관계, 사회관계를 할 때는 많은 집중이 필요하고 그런 집중된 경험을 통해 뇌신경세포 사이의 연결은 많아지고 강화된다.

사람들을 안 믿다보니 사기당할 염려가 없는, 아니 사기를 당해도 괜찮은 부모와 자식 사이는 더욱 끈끈해졌다. 코엑스 등을 걷다보면 엄마와 자식이 함께 걷는 풍경을 자주 본다. 믿지 못할 타인보다는 엄마와 자식이 데이트를 하는 것이다. 그러나 대인관계, 사회관계의 경험이 부족하면 정신적으로 성장할 수도 사회성을 키울 수도 없다. 사람을 불신하고 정신적으로 미숙한 상태에 머무르면서 많은 정신적·사회적 문제가 발생하고 있다. 우울증, 공황장애, 히키코모리, 중독, 자살, 충동조절력 미숙으로 인한 극단적 범죄, 책임회피로 인한 대형사건·사고 등은 이제 흔히 접하는 사건이 되었다. 이는 더 나아가 정치불안, 경제불안으로까지 이어지고 있다. 진실을 말하는 정치인보다는 막말을 하는 정치인이 판을 흔들고, 약속을 깨트리는 것을 아무렇지도 않게 자행하고 있으니 말이다.

말이 흔들리면 정신도 흔들린다. 말이 흔들리는 사람에게 정치를 맡기면 나라가 흔들리고, 사업을 맡기면 기업이 흔들린다. 말이 무너지면 개인이 망하고 기업이 망하고 나라가 망한다. 요즘 우리 현실을 구한말과 비교하는 사람들이 있다. 20세기 초 나라가 망할 때와 비슷하다는 것이다. 목소리 큰 놈, 정신 나간 놈들이 날뛰고 있다. 그들은 말도 안 되는 말, 말 같지도 않은 말로 나라를 서서히 침몰시키고 있다. 나라가 가라앉기 전에 말을 바로 세워야 한다. 말을 세우면 개인이 서고 기업이 서고 나라가 선다.

그러나 말을 세우는 것이 쉬운 일은 아니다. 말하는 능력은 사회성과 비례하는 것으로 오랜 훈련이 필요하다. 말을 잘하려면 사회생활도 열심히 해야 하고 책도 많이 읽어야 한다. 책 속에는 그동안의 사회생활, 남들의 사회생활이 담겨 있기 때문이다. 말이 발전하는 만큼 개인의 삶도 달라지고 그를 바라보는 주위의 시선도 달라진다.

아무리 불신사회라 해도 말에 일관성이 있고, 자기가 한 말을 잘 기억하고, 남들과 열린 마음으로 소통하고, 약속을 잘 지키는 사람은 어디서나 환영을 받는다. 그런 사람이 너무 드물기 때문이다. 어쩌면 말을 세우는 것은 구국의 일념으로 해야 할 것이다. 과거의 독립운동이 만주, 상해에서 총칼을 들고 했다면, 현재의 독립운동은 바른 말을 가지고 말 같지 않은 말, 말도 안 되는 말과 치열한 싸움을 벌여야 할 것이다.

어느 건설현장에서 한 여자 건물주가 목소리를 높인다. 노가다는 그렇게 다루는 게 아니라면서. 그러나 그녀는 계속 건축비를 지불하지 않고 있었다. 목소리를 높이다 말고 갑자기 그녀가 무릎을 꿇는다. 그리고 당황하며 횡설수설한다. 말도 안 되는 말을 계속하려니 밑천이 바닥난 것이다.

그녀는 결국 건축비를 제대로 지불하지 않았다. 평소 건설회사 사장과 친한 척하며 엿들은 약점을 까발리겠다고 협박해서다. 그 사장은 심장마비로 죽었다. 아마 화병이었을 것이다. 그녀의 감언이설과 억지에 속지 말고 처음부터 계약을 철저히 하고 단계적으로 충실히 이행했다면 돈과 목숨을 모두 날리지는 않았을 것이다.

말 같지도 않은 말, 말도 안 되는 말을 하는 사람들은 폭력적이다. 그래서 사람들은 그들을 피한다. "똥이 무서워서 피하냐 더러워서 피하지!" 하면서. 그러나 피한 자리에서 이득과 권력을 취하는 사람은 그 말도 안 되는 말을 한 사람들이다. 그래서 대한민국을 폭력공화국이라고도 한다. 말보다는 목소리 큰 것이 앞서는 나라니까.

그러나 똥을 자꾸 방치하면 똥덩어리가 나라를 뒤엎는다. 나라가 똥투성이가 되기 전에 똥을 치우기 시작해야 한다. 목소리 큰 사람보다는 합리적인 사람이 이겨야 세상은 맑고 분명하고 안전해진다. 일관성이 있고 예측 가능하기 때문이다.

이제 폭력과의 전쟁뿐만 아니라 목소리 큰 사람들과의 전쟁도 시작해야 할 것이다. 자손들에게 나라를 빼앗긴 설움보다 더한 똥지옥을 물려주지 않으려면.

11

잘산다면서 자살은
왜 그렇게 많습니까?

"남한이 잘사는 건 알겠는데, 자살하는 사람은 왜 그렇게 많습니까?"

"남한에는 왜 그렇게 사기꾼이 많습니까?"

탈북한 사람들이 자주 하는 질문이다. 나라면 이렇게 대답하겠다.

"잘살다보니 편안해졌고, 편안해지다보니 나약해졌고, 나약하다보니 스트레스에 취약해 자살이 많은 거지요."

"잘사는 것만 목표로 삼다보니 관계를 소홀히 해서 사기꾼들이 많나봅니다."

우울증, 자살률이 세계 최고를 달리고 사기꾼이 득시글거리는 나라가 잘사는 나라일까? 우리는 이런 나라를 만들려고 그렇게 죽기 살기로 달려온 걸까? 그건 아니다. 우리는 행복하기 위해 잘살고 싶었고, 잘살면 더 행복할 줄 알았다. 그렇다면 뭐가 문제라서 자살이 늘어나고 사기꾼들이 득시글거리면서 '헬조선'이란 말까지 나온 걸까?

인터넷 댓글을 보면 부자들이 독식하기 때문이라는데 정말 그럴까? 심지어 나라가 뒤집히기를 바라는 사람들도 있는데, 나라가 뒤집히면 더 살기 좋은 세상이 될까?

자살과 사기꾼이 없어지려면 최소한 예전처럼은 돼야 한다. 예전에는 지금같이 자살과 사기꾼이 많지 않았기 때문이다. 예전의 특징은 뭘까? 사람들이 부지런하고 관계가 살아 있었다. 그런 상태에서는 우울증도 사기꾼도 적었다. 하지만 가난했다. 그래서 좀 더 잘살기를 희망했다. 그렇다면 부지런하고 관계가 살아 있는 토대 위에 잘사는 삶이 보태진다면 우리는 나빠지지 않고 행복을 보탤 수 있으리라.

나는 사람이 '자가 재충전 배터리auto-rechargeable battery'라고 생각한다. 움직이면서 전기를 일으키고 그 전기를 축적해 움직이는 것이다. 그래서 아무리 잘살아도 부지런해야 한다. 잘살면 우선 편안하려고 하는데, 편하면 움직이지 않아 전기를 만들 수 없고, 전기가 고갈되면 방전된 배터리처럼 돼서 제대로 전기를 운용할 수도 없으며 배터리도 고장이 난다. 즉, 살 기운이 안 나고 사는 게 힘들고 지치고 몸도 상하고 살맛도 안 나는 것이다.

KBS 프로그램 〈궁금한 일요일 장영실쇼〉 31회에서 인제대학교 가정의학과 박현아 교수가 이런 말씀을 하신다.

"절대적으로 낮 동안의 활동량에 따라 밤 수면시간이 결정되는데, 제 환자분 중에 이런 분이 계셨어요. 대학병원을 다 돌아다니면서 온갖 수면제를 다 먹어보고 할 수 있는 건 모두 다 했는데 치료가 안 되세요. 그분은 사장님이시니까 본인이 움직이는 게 하나도 없어요. 하루에 보행수가 천 보, 2천 보 정도? 하루에 20분도 안 걸으시는 분이거든요. 계속 걷게 했어요. 회사일도 좀 놓으시고 하루 종일 걷게. 그러니까 밤에 주무시더라고요. 사람은 자기가 활동한 것만큼만 잠이 오는 거죠."

아무리 돈을 많이 벌고 성공을 해도 편안하게만 있으면 잠도 안 오고 기분도 가라앉으며 결국에는 죽고 싶어진다. 뭘 하든 열심히만 하면 된다는 말이 있다. 일단 뭐든 열심히 해서 전기도 만들고 충전도 해야 건강하게 살 수 있는 것이다. TV 드라마를 보면 재벌들은 성공했다고 걷는 것도 귀찮아서 휠체어 타고 나오곤 하는데, 그래봤자 앉은뱅이밖에 안 된다.

또 관계도 행복에서 매우 중요하다. 잘살게 되면 수성守成하기 바쁜 사람들이 있다. 누가 자기 것을 빼앗아 갈까봐 성을 높이 쌓고 관계를 축소하고, 심지어 남을 공격하기까지 한다.

영화 〈역도산〉을 보면 역도산이 피해의식에 싸여 남을 경계하다가 더 나아가 애꿎은 사람을 공격하고 그러다 칼에 찔려 죽는다. 성공했는데 관계를 축소하니 행복은 줄고 불행은 늘어나는 것이다.

35억 년 전 단세포 생명체가 탄생했고, 6억 년 전에 다세포 생명체로 진화했다. 인류는 기원전 4천 년에 언어문자를 만들면서 사회를 형성했고 사회를 키우면서 만물의 영장으로 등극했다. 인간은 지구에 적응하기 딱 알맞은 크기라고 하는데, 그렇기 때문에 덩치를 더 키우기보다는 비슷한 인간끼리 집단을 이루고 그 집단을 더 키우는 쪽으로 진화했다. 지금은 IT, SNS의 발달로 한 개인의 한계는 전 세계로까지 넓혀지고 있다.

이런 가운데 관계를 외면하고 자신만의 공간에 박혀 있으면 먼저 언어부터 잃는다. 언어는 관계를 맺기 위한 것인데 관계를 안 맺으니 어휘도 줄고 심지어 말하는 것까지 잃는다. 그러면 관계를 더욱 기피하게 되고 점점 퇴화한다. 그리고 퇴화하면 행복은 줄어든다. 우리가 진화하는 이유는 세상에 잘 적응하기 위해서, 즉 행복하기 위해서이기 때문이다.

우리는 잘살기 위해 열심히 달렸지만 게을러지고 관계를 회피하면서 불행은 늘기 시작했다. 돈이 사람을 나약하게 만들고 관계를 망가트린다면 차라리 돈이 없는 게 낫다. 옛날보다도 못한 삶이 되기 때문이다. 관계가 망가진 삶은 문명 이전의 원시적인 삶으로 돌아가는 것이다.

영화 〈더 로드〉를 보면 문명사회가 갑자기 원시사회로 변해 버리자 무질서하고 폭력이 난무하는 현실을 감당하지 못해 많은 사람이 자살한다. 우리 사회도 마찬가지다. 아무리 돈이 많아져도 관계가 무너지면 원시사회나 다름없다. 관계의 질서도 미학도 윤리도 없이 수단, 방법 가리지 않고 자기 이익만 좇는다면 세상은 너무 살벌하고 위험할 것이다.

그런 살벌한 세상에서는 자살이 늘어날 수밖에 없다. 사는 게 너무 위험하고 겁나고 춥기 때문이다. 사회는 어떤 일이 있어도 포기해서는 안 되는 인간의 가장 소중한 재산인 것이다.

그렇다면 돈도 있으면서 사람도 부지런해지고 관계도 좋아지려면 어떻게 하면 될까? 말을 소중히 하면 된다. 말은 사람도 강하게 만들고 관계도 좋게 만든다. 관계는 믿음으로 이루어진다. 수단, 방법 안 가리고 돈만 좇으면서 말을 소홀히 하면, 거짓말을 하고 약속을 안 지키면 나중에 돈은 많아져도 사람도 잃고 자신도 추해진다. 자크 라캉Jacques Lacan은 우리 몸과 마음이 언어로 구성돼 있다고 했다. 그렇다면 거짓된 언어, 변덕스러운 언어는 우리 몸과 마음을 거짓과 변덕으로 채우게 된다. 거짓과 변덕은 쉽게 부서지고 배척받는 것으로서 그런 사람은 나약하고 관계도 나쁠 수밖에 없다.

말을 존중하고 말에 무게감이 있으며 말에 논리와 일관성이 있는 사람은 스스로 당당하고 남들과도 진실한 관계를 맺는다. 그 사람은 예측이 가능하고 믿을 만한 사람이기 때문이다. 사람들이 가장 좋아하는 사람은 누구에게나 다 잘하는 사람이 아니라 다음 행동을 예측할 수 있는 사람이다. 그래야 위험하지 않기 때문이다.

예전에 아무리 경제적으로 힘들어도 생존할 수 있었던 것은 말을 소중히 했기 때문이다. 잘살게 돼도 말의 소중함을 잃지 않으면 우리는 비로소 우리가 바랐던 행복을 얻을 수 있다. 건강도 있고 관계도 있고 돈도 있으니 말이다.

12
이쁨받으려고
특이하게?

뉴욕에서 취직해 젊음과 아름다움을 한껏 발하고 사는 딸이
불쑥 이런 질문을 해왔다.

"왜 여자들은 더 남들에게 이쁨받으려고 행동을 더 특이하게
할까요?"

나는 이렇게 대답해주었다.

아빠가 여자가 아니라서 잘은 모르겠지만, 아마도 이런 본능
때문일 것 같아. 난자는 자기를 둘러싼 정자 중에서 하나를 선
택해 받아들여. 가장 빨리 난자에 도달한 정자를 받아들이는
게 아니라 자기를 둘러싼 수많은 정자 중 하나를 선택해서 받
아들이지. 그런데 정자는 난자에 골인하지 않으면 자기가 말라
죽기 때문에 죽기 살기로 난자 속으로 들어가려고 해. 그러나

난자는 자기가 선택한 정자만 들어오게 한 다음 난자 벽을 두껍게 해 나머지 정자들은 죽여버리지. 심지어 난자 벽에 머리를 박고 있는 정자들도 다 죽여버려.

이를 두고 어떤 심리학자는 "난자로 대표되는 처녀는 사랑보다 우정을 선택하고, 정자로 대표되는 총각은 우정보다 사랑을 택한다"고 말했어. 처녀(난자)는 가급적 좋은 유전자를 받아들이기 위해 남자(정자)가 많이 다가오기를 바라고, 남자(정자)는 이 여자(난자)가 아니면 죽어버리니 빨리 여자와 하나가 되기를 바라는 것이지. 현실에서는 죽지 않는데도 본능적으로 그렇게 절박하게 느끼는 거야.

그래서 여자들은 처녀 때 참 못되게 군단다. 남자를 고르고 고르면서 남자를 애태우고 배신도 서슴지 않지. 난자 때 정자들을 그렇게 무수히 죽였으니(눌러 죽이고, 목 잘라 죽이고, 외면해 죽이고) 양심이라는 게 있겠어? 아빠도 젊었을 때 여자한테 차였을 때 이렇게 절규했지. 사람을 이렇게 잔인하게 차다니, 인간성에 대한 도전이라고 생각하지 않는가?

그러나 여자는 들은 척도 안 해. 본능이 그런 걸 어떡해. 여자들한테는 우수한 유전자를 받아들이는 것만큼 큰 본능은 없어. 그래서 여자들은 최대한 이쁨받고 주의를 끌려고 별짓을 다해. 얼굴을 갈아엎기도 하고 행동도 별 특이한 걸 많이많이 하지. 가급적 많은 남자를 끌어모아 그중에서 가장 좋은 남자와 결합하려는 거야.

하지만 남자들도 너무 억울해할 건 없어. 늙은 다음에 보면 되니까. 난자성(여성성)이 사라지면 정자는 그 난자에 별 매력을 못 느껴. 너무 예뻐 무수히 많은 남자를 만났던 한 처녀는 나이 들면서 남자들에게 모욕을 당하기 시작했어. 젊었을 때 예쁘다고 뻐기더니 꼴좋다!

나이가 더 들자 남자가 아예 한 명도 없었어. 그녀는 얘기라도 할 남자가 있었으면 하고 바랐지만, 그녀와 얘기하고 싶어 하는 남자는 아무도 없었지. 그녀는 예뻤던 젊은 시절 사진을 들고 다니며 남자들에게 다가갔지만 아무도 그녀를 상대해주지 않아. 그녀가 다시 젊고 예뻐지지 않으리라는 건 다들 잘 아니까. 또 그녀가 남자들(정자들?)에게 얼마나 잔인했는지 많이들 기억하고 있으니까.

그녀를 제대로 대해주는 사람이 있다면 아마 그녀의 아이들 뿐일 거야. 그러나 불행히도 그녀는 아이가 없었어. 남자를 고르면서 아이도 지웠거든. 더 나은 남자를 택한답시고 전 남자의 아이를 냉큼 지운 거지. 그녀는 지금 엄마를 무척 원망하고 있어. 엄마가 그렇게 고르지만 않았다면 자기 삶이 달라졌을 거라고 말이야. 본능과 사회의 충돌이지.

그래서 어느 정도 고르면 만족하는 게 좋아. 젊음이 언제까지나 유지되는 것도 아니고 남자들도 바보가 아니니까. 그래서 "있을 때 잘해"라는 말도 있는 거야. 영웅은 자기를 알아봐준 사람을 위해 목숨을 바치고, 나라의 녹을 먹는 사람이 목숨 바쳐 나라에 충성하듯 남자도 자기에게 잘해준 여자는 평생 잊지 못하거든. 특히 젊고 예쁠 때 자기를 믿고 따라준 여자는.

드라마 〈태양을 삼켜라〉에서도 온갖 야비한 싸움을 서슴지 않던 장민호(전광렬 분)는 자기를 믿고 애까지 낳고 죽은 안미연(임정은 분)을 평생 잊지 못해. 그리고 결국 그녀의 무덤 앞에서 자살하지.

우리 딸도 이제 어느 정도 놀았으면 겸손해져야 해. 언제까지나 젊은 건 아니니까~^^

2장

돈보다는
말

13
넌 반드시
큰 인물이 될 거야

대학시절 정신병원에 입원한 적이 있다. 유신 시절 무수한 말의 홍수는 어리바리한 나를 쓸어서 익사 직전까지 몰고 갔다. 그 과정은 이랬다.

공부만 하다 의대에 들어가 대학의 낭만에 취해 지내던 어느 날, 신방과에 다니는 한 친구가 자기네 모임에 가자고 했다. 서울 공대에 들어간 친구와 함께 갔다. 대학로에 있는 '진아춘'이라는 중국집이었다. 거기에 친구 여럿이 모여 있었는데, 짜장면을 시켜 먹고는 열띤 토론을 벌이는 것이었다. 나라를 걱정하고 유신을 비판하는 내용이었다. 짜장면만 시키고 한참이나 있었는데 식당 주인은 나가라고 하지도 않았다. 그들의 토론을 바라보는 나는 한마디도 할 수 없었다. 그렇게 생각해본 적이 없었기 때문이다. 서울 공대 친구는 막 끼어들어 자기 의견을 말했지만 별로 와 닿지는 않았다.

그 뒤 나는 그 모임에 매료되었다. 모임의 이름도 거창해서 '흥국동우회'였다. 유신 시절 대학로의 중국집에서 모여 정부를 비판하는 것이 마치 상해에서 독립운동이라도 하듯 낭만적으로 느껴졌다. 모임 때마다 책을 읽어 오기로 했는데 나로서는 처음 접하는 사회과학 책, 운동권 책이었다. 그런데 모임의 다른 애들은 책을 별로 읽어 오지 않았고, 약속시간도 잘 안 지켰다. 의아했다. 그렇게 큰 뜻을 지닌 애들이 왜 공부나 약속에는 다소 소홀할까? 아마도 최근에 나온 영화 〈동주〉 속의 친구들처럼 순수하게 열정적으로 집중하기를 바랐는데 그러지 않아 다소 실망했던 것 같다.

그러나 모임과 술자리는 계속됐고 그들의 열변은 멈추지 않았다. 우리가 공부하는 게 우리가 잘나서 그런 줄 아느냐, 노동자·농민의 희생으로 공부하는 거다. 민족적 의무, 역사적 사명, 시대적 책임, 아시아, 세계적, 인간, 인류…….

그러던 어느 날 열변을 토하던 한 친구가 구속되었다. 나는 무척 괴로웠다. 그리고 다소나마 의구심을 가졌던 것이 미안했다. 다들 더 큰 일이 있어서 그런 것을. 그래서 나도 기회가 되면 민주주의를 위해 싸우다 구속되리라 결심했다. 또 다른 친구가 구속됐다. 더 괴로웠다. 제정신이 아닐 정도로 운동권 서적에 빠졌고, 모았고, 그러면서 다른 모임에도 나가게 됐다.

어느 날 한 선배가 불쑥 찾아왔다. 그러면서 깨지라는 것이다. 고대에서 데모를 할 건데 삐라를 뿌리고 잡혀가라고. 정작 닥쳐오자 겁이 났다. 주저하니 선배는 실망하며 떠났고, 나는 곧 후회하고 선배를 뒤쫓았으나 이미 사라진 뒤였다. 그때 선배는 자기가 깨질 수도 있는데 집안에 문제가 있어서 못한다고 했다.

그 뒤 큰 방황이 시작됐다. 내 결심을 내가 못 지켰기 때문이다. 이를 보상하느라 나는 무리하기 시작했고, 여기저기 서클 회장을 맡다가 결국 낙제를 하고 말았다. 충격이 큰 가운데 나는 칩거했다. 그리고 운동권 친구들에게 편지를 보냈다. 운동권을 계속 접하면서 내 마음 한구석에는 운동권에 대한 의구심이 계속 쌓였다. 그들이 비판하는 정권이나 그들이나 별 차이가 없게 느껴지곤 했으니까. 이기심이나 성욕 등에서.

이때부터 메시아 망상이 싹텄던 것 같다. 본과 1학년을 다시 다니면서 내 고립은 계속됐고, 그러다 같은 과 여학생 두 명의 이름에서 메시아 이름을 발견해 망상이 치솟다가 결국 정신병원에 입원했다. 나를 입원시킨 뒤 아버지는 벽에 기대어 소처럼 우셨고 나는 지옥 같은 치료과정을 겪어야 했다. 약은 독했고 부작용은 심했으며 그럼에도 망상은 쉽게 사라지지 않았다. 그 상황이 너무 힘들어 죽고 싶기까지 했다.

병이 좋아지면서 나는 냉혹한 현실과 맞닥뜨려야 했다. 엄청난 의대 교과과정을 소화해야 했던 것이다. 그러나 약을 먹으면서 제대로 공부할 수가 없었다. 눈은 아른거리고 손은 떨려 제대로 책을 읽을 수도 글을 쓸 수도 없었다. 또 몸이 굳어 옷을 단정히 입을 수 없었고 말도 더듬거려 일상적인 대화가 힘들었다.

하루하루 힘든 나날이 지속되고 의대를 포기하고 싶은 마음마저 들던 어느 날, 아버지가 내 옷깃을 추슬러주며 말씀하셨다.

"넌 반드시 큰 인물이 될 거야!"

그러고보니 아버지는 어렸을 때부터 나에게 말씀하시곤 했다. 넌 나중에 큰 인물이 될 거라고. 어렸을 땐 그 말에 별 관심이 없었다. 큰 인물이 되거나 말거나. 그런데 곰곰이 생각해보니 아버지는 다른 형제에게는 하지 않는 말을 유독 나에게만 하셨다. 그렇다면 희망이 있다. 나중에 큰 인물이 될 사람이 이 정도 시련을 못 견디겠는가.

나는 신께 기도했다.

"주여, 저에게 마지막 기회를 주시옵소서. 한 번만 더 살게 해주신다면 나를 위해 기를 쓰지 않고 당신 뜻에 따라 살겠으며 절대 현실에 지지 않겠습니다. 당신의 섭리가 이루어짐이나이다."

병이 좋아지기 시작했고 약도 줄어 몸도 많이 자유로워졌다. 살 것 같았다. 다시 나에 대한 통제를 회복한 것이다. 그러나 성적은 엉망진창이었다. 전년에 낙제했기 때문에 또 한 번 낙제하면 퇴교였다.

기말고사를 보기 전 휴학계를 내고 나오던 날이 기억난다.

파란 하늘, 맑고 서늘한 공기, 하늘을 올려다보던 나! 그래, 다시 시작하는 거다.

그 뒤 열심히 살았다. 우여곡절은 많았지만 아버지가 돌아가시기 전까지 비교적 성공적인 모습을 보여드릴 수 있었다. 나의 성공에 아버지는 당연하다는 듯 덤덤하게 말씀하셨다.

"난 저놈이 큰 인물 될 줄 알았어."

아버지의 따뜻한 말 한마디는 나를 다시 일으켰다. 내 인생의 최대 복은 좋은 부모님을 만난 것이다. 부모님은 나를 일관되게 사랑해주셨고 따뜻한 말을 아끼지 않았다. 나도 부모님 같은 좋은 부모가 되고 싶었다. 그러나 좋은 부모가 되는 건 참 어려웠다. 큰아들은 자랄 때 아빠를 본 적이 없다고 말하고, 둘째 딸은 어릴 때 아빠 때문에 큰 상처를 받았으며, 막내아들은 중 2부터 아빠와 떨어져 살아야 했다. 하지만 고맙게도 아이들은 잘 자라주었다. 아마도 좋은 부모님의 흔적이 내게도 조금은 남아 있었나보다.

그 흔적은 바로 아이들을 존중하고 따뜻한 말로 격려한 것이다. 나는 아이들이 희망을 잃지 않게 가훈을 '대기만성大器晩成'으로 정했고, 아이들이 나아가기를 주저할 때는 과감할 것을 촉구했다. 미국에서 공부하는 딸이 대학진학을 앞두고 비싼 등록금을 걱정하며 물었다.

"아빠는 케어해야 할 자식이 셋이나 있지 않아? 나만 이렇게 돈을 써도 될까?"

나는 대답했다.

"아빠는 아빠만 케어해. 너도 너만 케어해. 지금 네가 들어간 대학은 네가 숨 쉴 시간도 없이 공부해서 들어간 곳이야. 돈이 없다고 꿈을 포기하는 것만큼 어리석은 것은 없어."

딸은 울면서 웃으면서 대학에 진학했고, 나는 이 말을 책임지느라 무진 고생을 했다. 39퍼센트 이자로 대출도 받고 친구에게 돈을 빌리기도 하면서 겨우 대학을 졸업시켰다. 딸은 졸업 후 뉴욕에서 취직했다.

얼마 전 딸에게서 전화가 왔다.

"아빠, 뭐 필요한 거 없어?"

그리고 생일 때는 천 달러나 부쳐주었다. 맛있는 거 사 먹으라면서.

나는 내 부모님처럼 자식에게 모든 것을 희생하는 좋은 부모는 못 됐지만 따뜻한 말 한마디의 가르침은 잊지 않았다. 아버지의 따뜻한 말이 없었다면 나는 내 인생에서 승리도 행복도 꿈꾸지 못했을 테니까.

하지만 나를 다시 건강하게 만들어준 것은 신이 내 약속을 받아주었기 때문이라는 생각도 든다. 신은 나의 간구에 아무런 답변을 안 했지만 무한한 사랑으로 다시 한 번 기회를 준 것이다. 신과의 약속을 지키기 위해 나도 무진 애를 썼다. 나를 위해 기를 쓰지 않겠다고 약속해 나를 위해서는 콜라 한 병 제대로 사 먹지 않았다. 내 안에서 순수하게 떠오르는 것, 나에게 다가오는 것에 신의 뜻이 있다고 생각해 내 안팎의 인연에 충실했다. 매일같이 꾸는 꿈을 우선적으로 소중히 했고, 만나는 한 사람 한 사람을 마치 신의 사도처럼 소중히 했다.

그러다 많은 사기꾼을 만났고 급기야는 이런 말도 들었다.

"네가 가진 돈 전부 꿔줘!"

"내가 당신을 어디까지 말아먹어도 당신이 견디는지 한번 보겠어요."

사기꾼들이 상대의 심리를 파악하는 솜씨는 상상을 초월한다. 자기를 믿을 것 같으면 정말 기둥뿌리까지 다 뽑아달라고 한다. 거기까지 다 들어줄 수는 없었다. 신의 뜻에 대해 다시 생각해보았다. 순수하게, 우연하게 다가온다고 다 신의 뜻은 아니다. 우선 말이 돼야 했다. 말이 오버하거나, 무례하거나, 일관성이 없거나, 거짓이 있으면 그건 신의 뜻이 아니다.

내 안에서 떠오른다고, 꿈에 나타났다고 다 신의 뜻은 아니다. 프로이트는 꿈과 현실을 동일시하는 것이 정신분열증이라고도 하지 않았는가. 그렇다면? 그렇다. 내가 판단하고 결정하는 것이 신의 뜻이다.

신은 쪼잔하지 않다. 가장 통 큰 인간보다 더 통이 크다. 통크게 투자하는 손정의보다 더 통이 크다. 자기와 약속했으니 잘 지키나 안 지키나 일일이 쫓아다니며 확인하지 않는다. 크게 인생을 주고 알아서 운영하라고 하고 마지막에 큰 결과만 본다. 내가 모든 걸 결정해야 한다.

내 판단을 신에게 미룰 수는 없었다. 신은 아무 말도 하지 않았다. 그저 네가 그렇게 간절히 바라고 원하니 인생을 다시 한 번 주었을 뿐이다. 인생을 어떻게 헤쳐 나가느냐 하는 것은 너에게 달렸다. 인생의 모든 것에 대한 대처나 판단은 네가 다 알아서 해라. 우리는 그냥 마지막에 한번 보자. 이것이 신의 뜻이다.

그래, 콜라도 마시고 싶으면 사서 마시자. 사고 싶은 것들도 사고. 사람도 아니다 싶으면 거절하고, 맹목적으로 그들에게 끌려다니지 말자. 그리고 내 잘못에 너무 집착하지 말자. 잘못한 건 후회하고 반성하고 다시 그러지 않으면 된다. 중요한 건 나아가는 것이다. 그러다보면 마지막에 신은 부모님과 함께 나타나 나를 포용하리라. 영화 〈레미제라블〉에서 장발장의 죽음 뒤 장면처럼.

> "함께 가요. 당신을 결박하지 않는 곳으로. 모든 슬픔을 뒤로 남긴 채로. 주의 자비에 당신을 맡기세요."
> "모든 죄는 사라지고 주의 영광 속에 있게 하소서."
> "손을 잡아요. 구원의 길로 안내할 테니. 내 사랑을 받아요. 영원한 사랑을."
> "기억해요. 이 사실을 명심해요. 타인을 사랑하는 자만이 주를 볼 수 있음을."

14
따뜻한
어르신들

친구 아버님이 많이 편찮으신데 친구는 외국 출장 중이라 새벽에 문병을 갔다. 아버님은 멍하니 허공만 바라보고 계셨는데, 나를 보더니 반갑게 맞으신다. 아버님은 의식이 다소 깜박거렸는데 중얼거리듯 말씀하셨다.

"사는 덴 원칙이 있어야 해, 원칙이. 미국엔 원칙이 있는데 한국엔 원칙이 없어."

아버님은 사업에 부침이 많았는데 사업이 망할 때도 빚만은 꼭 다 갚았다고 한다. 그 가르침이 새겨졌는지 아들도 신용이 좋아 사업을 아주 잘한다. 곁에서 손을 잡아드리니 아버님이 말씀하신다.

"손이 따뜻하네. 네가 따뜻한 기운을 나한테 주는구나."

어렸을 때 친구 집에 자주 놀러 가곤 했다. 우리 집은 가난해서 텔레비전이 없는데 친구 집엔 있었기 때문이다. 또 내가 가질 수 없는 책들도 있어 책도 빌려보곤 했다. 뭘 몰랐던 어린 나는 시도 때도 없이 친구 집을 찾았지만, 친구 집에서는 단 한 번도 싫은 내색을 한 적 없었다. 어린 시절 내 감성은 그 친구의 집에서 많이 키웠다.

막내딸이 와서 나는 자리에서 일어났다. 아버님은 막내딸에게 큰 소리로 내 얘기를 하셨다.

"아까 왔어."

내가 일찍부터 와서 간병했다는 것을 딸에게 알리고 싶으셨던 것이다. 옛날 어른들은 조금이라도 신세를 지면 꼭 갚으려고 애쓰신다. 며칠 뒤 아버님은 돌아가셨다. 아버님과의 짧은 만남이었지만 우리 시대의 따뜻한 어른이 돌아가셨다는 생각이 들었다. 몇 달 전에는 내 어머님도 돌아가셨다. 평생 나와 함께 살았는데 아파서 병원에 계시면서도 끝까지 나와 함께 살고 싶어 하셨던 어머니! 머무를 방이 없다고 하니 "차에서 자면 안 될까? 살날이 얼마 안 남았으니 네 곁에서 죽고 싶어!" 하셨다.

이상하게 많은 어르신들은 돌아가실 즈음엔 아들만 찾는다. 딸을 낳아야 효도를 받는다고 하지만 마지막에 소중한 건 그래도 아들인가보다. 그런데 문병을 가면 빨리 돌아가라고 하시곤 했다. 아버지도 그러셨다. 너무 아파 중환자실에 계실 때 밤샘 간호를 해드리려 했더니 엄하게 말씀하셨다.

"정일아, 가라!"

그러고는 곧 돌아가셨다. 당신은 그렇게 편찮으시면서도 자식이 고생하는 것은 말리신 것이다. 어머니는 코에 호스를 꽂고 몸을 움직이기 힘들어하시면서도 마지막에 "지금 갈까?" 하면서 몸을 꿈틀거리며 웃으셨다. 그리고 다음 날 돌아가셨다. 어머니의 평생 자랑은 남에게 피해 준 적이 없다는 것이었다. 남의 돈 한 푼 허투루 가져간 것 없고. 아버지, 어머니는 우리 시대의 따뜻한 어른이셨다.

따뜻한 어르신들이 우리 곁을 떠나고 있다. 그러나 그분들이 남긴 따스한 온기는 내 영혼에 아주 깊숙이 새겨져 어떤 경우에도 그분들을 실망시켜드리고 싶지 않다.

'잘 살아야지. 열심히 살아야지. 따뜻하게 살아야지. 나도 우리 아이들에게 좋은 아빠가 돼야지.'

그런데 주변을 둘러보면 나는 행운아였다. 정말 좋은 부모님을 만난 것이다. 모든 사람이 나나 친구처럼 좋은 부모님을 만나는 것은 아니다. 따뜻한 부모님의 따사로운 사랑을 받고 자라지 못한 아이들은 따스함을 잘 모른다. 그들은 자기도 모르게 추운 곳으로 향하며 춥고 외로운 길을 선택한다. 그러다보면 죽고 싶게 되고 죽여주는 이야기를 만들게 된다.

그들의 몸은 정말 차다. 그들이 뿌리는 기운은 너무 차갑다. 그들은 따뜻함을 갈망하지만 세상은 그들이 바라는 따뜻함을 주지 않는다. 그 따뜻함은 부모만이 줄 수 있다. 그러나 그들의 부모는 그 따뜻함과는 거리가 멀다. 그들은 결국 얼어붙게 된다. 그것이 우울증이고 자살이다.

그들의 얼어붙은 몸과 마음을 녹일 수 있는 것은 제2의 부모(사회, 타인)인데, 그 부모 또한 점점 더 각박해지고 있다. 글로벌한 경쟁구조 속에서 사람이나 사회나 오로지 성장을 향해서만 달리기 때문이다. 사람들 사이의 단절은 점점 더 심해지고 빈부격차는 더 벌어지고 있다. 세상은 차가워지는데, 따뜻한 부모님들마저 이 세상을 떠나면서 세상은 더 추워지고 있다. 이 추위를 어떻게 견뎌야 할까? 그냥 넋 놓고 있다가 뼛속까지 얼어붙으면서 생을 포기해야 하는 걸까? 스스로 빙하기를 만들어 얼음 속에 갇혀야 하는 걸까?

그냥 있으면 그렇게 될 것이다. 그리고 먼 훗날 새로운 생명체는 이 빙하기의 인간을 이렇게 표현할 것이다. 스스로 얼음을 만들어 그 안에 들어앉은 아둔한 생명체.

이 추위가 더 심해지기 전에, 정말 빙하기가 오기 전에 불씨를 살려야 한다. 따뜻하게 돌아가신 어른들의 삶, 아직 살아 계신 따뜻한 어른들의 삶, 따뜻하게 살아가려는 사람들의 삶에 관심을 갖고 귀를 기울여야 한다. 원칙이 있는 삶, 감사하는 삶, 사랑이 있는 삶, 희생이 있는 삶, 용서가 있는 삶, 관대한 삶에……

15
원칙이 있는
삶

친구 아버님이 돌아가시기 전에 말씀하신 '원칙'이란 무슨 의미일까? 아마도 '믿을 만한 말'일 것이다. 미국에는 원칙이 있는데 한국에는 원칙이 없다는 한탄은 미국에는 믿을 만한 말이 많은데 한국에는 믿을 만한 말이 적다는 뜻이리라.

어떤 말이 믿을 만한 말이고, 어떤 말이 믿지 못할 말일까? 말이 되는 말이 믿을 만한 말이고, 말이 안 되는 말이 믿지 못할 말일 것 같다. 말이 된다는 것은 곧 논리가 살아 있다는 것이고, 말이 안 된다는 것은 논리가 살아 있지 못하다는 뜻이다. 논리論理란 이치理致(사물의 정당하고 당연한 조리)를 논하는 것으로 말이 되느냐 안 되느냐를 따지는 것이다. 믿을 만한 말은 논리가 살아 있어 막힘이 없다. 그러나 믿지 못할 말은 논리가 없기에 막힘이 많다.

보이스피싱을 당해본 사람들은 느꼈을 것이다. 상대는 내 질문에 제대로 답하지 못한다. 내가 답답해서 이러저러한 거냐고 하면 기다렸다는 듯 이러저러하다고 답한다. 말이 잘 이해되지 않아 결정을 주저하면 화를 내기 시작한다. 왜 안 믿느냐는 것이다. 그러나 말이 돼야 말을 믿을 게 아닌가. 그래서 거절이라도 할라치면 욕을 하고 협박을 하고 저주를 한다. 먹잇감을 놓치니 화가 나는 것이다.

우리나라는 왜 원칙(→ 논리)이 부족할까? 아마도 다음 두 가지 때문일 것이다.

첫째, 우리나라 특유의 '끼리끼리' 문화 때문이다. 전 세계에서 가장 가난한 나라 중 하나였던 우리나라는 살기 위해서라도 믿을 만한 사람끼리 뭉쳐야 했다. 그 믿을 만한 사람들이 가족이고 친지다. 〈아수라〉란 애니메이션을 보면 엄마가 너무 굶주린 나머지 자식까지 잡아먹으려고 한다. 이렇듯 배고프면 자식도 눈에 안 보이는데 말이 통하겠는가.

너무 오랫동안 어렵게 살다보니 먹고살 만해졌는데도 그때의 습習이 남아 있다. 즉, 말보다는 끼리끼리다. 끼리끼리면 무조건 감싸고 남은 철저하게 외면한다. 남의 논리나 사정은 관심 밖이다. 이것이 가장 극명하게 드러난 게 세월호 사건이다. 애들이 죽든 말든, 전 국민이 지켜보든 말든 끼리끼리 챙기기에만 바빴다. 전 세계 1위의 이혼율도 마찬가지다. 끼리끼리만 뭉치는데 결혼인들 온전하겠는가.

자기들끼리만 똘똘 뭉치는 문화 속에서는 논리가 자랄 수 없다. 국회에서 싸움박질하는 정치인들을 보면 정말 치졸하다. 그들은 상대와 논리적으로 따지는 게 아니라 "국회의원이 뭐 그렇게 대단한 건 줄 알아" 등으로 원색적으로 모욕하고 말을 못하게 거칠게 막는다. 이런 문화 속에서는 모두가 공감하고 따르는 법이 만들어질 수 없다. 아무리 좋은 법이라 해도 내 집단에서 나온 게 아니라면 무조건 무시하고 폄하하고 폐기할 테니 말이다.

둘째, 돈을 최우선으로 하는 문화 때문이다. 말을 잘 이용하면 쉽게 돈을 벌 수 있다. 말에는 기본적으로 믿음이 실려 있기 때문이다. 언어문자가 만들어진 이래 말은 믿음을 싣고 지금까지 진화해왔다. 그래서 사람들은 기본적으로 말을 믿는 경향이 있다. 이 말을 이용하면 사람을 속이기가 참 쉽다. 그러나 말을 소중히 하는 나라에서는 거짓된 말이 발붙이기가 힘들다. 한번 잘못이 드러나면 철저히 매장되기 때문이다.

딸이 미국에서 공부할 때 에세이를 베껴서 냈다가 영점을 맞은 적이 있다. 유학 다녀온 사람들 얘기를 들으면 그 정도는 약과라고 한다. 거짓 글로 퇴교를 당할 수도 있다는 것이다. 하지만 우리나라는 거짓말에 대한 단죄가 약하다. 돈이 무조건 최고이기 때문이다. 우리나라에서 가장 타락한 곳이 교육계라는 말도 있으니 그런 토양에서 어떻게 진실된 말과 원칙이 자라겠는가.

언젠가 한 남자가 사기를 치려다 나에게 들켰다. 그는 한동안 연락이 없다가 어느 날 전화를 걸어 점잖게 말했다.

"나는 사기가 본업인데 사기 안 당하고 그렇게 살지 마라. 똑바로 살아라."

나는 "알겠습니다" 하고 전화를 끊었다. 사기당하고 살아야 똑바로 사는 건가보다. 사회에서 친구, 형, 동생 하기로 한 사람들도 돈을 빌리면 안 갚았다. 그들에겐 공통되는 특징이 있다. 돈을 자기 계좌로 부치지 말고 다른 사람 계좌로 부치라고 한다는 점이다. 아마도 훗날 사기로 고소당할까봐 수를 썼던 것 같다. 그들에게 나는 친구도 동생도 형도 아닌 그저 호구였던 것이다.

말에 속아 돈을 떼인 게 참 많다. 그런데 그들이 잘사는 것 같지는 않다. 말로 속여 이득을 보면 당장은 돈이 생길지 몰라도 장기적으로는 사람을 잃기 때문이다. 사기를 일삼던 어떤 사람은 밭에서 굶어 죽었다고 한다. 더 이상 그를 상대해주는 사람이 없었기 때문이리라. 그래서 장사꾼에게 가장 중요한 것은 신용이라고 하지 않는가.

우리 사회는 끼리끼리와 돈 문화 속에서 믿을 만한 말, 원칙을 계속 무시해왔다. 원칙이 없으면 불안해진다. 항상 경계하고 의심하며 살아야 하기 때문이다. 거기서 불안과 우울증, 자살이 자란다. 우리 사회도 이제는 어느 정도 먹고살 만하니 원칙을 살려야 할 것이다. 인간답게 살려면.

16
돈보다는
자존심을

할머니 : 쌀 떨어졌니?

선우엄마 : 오늘 살 겁니다.

할머니 : 미리미리 좀…….

선우엄마 : 제가 알아서 합니다.

할머니 : 하~ 선우 왜 저렇게 말랐어? 애가 전보다 살이 쏙
빠졌네. 너 애한테 신경 안 쓰니? 그리고 넌 옷이 그거밖
에 없냐? 꼴 좀 봐라. 우중충. 청승은 하여튼~ 오던 복도
달아나겠다. 으휴, 집 안은 또 왜 이렇게 썰렁해. 연탄 안
때니? 너, 애들 감기 걸리면 어쩌려고 그래? 하여튼 너
대체 집에서 뭐하니? 네가 돈을 벌어오니, 일을 나가니?
내 자식 잡아먹고 내 새끼 연금에, 내 집에 살면서 애들
하나 거 야무지게 못 키우냐?

선우엄마 : 우리 잘 삽니다. 아들도 제가 알아서 잘 키우고
   요. 신경 쓰지 마이소.

할머니 : 내가 어떻게 신경을 안 써? 네가 이 꼴로 사는데? 허,
   너 일부러 나 보라고 이러는 거니? 팔자 세면 어떻게 사
   는지 보여주려고 이러는 거야? 어? 이런 애가 뭐가 좋다
   고……. 악연도 이런 악연이 없어, 응? 전생에 내가 무슨 죄
   를 많이 져서 너 같은 애랑 엮여 가지고~ 아휴, 아휴…….

선우엄마 : 어머니, 왜 말씀을 그렇게 하십니까? 저도요 우
   리 엄마 귀한 딸입니다. 우리 엄마 내 이래 험한 말 듣고
   사는 줄 알면 눈에 피눈물 쏟습니다. (중략) 이젠 나 어머
   니 두 번 다시 안 볼 겁니다. 찾아오시도 내가 문 안 열어
   줄 겁니다. 아셨지요, 어머니?!

할머니 : 애들 옷이나 사 입혀. (돈봉투를 꺼내준다.)

선우엄마 : 됐습니다.

할머니 : 누가 너 준다디? 내 새끼들 주는 거야. (돈봉투를
   억지로 선우엄마 품에 끼워 넣고는 집을 나와 골목길로 걸
   어간다.)

할머니 : 어디서 저런 물건이… 아휴…….

(선우엄마 뒤따라 나와 할머니 가방에 돈봉투를 쑤셔 넣는다.)

선우엄마 : 필요없습니다. 제 새끼들 옷은 제가 사 입힙니
   다. 안녕히 가시소.

- 〈응답하라 1988〉 5회 중에서

할머니가 이렇게 말을 함부로 하는 이유는 무엇일까? 바로 '돈'이다. 말을 아무렇게나 해도 돈만 주면 그 모든 험한 말이 나를 위한 말로 변신해서 용서받을 수 있었다. 그러나 돈에 휘둘리지 않는 사람들도 있다. 그들은 천만금을 준다고 해도 말의 모욕을 참지 못한다. 그래서 선우엄마는 돈을 줘도 받지 않고 돌려준다. 말 자체를 기억하는 것이다.

선우엄마가 돈에 휘둘리지 않는 걸 이상하게 생각한 할머니는 집을 담보로 돈을 뺀다. 그 돈을 갚지 않으면 집이 경매로 날아가게 돼 있다. 손자손녀가 있는데도 그런 잔인한 수를 두는 것은 사람은 돈에 굴복할 수밖에 없다는 점을 입증하고 싶은 것이다. 자기가 그랬기에.

할머니 시절 며느리들은 귀머거리 3년, 장님 3년, 벙어리 3년 시절을 보내야 하지 않았는가. 참다보면 시어머니 뒤주간 열쇠가 나오고, 그러면 시어머니 모진 말들이 다 나와 가족을 위한 말들로 변신을 했다. 그런데 네가 뭐라고 감히 돈을 마다고 대들어. 너 돈 한번 없어봐라. 죽은 목숨이다.

그러나 시대가 바뀌었다. 선우엄마는 택이아빠의 도움을 받아 이 시련을 극복한다. 아마 시어머니는 가치관이 흔들리는 체험을 했을 것이다. 돈으로 사람이 굴복되지 않음을 처음으로 겪었을 테니까. 선우엄마가 자존심을 지키니 아이들도 자존심을 지킨다. 아들은 연대 의대를 장학생으로 들어가고 원하던 사랑에도 성공한다. 자존심을 지키기 위해 열심히 노력하고 기다린 결과다.

먹고살 길 없었던 과거엔 돈이 최고였다. 그러나 지금은 돈이 최고가 아니다. 오히려 돈이 최고라고 생각하면서 돈에 굴복하면 인생이 끝장으로 흐를 수 있다. 할머니가 돈이 많아 그 돈으로 자식들을 휘두르면서 자식, 손자, 손녀들이 한없이 나약해지고 삶이 엉망이 되는 경우를 자주 봤다. 부자가 3대를 간다고 하지만, 부자의 악영향도 3대를 간다.

돈 많은 어머니가 돌아가시자 딸과 아들도 이내 다 죽었다. 딸은 며느리와 돈싸움 하다가 죽고 그 여파로 아들은 자살했다. 그들을 보고 누군가가 말한다.

"저 집은 돈은 억수로 많지만 돈을 쓸 줄 몰라."

돈만 부여잡고 있으니 그 돈은 자식들의 감정발달로 이어지지 않고 자식들을 지배하는 수단으로 전락한 것이다. 돈에 갇혀 성장할 수 없으니 엄마를 잃게 되면 고아처럼 혼란에 빠진다. 나이가 아무리 많아도 감정이 자라지 않으면 어린애인 것이다.

돈 많은 어머니 때문에 아들도 도박중독, 손자도 도박중독에 빠졌다. 돈 때문에 인생을 손쉽게 사니 노력해서 행복을 찾으려 하기보다는 손쉽게 쾌락을 얻을 수 있는 중독에 혹한 것이다. 어머니 돈을 도박으로 다 털어먹은 아들은 어머니와 동반자살을 시도했다. 그러나 어머니만 죽고 아들은 살았다. 아들은 살인혐의로 입건됐지만 정상을 참작해 불구속수사 하는 사이 실종됐다.

돈 많은 어머니를 둔 아들은 점심을 같이 먹을 사람을 찾을 수 없었다. 모두에게 거절당했기 때문이다. 사람들은 아무리 공짜로 먹는다고 해도 그와 점심을 먹고 싶지는 않았다. 그는 너무 까칠해서 조금이라도 자기한테 맞춰주지 않으면 한없이 삐치기 때문이다.

자식들은 돈 많은 어머니 비위를 맞추다가, 돈 이외의 가치에는 소홀하다가 정신건강, 인간관계 등을 엉망으로 만들게 된다. 그들은 스트레스에 취약하고 인간관계에서도 왕따를 당한다. 결국 그들은 자기 돈에 굴복하는 사람, 돈으로 자신이 왕 노릇 할 수 있는 사람들을 찾아 떠돌며 세월을 보낸다. 그러나 그런 사람들은 사기꾼밖에 없다. 그들에게서 돈이 떨어지면 곧 죽음이다. 그때는 그야말로 아무도 그를 상대해주지 않기 때문이다. 그래서 더더욱 돈에 집착하게 되고, 그러면 그럴수록 따뜻한 관계는 더 멀어지게 된다. 선우할머니처럼.

아마 선우할머니는 아무리 돈을 끼고 있어도 며느리, 손자손녀들에게 제대로 인간 대접 못 받았을 것이다. 돈으로 강한 사람을 지배할 수는 없기 때문이다.

돈보다 자존심을 택한 선우엄마는 옳았다. 목욕탕 청소를 할지언정 모욕을 뿌리친 선우엄마는 사람들과 관계가 좋았다. 돈으로 사람을 판단하는 게 아니라 상호존중과 배려로 인간관계를 맺었기 때문이다. 결국 택이아빠와 결혼도 하고 아들도 성공한다.

관계는 돈으로 하는 게 아니라 자존심으로 하는 것이다. 돈으로 하는 관계는 한계가 있다. 돈은 선우할머니처럼 상대를 너무 함부로 대하기 때문이다. 그러나 자존심으로 하는 관계는 오래간다. 자존심은 서로 존중하고 배려하기 때문이다. 내 자존심이 소중하듯 상대의 자존심도 소중하게 대하기 때문이다. 〈응답하라 1988〉의 아름다운 관계는 모두 자존심 때문에 가능했다. 그들 사이에 돈 때문에 상대에게 굽실거리거나 상대를 함부로 모욕하는 일은 절대 없었기 때문이다.

17

어느 검사의
넋두리

정신과 의사 성범죄로 피소

이런 것도 성치료인가

각계 전문가의 의견을 들어본다

검찰, 사건 맡은 지 1년이 지나도 결정 미뤄

김 검사는 TV를 보다 말고 한숨을 내쉬었다.

또 터졌구나. 매스컴은 왜 저리들 설레발인가. 천박해도 이렇게까지 천박할 수가 없다. 우리나라엔 도대체 저널리즘이 없다. 이 사건이 그렇게 간단한가? 내가 기소를 미루고 또 미뤘다면 그럴 만한 사정이 있는 것 아닌가? 기소가 돼야 매스컴에서 다룰 수 있다는 기본상식도 모르나?

그렇게 잘났으면 자기들이 검사를 하지. 이건 마치 내가 그

의사한테 돈이라도 먹은 것 같네. 그 여자가 기소하기도 전에 왜 매스컴에다 사건을 흘렸겠어? 뭔가 자기 뜻대로 사건이 풀리지 않으니까 그런 거 아냐. 그건 세 살배기도 알겠다.

녹취록이 근사한 증거인 양 떠벌리는데 그 녹취록이 편집된 건지 원본인지 확인해봤어? 그리고 말 몇 마디 편집한 걸 여기저기 전문가에게 들이대는데, 그 말의 전후사정을 너희들이 알아? 말이 아 다르고 어 다른 거야. 어떤 전문가는 정신과 의사들이 환자를 범하기 좋은 위치에 있다고 하는데, 내가 보기엔 환자들이 정신과 의사를 범하기 좋은 위치에 있어. 올해만 해도 환자들에게 엮인 정신과 의사가 몇 명인지 알아? 거짓말탐지기까지 갔는데 다 무혐의로 풀려났어.

그런데 이 정신과 의사는 바보인지 천치인지 맞고소를 안 하네. 그렇게 시달리다가 풀려나도 빨리 환자만 보고 싶대. 환자 보는 게 그렇게 재밌나. 난 일 안 하는 게 소원인데. 아무튼 그러니 이 나라가 꽃뱀들의 천국이지. 뱀을 잡아 없애야 뱀 없는 세상이 되는 건데.

솔직히 여자를 구속시킬 수 있었지만 내가 많이 봐준 거야. 그 여자는 처음에는 강간으로 그 어리바리를 고소했어. 그것도 로펌을 고용해서. 고소인이 천만 원도 넘는 돈을 써가면서 왜 로펌을 고용해? 검사가 다 알아서 해주는데. 더 크게 벌일 자신이 있으니까 투자하는 거 아냐?

그런데 그 의사가 녹취록을 들이대니 여자가, 아니 로펌이

작전을 바꿨어. 업무상 위력에 의한 간음으로. 그때 그년을 무고죄로 확 처넣어야 하는데. 강간 무고면 무조건 구속인데.

요즘 여성단체들이 무조건 여성 편을 드니 나도 모르게 신중해지네. 걔들은 꽃뱀이고 뭐고 여자라면 무조건 도와주지. 어떨 땐 여성단체가 아니라 꽃뱀 후원단체 같아. 하긴 꽃뱀도 여자니까 여자들 이익을 옹호해야겠지. 하지만 피해 남성 옆에 피눈물을 흘리는 여자가 있다는 건 모르나. 아, 닭대가리들.

나도 이러면 안 되는데. 단호해야 하는데. 시끄러운 걸 피하려고 신중하다보니 나도 많이 약해졌어. 나도 여자지만 여자랑 싸우는 건 정말 피곤해.

요즘 의사들, 특히 정신과 의사들은 왜 이리 밥통 같은지 모르겠어. 아, 척하면 몰라. 그걸 끝까지 믿다니 도대체 현실감각이 없어. 내가 기가 막혀서 "어떻게 그렇게까지 믿을 수 있습니까?" 하고 물으니 그놈이 어리바리하게 대답하더라.

"정신과 의사는 환자를 믿어야 치료할 수 있습니다."

참 믿을 걸 믿어야지. 꽃뱀 믿어봤자 먹히기밖에 더하겠어. 그 여자를 끝까지 믿어서 여기까지 온 거란다. 아, 기가 막혀, 기가 막혀!

정신과 의사들은 도대체 겁들이 없다. 그래야 치료가 되나? 하긴 미친 사람들 웬만해서 좋아지겠어. 그래도 이건 아니지, 처자식까지 있는 사람이. 정신과 의사들, 세상을 좀 알아야 해. 세상이 얼마나 무서운지.

내가 걔들한테 강의한다면 이 말부터 시작하겠어.

"뱀이 왜 혀를 날름거리는지 아세요? 말 바꾸기 바빠서 혀가 바쁘게 돌아가는 거예요. 믿을 걸 믿으세요. 무조건 믿으면 형무소에서 일생 마칩니다."

하지만 정신과 의사들이 부럽기도 하다. 요즘은 개나 소나 다 정신과 들러서 진단서 떼오니까. 법원제출용 진단서는 10만 원도 더 받는다며?

종이 한 장에 10만 원. 참 남는 장사다. 정신과 의사들 우리 때문에 잘사는 거야. 하지만 우리가 밥통인가. 이제 웬만해선 정신과 진단서 보지도 않아. 걸핏하면 급성 스트레스 반응, 외상후 스트레스 장애, 조정 장애야. 그것도 확진이 아닌 추정으로. 요즘 스트레스 안 받고 사는 사람 있어? 세상 살기 쉬운 사람 있어? 이 불경기에.

그나저나 요즘 여자들은 도대체 겁이 없네. 올해 무고로 구속시킨 여자만 100명이 넘어. 걸핏하면 성추행이네 강간이네 하지만, 검사를 물로 보나. 요즘 CCTV, 녹음장치가 얼마나 발달했는데. 증거를 제시하면 잘못했다고 울며불며 한 번만 용서해달라고 하는데, 한 번 속지 두 번 속나? 너희들이 고소할 때 얼마나 무섭고 사나운지 똑똑히 확인했는데.

그 배우 사건은 아예 절정이다. 여자 둘이 큰 가방 두 개 들고 가서 수십 억을 집어넣으라 했단다. 참, 세상이 그렇게 만만한가. 공갈협박죄 최고 형량이 3년이라 3년을 구형했지만, 마음 같아서는 무기징역이라도 때리고 싶더라.

인생이 그렇게 쉬워? 내 수입으로 1억 모으려면 십 년은 쎄빠지게 고생해야 해.

아무튼 이제 슬슬 결정해야겠다. 폐쇄병동 입원환자라고 주장하는데, 외출·외박이 자유자재인 입원환자도 있냐? 내가 보기엔 국가 돈 이용하면서 싼값에 집 얻은 거야. 돈 많다고 과시하며 병원을 함께 확장하기로 했다는데, 이것도 답답 또 답답이다. 돈 많다고 하면 무조건 사기부터 의심해봐야지. 돈 많다고 뻥치면서 상대의 경계를 누그러뜨리는 게 사기꾼들의 전형적인 수법인 거 모르나?

아, 그나저나 이놈의 매스컴 정말 왕짜증이야. 내일 또 위에서 압력 내려오겠네, 빨랑빨랑하라고. 우선 매스컴부터 변호사법 위반으로 확 처넣고 싶다. 돈 안 먹었다고 변호사법 위반 아닌 줄 아냐? 너희들 그러면서 시청률 높여 광고 잡는 것도 다 변호사법 위반이야.

이 나라가 큰일은 큰일이야. 말이 민주사회지 문자 그대로 인민재판이 판치는 공산사회잖아. 특히 인터넷이 기승을 부리면서 인민재판의 위력이 더 막강해졌어. 가장 한심한 것들은 대학이야. 자기네 교수나 학생들이 매스컴에 오르기만 하면 도마뱀 꼬리 자르듯 자르기 바빠. "재판 결과를 보고 그 결과에 따라 판단하겠습니다"라거나 "교수나 학생의 사생활 문제를 거론하지는 않겠습니다" 하는 대학은 하나도 없어.

일단 시끄러우면 수단방법 안 가리고 잘라버리지. 제 새끼 버리고 자기만 살겠다는 거야.

도대체 대학에 토론이 없어 토론이. 아니, 진실이 없어 진실이. 오직 겁먹고 도망가는 것밖에는. 지성의 전당이라는 대학이 저러니 다른 곳이야 오죽하겠어.

악플러들이 원하는 건 진실을 밝히겠다는 게 아니야. 밥그릇을 뺏자는 거지. 잘나가는 꼴 못 보겠다는 거야. 이게 공산사회가 아니고 뭐야. 다 같이 거지 돼야 만족하는 사회. 부자들은 목매달아 죽이고, 창밖에 떨어트려 죽이고, 한강에 빠트려 죽이고. 예쁜 것들도 다 죽이고. 실수만 해라 이거야.

이런 데서 박력 있고 낭만적이고 창의적이고 성숙한 문화가 어떻게 나와? 시행착오 없이 사람이 어떻게 성장해?

인터넷. 인민재판하기에는 참 좋아. 그래서 인터넷인가봐. 인민재판으로 밥그릇 터는 넷티즌!

이런 나라에선 검사하기도 참 쉬워. 그저 인민들이 하자는 대로 하면 되니까. 괜히 반발했다가는 나만 돌팔매 맞지. 내가 미쳤어? 검사 되기가 얼마나 어려운데. 판사도 마찬가지야. 인민하고 싸우려는 정신 나간 판사가 어디 있어? 판사 되기는 더 어려운데.

아, 근데 정말 싫다. 어떻게 이 나라는 목소리만 크면 다 이겨. 논리를 따지거나 상대방 말을 들어보려고는 하지 않고 무조건 목청만 높여. 득달같이 덤비다가 아니면 말고야. 불리하면 정말 쥐죽은 듯 사라져. 그러니 냄비근성이란 말을 듣지.

내일 그놈 구속영장이나 신청해야겠다. 인민들의 뜻에 따라. 그러면 다들 조용해질 거야. 내가 그놈 입장에서 한마디라도 하면 뭇매가 날아들 거야. 반동이요 반동! 하면서.

그놈이 어떻게 되든 내가 알게 뭐야. 나부터 살고 봐야지.

그나저나 이 나라가 걱정이다. 이러다 정말 공산주의 되는 거 아냐?

18
돈보다는
말

70대 동생은 80대 언니에게 불만이 많았다. 어렸을 때 시골 깡촌에서 서울로 자기를 불러준 것은 고맙지만 왜 공부를 안 시켰냐는 것이다. 언니는 자기 새끼들은 다 대학까지 가르치면서도 동생은 공부를 안 가르쳤다. 그래서 동생은 언니가 죽었을 때 장례식장에도 안 갔다.

언니는 언니대로 억울했다. 그 어려운 시절에 어떻게 동생까지 다 가르친단 말인가. 하루 벌어 하루 먹고살기도 바빴는데. 그래도 어려운 살림에 동생이 자리 잡을 때까지 부둥켜안고 살아 결혼하고 집 사고 애들 공부까지 다 가르치지 않았던가. 내리사랑은 끝이 없는 건지 아무리 사랑을 주어도 원망만 하는구나.

아랫사람들에게 잘해주고 뒤통수 맞는 경우가 많다. 그래서 "머리 검은 짐승은 거두지 말라"는 말도 나왔나보다. 우리 부모들은 먹고살기 힘들었다. 그래서 공부는 꿈도 못 꿨다. 먹고살기 위해 열심히 살면서 그들은 꿈꿨다. 내가 형편이 조금만 나았어도 공부를 열심히 했을 텐데. 그러나 공부도 다 때가 있다고 먹고살 만하면 이미 때는 지나갔다.

그래서 그들은 자식에게 기대했다. 자식들 형편을 낫게 해주면 자식들은 열심히 공부하리라. 그런데 웬걸, 자식들이 공부를 열심히 하기는커녕 부모 원망만 더 한다.

"누구네는 외제차도 사주고, 아파트도 사주고, 빌딩도 물려주는데 나는 이게 뭐야? 이렇게 살 바에야 콱 죽어버리겠다."

유학까지 보냈건만 취직은 안 하고 죽겠다고 협박만 해대는 통에 나중에는 두 손 두 발 다 들고 만다.

"그래 죽어라. 내가 부모 된 죄다. 너 뒷바라지하느라고 돈도 다 쓰고 나도 죽을 지경이다. 네가 죽든 살든 나도 모르겠다."

그랬더니 다소 수그러들며 부모 눈치를 본다. 참 이상하다. 공부 잘하라고 빵빵하게 뒷바라지했는데 왜 원망만 늘어놓을까?

더 기막힌 놈도 있다. 어릴 때부터 부모가 맞벌이해서 열심히 돈 모아 잘 먹이고, 잘 입히고, 학원도 보내며 공부할 환경을 빵빵하게 만들어줬다. 그런데 이놈이 공부는 안 하고 놀기만 하더니, 어느 날부터는 아예 사람을 안 만나고 집에만 틀어박혀 있다. 뭐 하나 봤더니 오로지 인터넷, 스마트폰이다. 혼자서 새벽 3시까지 잠을 안 자고 열중한다.

학교생활은 엉망, 공부는 바닥, 친구는 아예 없다. 요즘에는 말도 잘 못한다. 말도 짧고 어버버거리고 뭘 물어보면 무조건 모르겠다고 한다. 그리고 혼자만의 공간에 파묻혀 오로지 남의 놀이 들여다보기 바쁘다. 오락, 유튜브, 야동…….

남부럽지 않게 키우려고 열심히 맞벌이하며 뒷바라지했건만 아이는 아예 사회생활과 담을 쌓고 산다. '사토리세대ㅎㅌリ世代(마치 득도한 것처럼 욕망을 억제하며 사는 젊은 세대)'가 행복하다고 주장하지만, 아무리 봐도 얘는 아니다. 본인은 행복한 듯 웃음을 흘리지만 너무 인간 같지 않다. 인간다운 삶도 목적도 책임감도 없고. 아니, 아예 살려는 의지조차 안 보인다.

부자들의 한결같은 고민이다. 자식만큼은 뜻대로 안 된다. 금수저, 은수저, 흙수저 타령이지만 정작 너희들이 부자가 돼봐라. 돈으로 뭐든지 다 할 수 있는지. 자식들은 내가 번 돈에서 한 치도 더 나아가려 하지 않는다. 자기들이 못났다는 것을 너무나 잘 알고 인정도 하지만 그렇다고 바뀌진 않는다.

간혹 똑똑한 놈이 있어 일류대학까지 졸업도 시켜보지만 이놈 또한 사회생활, 결혼생활에선 개판이다. 도무지 사람과 제대로 관계할 줄 모른다. 걸핏하면 지랄짜증이고 옳고 그른 것만 따진다. 세상이 다 자기를 위해 있는 줄 알고, 남 탓만 하면서 힘들면 죽겠다고 한다. 정말 성질 같아선 확 죽여버리고 싶다. 내가 누굴 위해서 이 고생인데.

빌딩 물려받아 편안하게 사는 한 남자가 돌아가신 아버지를 원망한다. 어차피 물려줄 빌딩, 곱게 물려줄 일이지 왜 빌딩 갖고 그렇게 협박했느냐. 공부 안 하면 사회에 전 재산을 기부하겠다는 등 어쩌고저쩌고. 하지만 나도 똑바로 안 산 건 사실이다. 대학도 안 가고 취직도 안 하고…….

어려워도 공부 안 하고 풍요로워도 공부를 안 한다면 도대체 어떤 놈들이 공부를 잘하는 걸까? 그런 놈들은 태어날 때부터 아예 정해진 걸까? 맞다. 정해져 있다. 공부 잘하는 놈들은 어려서부터 호기심이 강한 놈들이다. 잘 먹고 편안한 것보다는 호기심을 충족하면서 재미있고 자유롭게 살고 싶은 사람들이 공부도 잘하고 성공도 한다.

초등학교 때 집안이 망해 영등포구 신길동으로 이사를 갔다. 거기서 재미있는 친구들을 여럿 만났는데, 나중에 잘되는 친구들은 어려서부터 호기심 많은 애들이었다. 초등학교 4학년 때 한 친구를 만났는데 머리가 짱구였다. 그놈은 만나자마자 자기가 얼마나 천재인지를 과시했다. 자기가 무슨 특별한 기와 만드는 기술을 갖고 있다나? 내가 어리바리해 '그런가보다' 하며 감탄했지만 어디가 좀 이상한 놈이었다. 그놈은 커서 크게 성공했다. 아마도 자기만의 노하우를 계속 개발했나보다.

초등학교 6학년 때 한 친구가 자기네 모임에 가자고 했다. 과학기술을 공부하는 모임인데 잠수함 연구를 하고 있었다. 배

안에 물을 넣어놓으면 물속으로 가라앉고 빼면 뜨고 등등인데 마치 특별한 공부라도 하는 것 같았다. 다른 애들 소식은 모르지만 그중 한 명은 서울대 공대에 갔다. 또 중학교 때 정치한다고 설치는 놈이 하나 있었다. 정치꾼들 흉내를 곧잘 내서 연설도 열심히 흉내 내곤 했는데 서울대 정치외교학과에 갔다.

어릴 때부터 뭔가 개성 있고 열망이 있는 애들은 커서도 잘되는 것 같다. 그러나 그저 이익만 밝히는 애들은 별로 잘되는 것 같지 않다. 내가 자라면서 가장 궁금했던 것은 소소한 이익에 목숨 걸던 애들이었다. 아, 그렇게 이익을 따질 것 같으면 공부를 열심히 하지 공부는 왜 안 해? 참 의문이다. 놀면서 이익을 보는 것! 그게 잘사는 거라고 생각했던 걸까.

그러나 세상이 그렇게 만만한가. 사회가 가장 중요시하는 것은 질서고, 그 질서를 위해서라도 사회는 질서에 순응하는 사람을 철저히 지켜준다. 반면에 질서를 위배하는 놈은 철저히 응징하고. 사회는 어떤 경우에도 무질서한 원시사회로 퇴행하지 않는다. 그 순간 파멸하니까.

잔머리 굴리며 이익만 탐하는 사람이 잘될 수는 없다. 사람은 세상과 인간과 싸워서는 이길 수가 없으니까. 잘살려면 문제해결능력이 있어야 하고 신용이 있어야 한다. 그래서 공부를 하는 거고, 장사꾼의 생명은 신용이라고 하지 않는가.

자식을 공부 잘하고 똑똑한 놈으로 만들고 싶으면 돈으로 풍요롭게 해주기보다는 타고난 호기심을 잘 키울 수 있게 내버려두고 격려해야 한다. 호기심은 천성이니까 내버려두면 자기가 궁금해서라도 열심히 공부한다.

《진격의 거인》이란 만화에도 이런 장면이 나온다.

> 아들 : (엄마에게) 뭐? 바보라고?
>
> 엄마 : 조사병단이란 바보 같은 짓 쓸모없을 줄 알아.
>
> 아들 : 내 눈에는… 가축처럼 살면서 아무렇지 않게 지낼 수 있는 인간이 훨씬 멍청하게 보여.
>
> 엄마 : (여자친구에게) 미카사, 저 애는 너무 위험하니까, 어려운 일이 생겼을 때는 서로 도와야 해.
>
> 미카사 : 응. (끄덕)
>
> 아빠 : (문을 열고 들어오며) 인간의 탐구심은 누가 말한다고 해서 막을 수 있는 게 아니오.
>
> 엄마 : (안타깝게) 앨런을 설득해야죠.
>
> 아빠 : 앨런, 돌아오면 줄곧 비밀로 했던 지하실을 보여주마. (다시 나간다.)
>
> 앨런 : 저, 정말? (아빠에게 좋아라 손을 흔든다.)

돈보다는 아빠의 격려 한마디가 자식을 똑똑하게 키우는 것이다. 사실 나도 아버지의 이 말 한마디에 혹해서 의대를 갔다.

"의대만 가면 예쁜 여자가 줄줄이 따라다닌다."

의대 졸업하고 전공을 정할 때 나는 정신과를 택했다. 아버지는 정신과 의사가 무슨 의사냐고 못마땅해하며 또 예전의 수법을 썼다.

"내과만 가면 여자 가슴 마음껏 만질 수 있다."

"어떻게요?"

"청진기 대면서 만지면 돼."

그러나 이번에는 안 속았다. 대학교 때 여자들한테 하도 차여서 여자가 다 착하고 예쁘고 순하고 부드러운 존재는 아니라는 것을 잘 알고 있었기 때문이다. 청진기 대고 가슴 만지다가는 뺨 맞고 감옥 가기 십상이다.

19
세컨더리
찬스

김부련 사장

64년생, 원인터 22년 차.

사전을 끼고 살 정도로 적확한 말과 글을 추구한다. 따라서 그의 보고서나 기획안은 사내의 모범적 사례로 신입사원 OJT에 자주 거론된다. 단어 사용의 폭이 엄격하고 인색해 오해의 여지를 두지 않으며, 장황한 표현을 즐겨 하는 상대에겐 거침없이 가지치기를 가한다. 국자로 끓어오른 기름을 떠내듯 그래서 비로소 맑은 국물만 남기듯, 그와 대화를 나눈 상대는 자기 말의 실체를 목격하게 된다. 기름기가 제거된 소박한 자기 말이 수사로 가득한 거품인지, 맑은 국물인지를.

김동수 전무

63년생, 원인터 20년 차.

원인터 시절 '머슴'이라 불리며 온갖 일을 마다하지 않았
다. 따라서 서류상의 자료를 중시하기보다 몸으로 겪어본
정서를 더 중시하며 그에 따른 판단을 선호했다. 오래 끓인
국물이 깊은 맛을 내듯 오래 경험한 사람을 신뢰하고 믿는
다. 따라서 경험치가 부족한 상대를 대하는 일에 종종 어려
움을 겪으며, 받아들여지지 않는 상황에 처하면 몸으로 울
었다.

  적확한 말과 글을 선호하는 김부련 사장과 경험을 중시하는
김동수 전무.

  둘 가운데 누가 현대사회에 더 적합할까? 과거엔 김동수 전
무였을지 모르지만 현대는 김부련 사장이다. 과거엔 김부련 사
장 같은 사람은 정 없고 요령 없고 융통성 없는 인물로 배제됐
을 터이나 글로벌한 현대 계약사회에서 김동수 전무처럼 정情
과 요령, 융통성만 내세우다가는 사기당하기 십상이다.

  우리 사회는 오랜 전통의 정情문화에서 글로벌스탠다드의 계
약문화로 옮겨가고 있다. 그러나 아직까지는 두 방식이 많이
섞여 있다. 불신풍조가 만연한 세상에서 믿을 만한 사람은 그
래도 가까운 사람밖에 없기 때문이다. 아무리 계약을 해도 '배
째라' 하면 도리가 없다. 소송은 너무 피곤한 일이니까.

언젠가 연극을 할 때의 일이다. 가까운 사람을 배우로 쓰고 그 사람의 추천을 받아 다른 배우를 계약하고 고용했는데 기막힌 일이 벌어졌다. 공연을 얼마 앞두고 그냥 잠적해버린 것이다. 연락도 안 받고. 기가 막혔지만 서둘러 다른 배우를 써서 막을 올리긴 했는데 아무래도 너무하다는 생각이 들었다. 연극 배우들이 평소에 바라던 것이 계약서를 쓰고 계약서를 충실히 이행하는 것 아니던가. 그런데 계약금을 받고 연습 도중에, 그것도 막을 올리기 얼마 전에 갑자기 잠적해버리면 연극은 어떻게 하란 말인가.

대학시절 노동착취에 대한 말은 귀가 따갑게 들었다. 그런데 노조파워가 강해져 귀족노조가 싸우는 것을 보면 노사가 똑같다는 생각이 든다. 악덕 기업주나 악덕 노동자나 그게 그거다. 다 파워 있는 쪽이 말도 안 되는 요구를 하면서 상대를 굴복시키려 하는 것이다. 말이 투표지 목소리 높은 사람이 다 끌고 가는 게 현실이다. 이대로 가면 다 망한다는 것을 알면서도 갈 때까지 가는 것을 보면 참 이상하다. 그렇게 생각이 없나. 목소리 큰 사람이 그렇게 무섭나. 하긴 목소리가 크다는 것은 그만큼 폭력적이라는 얘기니까.

한 기업에서 노동자들이 들고일어났다. 자기들은 열심히 일하는데 회장은 왜 골프를 치냐는 것이다. 회장은 기가 막혀 직장폐쇄를 단행했다. 내 돈 갖고 내가 골프 치는데 너희들이 무슨 상관이냐고.

직장폐쇄가 현실로 다가오자 노동자들은 한 발 양보했다.

"그래, 골프 쳐라."

그러나 이미 때는 늦었다. 직장은 문을 닫았고 직원들은 모두 실업자 신세가 되었다.

영화를 보면 캐스팅 디렉터casting director라는 글자가 화면에 크게 나온다. 영화에 맞는 배우를 골랐다는 건데, 왜 그렇게 큰 글자로 부각시키는지 전에는 잘 이해가 안 됐다. 그런데 점점 이해가 된다. 캐스팅이 정말 중요한 것이다. 역에 맞는 배우, 역을 충실히 소화하는 배우, 역을 끝까지 책임지는 배우를 잘 고르는 것은 아주 중요한 역할이다. 요즘 캐스팅 디렉터는 얼마나 받는지 궁금하다. 아마 엄청 많이 받지 않을까?

우리 사회는 정과 계약문화가 어우러져 있는데 선진사회라고 크게 다를 것 같진 않다. 아무리 스펙이나 경력을 따져도 그래도 믿을 만한 사람은 내가 오랫동안 확인한 사람이기 때문이다. 우리 사회와 선진사회가 다른 점이 있다면 우리 사회는 정이 많아 모질지 못하다는 것이다.

장례식장에 갔다가 연출하는 친구를 만났다. 그 친구에게 연극하면서 겪은 고충을 얘기했다. 어떻게 연습하다 잠적을 하고, 연장공연 일주일 전에 그만둔다고 할 수 있느냐고. 그러자 친구가 분개하면서 말했다.

"그게 누구야? 이름 대. 대학로에서 당장 매장시킬 테니까."

나는 차마 이름을 말하지 못했다.

그런데 〈24시〉라는 미국 드라마를 보니 선진사회의 가혹함이 느껴졌다. 대통령 후보의 부인은 남편이 자기 뜻대로 움직이지 않자 남편이 호감을 보이는 여직원에게 지시를 내린다. 남편을 유혹하라는 것.

남편은 여직원을 조용한 방으로 부르고, 여직원은 기다렸다는 듯 곱게 립스틱을 바르고 그 방으로 향한다. 그런데 여자가 애교스럽게 다가오자 남자가 말한다.

> 남자 : 당신은 해고됐어. 짐 싸서 나가. 나나 직원들 누구한테도 추천서 부탁할 생각은 마. 좋은 소리는 안 쓰게 할 테니까.
>
> 여자 : 왜 이러세요?
>
> 남자 : 내 아내와 짜고 날 함정에 빠트렸잖아.
>
> 여자 : 의원님, 죄송합니다. 의원님을 속일 생각은 없었어요. 부인께서 한사코 권하셔서 어쩔 수가 없었어요.
>
> 남자 : 싫다고 하면 되잖아.
>
> 여자 : 네. 그랬어야 했는데, 부인은 가끔 정말 무서워지거든요.
>
> 남자 : 나도 그래.
>
> 여자 : 제가 엄청난 실수를 저질렀습니다. 한 번만 더 기회를 주신다면…….
>
> 남자 : 30분 안으로 이 호텔을 떠나.

세컨더리 찬스를 중요시하는 나라에서 여자에게 왜 이렇게 가혹한 걸까? 우리나라 같으면 여자를 안아주면서 "그래, 앞으로는 절대 그러지 마" 하지 않았을까? 아마도 이 가혹함이 서구사회와 우리 사회의 차이일 것 같다. 서구사회는 사업에 실패하는 것은 얼마든지 용인할 수 있어도 거짓말과 속임수에는 가혹한 것이다.

언젠가 건달 양아치들이 어울리는 자리에 참석했던 적이 있다. 그런데 흥미로운 것은 그들은 그렇게 서로 속고 속이면서도 한자리에 어울리는 것이었다. 참 이상했다. 하도 속이다보니 만날 사람이 없어서 자기들끼리라도 어울리는 건가?

예전에 〈힐링 캠프〉를 보면서도 이상하다고 생각한 적이 있었다. 한 배우가 엄청 여러 번 사기를 당했는데, 그 사람들을 다 용서하고 계속 어울리는 것이었다. 그러기를 참 잘했다고 만족해하면서. 이렇게 세컨더리 찬스를 잘 주다니, 우리나라는 참 대단한 나라다. 그러나 세컨더리 찬스도 잘 구분해서 줘야지 아무 생각 없이 주다가는 피 한 방울까지 다 빨리고 만다.

한 할머니가 수십 억 원을 사기당하고 세상에 믿을 사람 하나 없다고 한탄을 한다. 다정했던 아줌마가 돈 불려준다고 해서 돈을 빌려서까지 줬더니 다 말아먹은 것이다. "고소하려면 고소해. 배 째. 나 돈 없어" 하면서.

그 착한 할머니가 불신으로 세상을 경계하고 심지어 거짓말까지 하는 걸 보면서 '사기를 방치하면 세상이 참 살벌해지는

구나' 하는 생각이 들었다.

여든이 넘은 할아버지에게 사기꾼들이 달라붙었다. 돈냄새를 맡은 것이다. 사기꾼들은 할아버지를 위하는 척하면서 온갖 감동 어린 수사를 늘어놓았다. 그들의 목적은 자식에게 간 할아버지의 유산을 어떻게든 빼앗는 것이었다. 그러나 정작 할아버지는 별생각이 없었다. 그들이 하자는 대로 하고는 있지만 힘이 많이 달리는 것이었다. 하긴 그 나이에 돈이 무슨 소용이 있겠는가. 남들이 그렇다 하니까 그런가보다 하는 거지.

재판은 하는 족족 다 졌지만, 사기꾼들은 포기하지 않았다. 그들로선 밑질 게 없으니까. 그런데 내가 보기엔 그대로 가다가는 할아버지가 큰 병이 날 것 같았다. 자식, 손자와 화목하게 살 수 있는데 사기꾼들에게 놀아나 피 터지게 싸우고 있는 것이다. 사기꾼들의 무기는 말이다. 말로는 안 되는 게 없다. 그러나 그 말에 책임은 지지 않는다.

어떤 사람이 돈을 꿔달라고 해서 꿔줬더니 "그 돈을 다른 사람에게 줬는데 그 사람이 돈을 잘 안 갚는 성향이 있으니 받을 생각을 말라"고 한다. 이게 말인가 싶었다. 내가 자기 보고 돈 꿔줬지 다른 사람 보고 꿔줬다는 말인가. 그 사람이 누군지도 전혀 모르는데.

사기꾼이 또 무서운 것은 자기가 사기꾼이면서 피해자인 양 행세한다는 것이다. 자기는 항상 사기당하고 있는 피해자라고 우기는 것이다. 어떤 사기꾼은 얼굴도 잘 붉힌다. 자기가 얼마나 순수하고 진실한지 보여주기 위해 온몸이 동원되는 것이다. 그래서 나는 사기꾼은 신의 감각을 갖고 있다고 생각한다. 순발력, 창의성이 상상을 초월하기 때문이다.

사기가 확인됐는데도 사기꾼들에게 세컨더리 찬스를 계속 주는 것은 사기를 더 치라고 힘을 실어주는 것밖에 안 된다. 사기꾼들은 비집고 들어갈 틈만 있으면 어떻게든 넓혀 그 틈을 자기 안방으로 만들기 때문이다.

우리 사회는 어쩌면 세컨더리 찬스를 줄 사람에게는 주지 않고 주지 않을 사람에게는 계속 줘서 사기꾼들이 난무하는 것인지도 모른다. 한 사업가는 하도 사기를 많이 당하니 마지막에는 이렇게 선언했다.

"나 돈 있으면 다 땅에 묻을 거야. 땅은 배반하지 않으니까. 사람은 이제 그 누구도 믿을 수 없어."

또 어떤 변호사는 부동산 구입을 아예 못하겠다고 한다. 매매 도중 사기당할 구석이 너무 많다는 것이다. 내 생각엔 거짓말하는 사람들에게 기회를 안 주는 것이 그들에게나 본인에게나 바람직한 것 같다. 사기는 기회를 먹고 자라기 때문이다.

20
놈팡이, 날라리

송중기 : 계속 그런 눈으로 보고 있을 겁니까?

송혜교 : 그런 눈이 어떤 눈인데요.

송중기 : 눈을 못 떼겠는 눈.

송혜교 : 하, 여자 많았죠? 재밌는 남자 곁엔 항상 미녀들이
들끓죠.

– 〈태양의 후예〉 5회 중에서

재밌는 남자 곁엔 항상 미녀들이 들끓는다? 그럼 재밌기만
하면 되겠네. 요즘같이 취업도 힘들고 돈 벌기도 힘들어 여자
만나는 건 엄두도 못 내는 세상에 재밌기만 하면 여자가, 그것
도 미녀가 들끓는다니 이게 웬 떡이냐.

근데 '재밌는' 게 쉬운 게 아니다. 돈 버는 것보다 더 힘들다.

영화 〈타이타닉〉에서 레오나르도 디카프리오가 연기한 빈털터리 잭은 로즈를 재밌게 해줘 부자 피앙세를 따돌린다. 그중 백미는 잭의 이런 대사다.

로즈 엄마 : 지금 사는 덴, 도슨 씨?

잭 : 현재로선 이 배의 3등 선실이고. 이제 찾아봐야죠.

로즈 엄마 : 여행비는 어떻게 마련했죠?

잭 : 여기저기 떠돌며 닥치는 대로 일하죠. 이번 배표는 사실 포커판에서 땄고. 운이 좋았죠.

로즈 엄마 : 그런 장돌뱅이가 좋은가보죠?

잭 : 그렇습니다. 저로선 부족할 게 없죠. 내가 숨 쉴 공기와 스케치북 한 권. 내일은 무슨 일이 일어나고 누굴 만나 어떻게 될지. 다리 밑에서 잠들 때가 있는 하면 이렇게 멋진 식사 대접을 받기도 하고. 삶이란 낭비해서 안 되는게, 어떻게 될지 알 수 없기 때문에 그대로 받아들여야죠. 매 순간을 소중하게.

사람들은 공감하며 함께 잔을 든다.

"매 순간을 소중하게!"

로즈가 피앙세에게 다시 갔다가 후회하고 돌아왔을 때 잭이 로즈를 날게 하는 장면도 압권이다. 잭은 자기를 믿으라면서 로즈의 눈을 감게 하고 뒤에서 로즈를 안는다. 그리고 로즈의 팔을 날개처럼 벌리게 하고 눈을 뜨게 한다. 로즈의 입에선 자신도 모르게 탄성이 흘러나온다.

"아이 앰 플라잉I'm flying!"

그러자 잭은 로즈의 귀에 대고 가볍게 콧노래를 흥얼거린다.

재밌으려면 이런 대사, 행동을 즉흥으로 해야 한다. 훌륭한 시나리오 작가, 최고의 영화감독, 최선의 카메라 앵글, 빛나는 외모, 엄청난 제작비 등을 혼자서 돈 없이 즉흥으로 구사할 수 있어야 재미와 감동을 줄 수 있다. 이런 말과 행동을 즉흥으로 하는 것은 아주 어렵다. 오랫동안 삶과 치열하게 부대낀 사람이나 어느 정도 구사가 가능하다. 사람을 웃기려고 노력하는 코미디언은 사람을 웃기는 게 얼마나 힘든지 잘 안다. 아마 그들은 속으로 이렇게 생각할 것이다.

'내가 돈 때문에 이 짓을 한다면 차라리 노가다를 뛰겠다.'

재밌으려면 그 순간을 창조적으로 소화하고 이끄는 순발력과 용기, 창의성, 경험이 있어야 한다. 뮤지컬 〈오페라의 유령〉에서 라울은 미남이고 유령은 못생겼는데 의외로 라울보다 유령을 선호하는 여자들이 있다. 라울은 돈도 많고 잘생겼지만 뭔가 지루할 것 같고, 유령은 못생기고 끔찍한 살인자지만 짜릿한 뭔가가 있기 때문이다.

현대사회는 바야흐로 잘 먹고 잘사는 단계를 넘어 잘 놀고 짜릿한 경험을 선호하는 쪽으로 나아가고 있다. 돈 많고 잘생긴 부자보다는 돈 없고 못생기더라도 개성 있고 재밌는 사람이 인기다. 그러니 연예인들이 상한가를 치는 게 아닌가. 예전에는 여자 후리는 놈팡이들, 집안 망신시키는 딴따라들이 요즘은 인기 급상승인 것이다.

사실 〈타이타닉〉의 잭도 옛날 기준으로 보면 여자 후리는 놈팡이에 불과하다. 단란한 약혼 커플의 지루함을 파고들어 여자를 낚아챘기 때문이다. 그러나 잭은 '진짜' 놈팡이였다. 대개의 놈팡이들은 게으르고 인내심이 없어 단물만 빨아먹고 달아나는데 잭은 끝까지 책임졌기 때문이다. 목숨까지 바쳐가면서. 잭은 로즈가 회상하듯 로즈의 생명과 영혼을 구원했다. 이 정도 가치를 지닌 놈팡이면 여자는, 아니 미녀들은 모든 것 다 팽개치고 몰려든다. 〈타이타닉〉을 보고 또 볼 정도로.

언젠가 어느 소설에서 읽은 내용이다. 주인공이 좋아하는 여자가 바닷가 모래밭에서 다른 친구들과 깔깔대고 있었다. 주변을 보니 한 남자가 그녀들을 웃기고 있었다. 주인공은 그 남자를 속으로 비웃었다. 실없는 놈, 여자만 밝히는 놈. 그러나 주인공이 물에 빠졌을 때 그 남자가 구해주고는 이렇게 물었다.

"괜찮습니까?"

그 모습은 영락없이 왕자였다. 잘생기고 점잖고. 어쩌면 그는 공부도 잘하고 성실한 남자일지 모른다.

영화 〈잡스〉를 보면 스티브 잡스가 대학 때 여자를 후리는 장면이 잠깐 나온다. 아마도 잡스는 자신의 창조성을 바탕으로 여자를 많이 재밌게 해주며 인기를 끌었을 것이다.

먹고살기 힘들고 취업이 어렵다고 스펙만 쌓을 때가 아니다. 세상은 이제 스펙보다는 재밌는 사람을 선호한다. 연예인은 특정인만 되는 게 아니다. 인기가 있으면 누구나 연예인이다. 성공하려면 놈팡이가 돼야 한다. 책임과 의무를 두려워해 도망만 다니는 게으르고 겁 많은 놈팡이가 아니라 인생을 즐기고 남까지 즐겁고 행복하게 해줄 수 있는 진짜 놈팡이 말이다. 바야흐로 딴따라가 지배하는 세상이 되어가고 있다.

여자도 마찬가지다. 예쁘고 돈 아긴다고 남자들한테 인기 있는 게 아니라 재밌게 놀고 돈도 쓸 줄 알아야 남자들도 혹한다. 이병헌도 말하지 않던가. 이민정이 너무너무 재밌다고. 바야흐로 학창시절의 여자 날라리가 인기 있는 세상이 된 것이다.

(그렇다고 이민정 씨가 학창시절 날라리였다는 것은 아닙니다.^^)

21
부자라서
못할 수도?

부자를 향한 구애가 식을 줄 모른다. 부자 얘기는 서점 가판대를 장악하고 경제신문들도 인기다. 글로벌 정보화 사회에서는 돈으로 할 수 있는 게 너무 많기 때문일 것이다. 돈만 있으면 어디를 가든 왕같이 대접받을 수 있으니까. 그러나 부자도 마음대로 되지 않는 게 있다. 바로 자식농사다. 자식은 아무리 돈을 처발라도 마음대로 커주지 않는다.

한 친구가 통장 잔고를 보여주었다. 600만 원쯤 있었다. 그런데 그 친구는 아이 유치원 비용으로 한 달에 150만 원씩 쓴다고 한다. 그러면서 자기는 약과라고, 한 달에 300만 원짜리 유치원이 즐비하다고 말한다. 어떤 아이는 유치원 1년 치 교육비로 4천만 원, 두 아이 합해서 8천만 원이나 든다고 한다. 친구는 아이가 셋인데 교육비를 못 대면 이혼이라고 아내가 협박한다고 한다. 친구는 돈을 못 벌면 자살하겠다며 각오가 비장하다.

이해가 안 간다. 꼭 그렇게 키워야 하나? 그래야 아이들이 잘 크나? 그렇다면 부자들 자식은 다 잘 커야 하잖나? 그러나 부자들 입에서 떠나지 않는 말이 "자식만큼은 뜻대로 안 돼"다. 돈이 많은데, 그래서 최고의 교육을 시키는데 왜 자식은 뜻대로 되지 않는 걸까? 그 이유는 바로 돈만으로는 자식의 신경계를 활성화시킬 수 없기 때문이다.

정신과 의사 밥 머레이Bob Muray와 행동심리 전문가 알리샤 포텐베리Alicia Fortinberry는 이렇게 말했다.

"경험마다 신경연결이 이루어지거나 강화되며, 해당 연결을 사용하지 않으면 급속도로 사라져버린다. 따라서 경험이 여러 번 반복되면 해당 연결도 강화되고, 이런 방식으로 뇌는 특정 행동에 특화된다."

경험을 많이 해서 신경연결이 많아지면 인내심이 많아지고 어떤 상황이 닥쳤을 때 효율적인 선택을 할 수 있다. 이 신경연결은 고생을 할 때, 특히 생과 사를 오갈 정도의 고생을 할 때 튼튼하게 많이 생긴다. 그런데 부모가 자식을 안전하고 편하게 해주겠다고, 또 시행착오를 줄여주겠다고 온갖 뒤치다꺼리를 해서 키우면 자식은 겉보기엔 괜찮으나 속으로는 여물지 못한다. 그러다 새로운 환경으로 들어가면 적응을 못하고 스트레스 한 방에 훅 가는 것이다.

부자들의 자식걱정은 단순히 자식문제로 그치지 않는다. 돈을 처발라서 키운 자식은 부자들의 재산을 문자 그대로 깡그리 말아먹는다. 건물 다섯 채를 물려줘도, 10층짜리 건물을 줘도 남는 게 없다. 설사 남는 게 있어도 그들의 삶은 비참하기 그지 없다. 돈만 많고 일이 없으면 그때부터 알 수 없는 심신의 고통 이 튀어나온다. 뭐 하나 부족할 게 없는데 아침부터 몸이 아프 다고 호소하는 사람도 있다. 제대로 재산관리도 못하고, 사기 를 당하고, 자식과 손자들의 연이은 마약중독, 도박중독, 정신 과 치료 등으로 남아나는 게 없다.

우리나라가 고도성장을 하면서 아직도 계속 경제, 성장만을 외치는데 사실 이제는 안도 살펴봐야 할 때다. 밖에서 아무리 퍼 넣어도 안에서 새는 바가지를 감당할 수는 없기 때문이다.

자식이 잘 크기를 바라는 부자는 자식의 안전과 편함, 효율 성에만 투자할 게 아니라 자식의 신경계에도 투자해야 한다. "젊어서 고생은 사서도 한다"고 어떻게든 고생을 시켜야 하고, 자식이 난관에 봉착해도 여간해서는 구해주지 말아야 한다. 궁 지에 몰리고 생사가 왔다 갔다 해봐야 비로소 세상이 얼마나 무서운지를 깨닫기 때문이다.

곱게 자라면 세상이 다 자기를 사랑해주는 줄 착각하면서 계 속 뒤통수를 맞는다. 어릴 때 예쁘다고 각광받는 아이일수록 나중에 정신질환에 걸릴 위험이 높다. 사람이 항상 예쁜 것은 아니기 때문이다. 그러나 세상이 무서운 줄 알게 되면 삶에 진 지해지고 자신에게 주어진 것에 고마워한다.

부모가 자식을 감싸기 시작하면서, 또 생활이 풍요로워지면서 늘어나는 질병이 바로 우울증이다. 우울증은 그 배경에 의존심이 있는 질환으로 공짜를 좋아하고 어떻게든 편안히 있으려한다. 나이에 맞게 신경발달이 이루어지지 않아 겉은 멀쩡한데나이에 걸맞은 역할을 못해 스스로 자괴감에 빠지곤 한다. 우울증은 세계적으로 심각해서 지금은 사망률 순위 4위지만 2020년에는 2위까지 올라갈 것이라고 한다. 먹고살기 편하니 신경네트워크가 점점 퇴화해 모든 게 힘들어지는 것이다.

우울증을 치료하는 방법에는 여러 가지가 있는데, 그중 TMSTranscranial Magnetic Stimulation라는 게 있다. 해골을 때려 뇌를자극하는 치료인데, 말 그대로 '골 때린다'. 우리 뇌는 경험을종합해 스토리를 만들어 입력하는데, 직접적으로 골을 때리면가장 위험한 경험으로 받아들여 신경연결이 활성화된다. 뉴로스타NeuroStar라는 TMS 치료기는 2008년에 FDA 승인을 받기도했다.

그러나 골 때리는 치료에도 한계가 있다. 각자의 개성에 맞게 선택적으로 때려줄 수 없기 때문이다. 기계로 신경계를 활성화시켜 우울증이 좋아져도 그다음에 어떻게 살아야 할지 몰라 방황하기도 한다. 그래서 골 때리는 경험은 각자가 평소 부지런히 하는 게 가장 좋다. 시련에 맞서 자기 판단과 선택을 통해 이루어진 신경계는 그 사람의 고유 가치관이 돼 삶을 계속살찌우기 때문이다.

어릴 때 성적이 평생을 좌우한다면서, 자식의 시행착오를 줄여주겠다면서 돈을 쏟아붓는 부자 부모는 비싼 돈 들여서 자식을 우울증 환자로 만들고, 비싼 돈 들여서 우울증을 치료해야 하는 최악의 선택을 하는 것이다. 부자는 모든 게 다 좋을 것 같지만 자식의 신경계 교육만큼은 부자라서 못할 수도 있다.

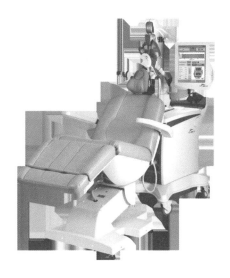

〈뉴로스타 TMS 치료기〉

22
금수저,
은수저, 흙수저

성공하기 어렵다, 취직하기 어렵다, 연애하기 어렵다는 말들이 많다. 그런데 나는 성공하기 참 쉽고 취직하기 참 쉽고 연애하기 참 쉽다고 생각한다. 남과 비교하며 멀리서 찾지 말고 가까운 데서 찾으면 기회는 얼마든지 있다. 자기에게 충실하고, 자기에게 주어진 것에 충실하고, 가까운 것에 충실하다보면 길은 저절로 열리기 때문이다.

젊은 시절 크게 성공한 적이 있었다. 그러다 추락에 추락을 거듭해 제3금융권에서도 대출을 거부당하는 지경에까지 이르렀다. 친구들이 안타깝게 지켜볼 때 난 말했다. 반드시 재기하겠다고. 나는 재기할 자신이 있었다. 이미 성공해봐서 성공의 비밀을 알고 있었기 때문이다.

성공의 비밀 첫 번째는 바쁜 성공은 할 필요가 없다는 것이다. 진정한 성공의 필수조건은 여유다. 여유 없이 성공하는 것은 사망으로 가는 지름길이다. 한때 내가 쓴 책이 잘 팔려 매년 책을 한두 권씩 계속 썼던 적이 있다. 그러나 20권 정도를 쓰고 나니 완전히 탈진했다. 공부와 체험은 부족한데 너무 써댄 것이다. 그 뒤 내 감성은 꺼져버렸다. 감성이 꺼진 삶은 그야말로 암흑이었다. 떠오르는 것도 순발력도 창의성도 관계력도 없이 그저 메마른 삶이 계속되었다.

내 안의 장기들이 자기들부터 살려고 계속 내 겉의 에너지를 흡수해 가서 내 겉은 마르고 또 말랐다. 감성은 불씨와 같아서 꺼지고 나면 쉽게 살아나지 않는다. 나는 감성이 다시 깨어나기를 간절히 바랐다. 그러다 구사일생으로 감성이 다시 살아났다. 고생을 직싸게 하다보니 어느 날 불씨가 살아난 것이다.

그 뒤 난 감성을 꺼트리지 않는 것을 생활의 일순위로 잡았다. 맹목적으로 바쁘면 감성만 꺼트린다. 여유가 있어야 한다. 욕심을 안 부리면 급할 게 없다. 성공해봤자 건강만 상하고 목숨까지 위협을 받는다면 그런 성공을 뭐하러 한단 말인가. 돈을 못 벌어도 인기가 없어도 좋으니 제발 감성만은 꺼트리지 말자. 세상이 나에게 관심을 안 두면서 또 운 좋게 감성이 다시 살아나 내 안에서 뭔가 꿈틀거리기 시작했다.

성공의 비밀 두 번째는 내 안에서 떠오르는 건 소화해야 한다는 것이다. 내 안에서 뭔가가 꿈틀거린다는 것은 나아가야 함을 뜻한다. 그땐 움직여야 한다. 내가 머리로가 아니라 심장으로 나아갈 때 의외로 현실은 순순히 열린다. 어떤 사업가는 내 눈빛만 보고 억 단위의 프로젝트를 맡기기도 했다.

성공의 비밀 세 번째는 가까운 것을 소중히 하는 것이다. 취직하기 어렵다고들 하는데, 좋은 직장만 찾지 말고 일단 가까운 데 들어가는 것이 좋다. 그 직장에서 열심히 하다보면 자연히 기회가 많아진다. 언젠가 친구가 나중에 크게 될 놈을 봤다고 한 번 보러 가자고 했다. 갔더니 그냥 카페에서 일하는 남자였다. 친구 하는 말이 "저놈은 무슨 일을 맡겨도 다 즐겁게 최선을 다해서 한다"고 했다. 그러면서 반드시 크게 될 놈이라고 했다.

내가 일하는 것을 누구나 눈여겨보고 있다. 그리고 성실하게 열심히 신뢰성 있게 일하는 사람은 정말 드물기 때문에 내가 성실하고 부지런하고 신뢰성이 있으면 같이 일하자는 사람은 줄을 서게 돼 있다.

연애하기 어렵다는 말도 많이 한다. 그런데 난 연애하기가 참 쉽다고 생각한다. 가까운 데서 찾으면 된다. 사람을 고르고 또 골라도 나중에 돌이켜보면 그래도 가까운 사람이 가장 좋은 사람이었다는 것을 깨닫곤 한다. 가까운 사람은 오랫동안 확인해서 믿을 수 있는 좋은 사람이지만, 고르고 고른 사람은 그저 좋아 보이는 사람이기 때문이다.

사랑에 실패한 사람들이 가장 후회하는 것은 예전에 가까웠던 그 사람을 잡지 못한 것이다. 멀리서 좋은 사람을 찾기는 정말 어렵다. 〈응답하라 1988〉을 보면 다 가까운 사람 꼭 붙들어 나이 들어서까지 잘 살지 않는가.

요즘 금수저, 은수저, 흙수저 얘기가 많이 나온다. 심지어 수저를 잘못 물고 나왔다고 자살까지 한다. 그러나 금수저, 은수저, 흙수저는 물고 나오는 게 아니라 이고 나오는 것이다. 집 재산과는 상관없이 부자처럼 보이는 애가 있고 지질해 보이는 애가 있다. 부자같이 보이는 아이는 나중에 정말 부자가 되고, 지질해 보이는 아이는 정말 지질하게 된다. 부자처럼 보이는 아이는 관계가 후덕해 신용이 좋은 반면, 지질한 아이는 관계에서 움츠러들어 자기 생존에만 급급하기 때문이다.

관계가 곧 돈인 사회에서는 관계가 좋은 사람이 부자가 되고 관계가 협소한 사람은 가난해질 수밖에 없다. 금수저가 부러우면 지질하게 살지 말고 후덕하게 살면 된다. 후덕하게 살면 어느 순간 금수저가 뒤통수에 달라붙는다.

가까운 것에 충실하다보면 성공, 취직, 연애, 미래는 저절로 열린다. 그러나 많은 사람들이 가까운 것을 하찮게 여긴다. 남의 떡이 커 보이는 것이다. 그런데 자기 떡이 가장 크다는 것은 살아보면 알 수 있다. 가까운 것을 소홀히 했다가 평생 후회하고 빚더미에 앉는 사람들을 많이 본다. 그렇게 망하는 이유는 믿을 만한 것은 소홀히 하고, 믿지 못할 것을 소중히 했기 때문이다.

그렇다고 가까운 사람은 모두 믿을 만하고 멀리 있는 사람은 모두 믿을 만하지 못하다는 말은 아니다. 가까운 사람들은 어느 정도 믿고 어느 정도 멀리해야 할지 예측이 가능한 사람들이다. 그러나 낯선 사람들은 어디까지 믿고 얼마나 믿어야 할지 가늠이 안 된다. 새로 사귀면서 믿음을 확인해야 하는데 그러기까지 시간과 비용이 많이 든다. 그들의 말만 믿었다가는 뒤통수 맞는 일이 비일비재하다. 그것은 나만 그런 게 아니다. 상대도 나를 가늠하는 데 시간과 비용을 많이 들인다. 서로에게 신용쌓기가 필요한데 그 와중에 오해도 생기고 시행착오, 반목과 불행, 비극도 자라게 된다.

사업에 성공한 사업가가 한 여자를 만났다. 사업가는 사업에는 성공했지만 결혼에는 실패했기 때문에 그녀에게 온 정성을 기울였다. 그녀도 이혼녀였다. 그녀 역시 처음엔 잘하는 것 같더니 몰래 자기 친정식구 등을 내세워 사업가의 재산을 모두 훑어갔다. 사업가는 기가 막혔다. 더 기가 막힌 것은 그녀의 눈물이었다. 그녀는 자기가 사업가를 못 믿어서 사업을 말아먹은 게 너무 미안했다. 그러나 그녀는 사업가를 믿을 수가 없었다. 그가 아무리 잘해줘도 믿을 만한 사람은 자기 핏줄밖에 없었던 것이다. 그녀는 실의에 빠진 사업가를 만나 한 번 더 자주는 정도로 인연을 끝냈다.

정수는 선보고 결혼해서 푸껫으로 신혼여행을 갔다. 정수는 호텔 앞 바닷가 모래밭에 신부와 결혼한 것을 신나 하는 글자를 크게 새겼다. 근데 신부 반응이 뜨악했다. 다소 의아했는데 나중에 알고보니 신부는 정수 외에도 다른 사람을 만나는 등 양다리를 걸칠 때가 많았다. 그리고 아무리 오래 살아도 정수의 여자가 된다는 느낌이 들지 않았다. 그녀는 정수보다 더 믿음직한 친정에만 푹 빠져 있었던 것이다.

정수는 이혼을 하고 옛날 여자들을 떠올렸다. 정말 좋은 여자들이 많았는데 왜 선을 봐서 결혼했을까? 애 낳고 아무리 오래 살아도 그녀는 정수를 믿지 않았던 것이다.

상민은 약사다. 약국만 하는 게 지겨워 도매상 등 일을 벌이다가 쫄딱 망했다. 그 뒤로는 오직 약국 일에만 열중했다. 그랬더니 약국이 점차 번창해 큰 부자가 되었다. 상민은 이제 다른 것에 눈을 돌리지 않는다. 남의 떡에 관심 갖기보다는 오로지 자기 일에만 열중하는 것이 가장 성공적임을 발견한 것이다.

상대를 믿을 수 있어서 믿음을 쌓거나 확인하는 노력을 안 해도 된다면 그 자체가 크게 이익이다. 에너지 낭비를 하지 않아도 되기 때문이다. 그래서 가까운 것이 소중한 것이다. 상대가 아무리 믿을 만한 사람이라도 내가 아무리 믿을 만한 사람이라도 확인이 안 되면 의심과 반목, 확인은 끝이 없다. 설혹 애 낳고 사는 사이라 할지라도.

그래서 영화 〈오즈의 마법사〉에서 도로시도 마지막에 깨달은 게 아닐까. 가까운 것이 가장 소중한 것임을.

도로시 : 제발 도와주겠어? 도와줘.

착한 마녀 : 이제 넌 더 이상 도움이 필요 없단다. 넌 언제라도 캔자스로 돌아갈 수 있는 힘을 갖고 있었어.

도로시 : 내가?

허수아비 : 그럼 왜 미리 말하지 않았어?

착한 마녀 : 그때는 내 말을 믿지 않았을 테니까. 도로시는 자신의 힘으로 알아내야 했거든.

양철 깡통 : 뭘 배웠지, 도로시?

도로시 : 내가 배운 건 헨리 삼촌과 엠 숙모를 보고 싶어 하는 것만으로는 충분하지 않았어. 만일 내 마음이 원하는 바를 다시 느끼게 된다면 결코 울타리 밖에서 찾아 헤매지는 않겠어.

23
트라우마는
언어로

성철이 집에 들어왔다. 아내가 없다. 성철은 다시 밖으로 나가려 한다. 어린 아들이 막아선다.

"아빠, 나가지 마!"

성철은 아들을 붙들고 말했다.

"아빠 지금 나가지 않으면 죽어!"

성철은 아들을 뿌리치고 나오면서 멍한 느낌이었다. 왜 이런 말이 나왔을까? 아마도 트라우마 때문일 것이다. 우연히 아내가 바람피운 걸 알았을 때 성철은 열흘을 울었다. 그리고 자기도 모르게 아내를 폭행했고 말리던 딸까지 밀어냈다. 이후 자식 때문에 다시 살기로 했지만 아내의 이유 없는 부재는 성철의 트라우마를 자극했다.

아내는 자기가 없을 때 좀 일찍 들어와 있으면 안 되느냐고 한다. 그러나 가해자는 모른다. 피해자의 고통을.

성철은 그날 밤을 똑똑히 기억한다. 아내가 바람피운 것을 안 날 밤 성철은 추위 속에 잠들었다. 다음 날 아침 일어났을 때 마치 얼음구덩이 속에서 자다 깬 것처럼 추웠다. 얼어 죽지 않은 게 다행이었다. 아내도 견디기 힘들었을 것이다. 성철이 자기도 모르게 아내의 바람을 자꾸 언급했으니까. 그 말이 듣기 싫어 아내는 한 번만 더 언급하면 이혼이라고 했지만, 성철은 튀어나오는 말을 컨트롤할 수가 없었다. 말까지 안 한다면 더 미치고 환장할 테니까.

영웅은 비행기에서 몸을 날렸다. 그리고 낙하산을 피지 않았다. 이대로 떨어져 죽으리라. 영웅이 군대 갔을 때 그녀가 다른 남자를 사귀는 걸 알고 영웅은 믿을 수가 없었다. 그렇게 사랑했는데. 그러나 여자는 도도했고 영웅의 상처를 비웃었으며 아무렇지도 않은 듯 만남을 이어갔다. 땅에 다다를 즈음 보조낙하산이 펴졌다. 영웅은 온몸이 만신창이가 되었다.

온몸에 붕대를 감고 병원에 누워 있는데 여자가 찾아왔다. 여자는 화를 내면서 그나마 성한 영웅의 뺨을 갈기고 나갔다. 영웅은 유학을 가기로 했다. 그리고 여자에게 마지막으로 청했다. 같이 가자고. 여자는 비웃으면서 그 남자와 여행을 갔다. 영웅은 비행기에 몸을 실었다. 영웅은 상처를 잊기 위해 일만 열심히 했다. '여자'와는 두 번 다시 사랑할 수 없었다.

얼마나 시간이 지났을까? 그녀에게서 연락이 왔다. 그때 그 남자와는 아무 일 없었다. 그냥 외박 정도 한 건데 그게 뭐 대수라고…….

영웅의 얼굴에 씁쓸한 웃음이 스쳐갔다. 그래 별일 아니겠지. 가해자는 피해자의 고통을 모르니까.

숙희는 똑똑히 기억하고 있었다. 여섯 살 때 아빠가 그 큰 손으로 자기 입을 막았음을. 그 순간 숙희는 기절하고 말았다. 훗날 아빠에게 왜 그랬냐고 물으니 너 똑바로 키우려고, 너 잘되라고 그랬다고 한다. 언니와 싸움이 붙었다. 언니를 두들겨 패는데 언니의 입을 자기가 손으로 막는 게 느껴졌다. 어렸을 때 아빠가 했던 것과 똑같이. 숙희도 놀랐다. 지금 내가 뭘 하고 있는 거지.

트라우마trauma(외상)는 마음의 깊은 상처로 몇 가지 특징이 있다.

첫째, 내가 마음대로 컨트롤할 수가 없다. 내 행동의 조절은 자아ego(에고)가 하는데 자아는 의식의 중심이다. 의식은 자아(나)가 통제할 수 있지만 무의식은 자아가 통제할 수 없다. 트라우마는 워낙 큰 상처여서 의식을 넘어 무의식에 생채기를 남긴다. 무의식은 에너지가 연결돼 있는 의식과는 달리 자율적인 에너지 덩어리로 구성돼 있다. 그래서 무의식이 자극을 받으면 그 에너지 덩어리가 작동하게 되는데, 자아의 통제를 벗어나 제멋대로 작동한다.

그 에너지 덩어리는 원시 에너지로서 원시 성욕과 공격성, 자유 등으로 구성돼 있다. 그래서 트라우마를 받고 트라우마가 자극받으면 내 안에서 감당할 수 없는 에너지가 터져 폭력적이거나 수치스러운 행동을 하게 된다.

한 학생은 어깨를 다쳐 세 번이나 수술했는데, 수술이 너무 힘들어 세 번째는 아예 마취를 안 하고 했다. 차가운 수술방에서 엄청난 고통을 견디면서 수술을 마쳤는데, 그 고통이 트라우마로 각인되었다. 어느 날 그는 자기도 모르게 차도로 뛰어들어 아스팔트 바닥을 맨손으로 세게 내리쳤다. 그날은 유난히도 추웠는데 그 추위가 잠재해 있는 트라우마를 자극했던 것이다.

어떤 여자는 중학교 2학년 때 강간을 당했는데, 한동안 아무 일 없이 잘 지내다가 성인이 돼서 갑자기 발작하곤 했다. 길을 가다가 자기도 의식하지 못하는 가운데 강간당한 상황이 떠오르면서 발작하게 된 것이다. 트라우마의 플래시백flashback 현상이다. 트라우마 상황이 지나고 난 다음에도 트라우마 상황이 똑같이 재현돼 나타난 것이다. 문제는 본인은 전혀 의식하지 못하는 가운데 발작하게 된다는 것이다. 본인은 까마득히 잊었다고 생각하는데 무의식은, 몸은 기억하고 있는 것이다.

둘째, 자기도 모르게 똑같은 가해자가 된다는 것이다. 아빠에게 목이 졸려 기절했던 여자가 아빠가 했듯이 언니 목을 조르는 것처럼 자기가 당한 것을 타인에게 똑같이 행하는 경향이 있다. 문제는 트라우마가 아물 때까지 똑같은 행동을 되풀이한다는 데 있다. 트라우마가 선량한 사람을 괴물로 만드는 것이다. 열한 살 딸을 학대한 혐의로 구속된 32세의 아버지 박씨도 자신이 어렸을 때 부모에게 비슷한 학대를 당했다고 진술했다. 트라우마가 되물림되는 것이다.

트라우마는 평생 잊기 힘든 상처이고 당사자를 괴물로 만드는 경향이 있다. 그렇다고 치료가 불가능한 것은 아니다. 트라우마는 언어로 치료가 가능하다. 트라우마가 워낙 깊은 마음의 상처이기 때문에 그것을 당장 말로 표현하면 말도 안 되는 말이 나온다. 그러나 말도 안 되는 소리도 자꾸 다듬다보면 그럴싸한 논리가 된다. 원시의 껍질을 벗고 문명의 옷을 입는 것이다.

그래서 설명할 수 없는 분노가 치미는 사람은 자기의 분노를 자꾸 언어화하려고 시도할 필요가 있다. 언어는 자체 내에 구조와 논리가 있어 말이 안 되는 말을 말이 되는 말로 세련화시키면서 자기조절력을 도와주기 때문이다.

트라우마는 연민으로도 치료가 가능하다. 마음이 여린 사람은 마음에 상처를 잘 받는 반면 상처받은 사람에 대한 공감이나 동정, 연민도 잘한다. 동병상련이라고나 할까?

성식은 어릴 때 키 작은 여자가 건장한 남편 때문에 힘들어하는 것을 봐왔다. 그녀의 남편은 결국 도망갔고, 성식의 마음 속에는 자기도 모르게 키 작은 여자에 대한 강한 연민이 새겨졌다.

'나는 커서 키 작은 여자를 만나면 어떤 경우가 있어도 피눈물 흘리게 하지 말아야지.'

그는 처음엔 키 큰 여자를 만나 결혼생활을 했는데 바람만 실컷 피우다가 헤어졌다. 그리고 두 번째로 키 작은 여자를 만났는데, 이때는 상처를 주지 않기 위해 바람기를 누르고 또 눌렀다. 키 작은 여자가 슬퍼하면 자기도 견딜 수 없이 슬플 것 같았던 것이다.

그래서 외상후 스트레스 장애 환자들이 자기감정을 잘 컨트롤하지 못할 때는 주변에서 가급적 불쌍한 척, 가련한 척, 마음에 깊은 상처를 받는 척하는 것도 한 방법이다. 외상후 스트레스 장애 환자들은 자기가 너무 아팠기 때문에 남의 아픔도 잘 견디지 못하는 것이다. 이런 방법을 나는 '거울 외상 기법'이라 부른다. 상처받는 가련한 모습을 보여줌으로써 그에게 상처받던 때를 떠올리게 해서 스스로 컨트롤하게 도와주는 것이다.

24
애모

김수희의 노래 '애모'를 듣고 있자면 가사의 탁월성에 나도 모르게 감탄하곤 한다. 여자의 인생과 사랑에 대해 이렇게 섬세하게 시적으로 묘사하다니! 작사가가 누군가 찾아봤더니 김수희다. 아마도 자기 아픔에서 우러나온 가사에 노래까지 더하니 감동도 진해지는 것 같다.

그대 가슴에 얼굴을 묻고 오늘은 울고 싶어라

김기덕 감독의 작품 중에 〈봄 여름 가을 겨울 그리고 봄〉이란 영화가 있다. 남녀가 열렬히 사랑하는데 여자가 바람을 피웠다. 남자는 여자를 칼로 찔러 죽이고, 그러고도 팔팔 뛴다. 인간이 어떻게 그럴 수 있어, 그럴 수 있어 하면서. 감옥에 갔다

온 뒤 남자는 조그마한 호수 안 절에서 홀로 생활한다.

추운 겨울날, 한 여자가 아기를 안고 찾아온다. 그녀는 얼굴을 붕대로 칭칭 감았다. 그날 밤 잘 때 남자는 몰래 그녀의 얼굴에 감겨 있는 천을 들춰 얼굴을 보려 하지만 그녀가 남자의 손을 잡는다. 다음 날 그녀가 보이지 않는다. 아기는 언 호수 위를 기어서 엄마를 찾는다. 호수에 구멍이 나 있고 거기 드러난 물 위에 그녀의 얼굴을 감았던 천이 떠 있다. 남자는 그 천을 들어 올린다. 그러나 그 천 안에는 그녀가 있는 게 아니라 불상이 있었다.

사람은 누구나 실수를 한다. 그래서 한 번은 봐줘야 한다는 말도 있다. 서로 사랑하는데 여자가 바람을 피워 그 사랑이 깨지고, 그 뒤 지옥 같은 삶을 사는 연인들을 종종 본다. 바람을 피운 이상 다시 예전 같아질 수는 없다. 그러나 여자의 입장에서는 그 바람이 별것 아니다. 젊고 예쁠 때는 유혹도 많고, 인생에 또 다른 기회가 있을 줄 알고 잠시 방황해본 것일 뿐이다. 그러나 남자의 입장에선 심각하다. 배신도 배신이지만 그녀가 다른 사랑을 선택했으니 존중해줘야 한다. 사랑하니 그녀를 보내줘야 한다. 여기서 자존심이 격돌한다.

여자 입장에서는 자기를 이해해달라고 하고 싶지만 자존심이 용납하지 않는다. 아직 새로 선택한 사랑이 끝난 것도 아니고. 남자 입장에서는 여자가 간다고 하는데 어쩌겠는가. 곱게 보내줘야지. 붙잡아도 보지만, 저 여자가 일시적으로 헤까닥했

나보다 하고 기다려도 보지만 그것도 한계가 있다. 언제까지 자존심 구겨가면서 매달릴 수는 없다. 간다고 하는데 보내줘야지. 나 보기가 역겨워 가신다는데 진달래꽃도 뿌려주고 죽어도 아니 눈물 흘려야지.

그래서 남자도 자기 길을 간다. 여기서 비극이 싹튼다. 남자가 떠났을 때, 그리고 여자가 새로 만난 남자와 잘 안 됐을 때, 또 여자 입장에서는 정말 아무것도 아닌 하룻밤 불장난에 불과했을 때, 결국 떠난 남자만 한 남자가 없다는 것을 새삼 깨달았을 때, 내가 정말 어리석었다고 깨달았을 때는 이미 세월이 많이 흘렀다. 뒤늦게라도 내가 정말 사랑한 남자는 당신이라고 붙들고 싶지만 여의치 않다. 이미 남자 마음에 생채기는 깊이 새겨졌고, 남자는 그 상처를 다시 들쑤심당하고 싶지 않다. 남자에게 많은 말을 하고 싶지만, 이해시키고 싶지만, 몸과 마음은 다르다고 하고 싶지만 눈물만 흐른다. 그저 그대 가슴에 얼굴을 묻고 오늘은 울고만 싶다.

세월의 강 넘어 우리 사랑은 눈물 속에 흔들리는데
얼마큼 나 더 살아야 그대를 잊을 수 있나

세월이 아무리 흘러도 그를 잊을 수 없다. 그 또한 나를 잊지 못하고 있음을 안다. 갑돌이와 갑순이가 서로 사랑하지만 어긋나서 한없이 울고 달 보고 운 것같이 그들도 하염없이 눈물을 흘린다. 눈물을 씻으려고 사랑을 찾아도 보지만 다른 사랑은 자꾸 어긋나기만 한다. 나이가 들면 들수록 순수한 사랑을 하기가 왜 그렇게 힘든지…….

그럴 때마다 나를 진정으로 사랑했던 그 남자만 떠오른다. 얼마큼 나 더 살아야 그대를 잊을 수 있나.

한마디 말이 모자라서 다가설 수 없는 사람아

그에게 말을 하고 싶다. 그러나 왜 이렇게 말이 짧은가. 여자는 남자보다 언어감각이 뛰어나다고 하는데 다 뻥이다. 말이 논리적으로 나오지 않는다. 남자를 이해시켜야 하는데, 그래서 다시 나를 믿게끔 사랑하게끔 하고 싶은데 마땅한 말을 찾을 수가 없다. 한마디만 있으면 될 것 같은데 한마디 말이 모자라니 그에게 다가갈 엄두가 안 난다. 만나봤자 말도 못하고 우물거리면서 더 이미지만 구길 테니까. 나 바보입네 하고 유세 떨순 없다. 차라리 안 가고 말지.

그대 앞에만 서면 나는 왜 작아지는가

말 안 해도 알아서 나를 이해하고 감싸주는 남자는 없을까? 그러면 나는 마음껏 클 수 있을 것 같은데. 왜 남자들은 말을 해야 알아들을까? 여자끼리는 말을 안 해도 척척 잘 알아듣는데.

말이란 건 참 이상하다. 말은 하면 할수록 내가 커지고, 안 하면 안 할수록 내가 작아진다. 그에게 할 말이 많은데 적당한 말을 못 찾으니 나는 자꾸 작아진다. 하지만 그대를 향한 내 마음은 점점 더 커진다. 마음은 부풀어 터질 것 같은데 나는 자꾸만 작아진다. 정말 이해할 수가 없다. 그대 앞에만 서면 나는 왜 작아지는가.

그대 등 뒤에 서면 내 눈은 젖어 드는데

말을 제대로 못하니 억울해서 눈물만 난다. 그가 앞에 있을 때 제대로 말했어야 하는데. 그는 나에게 말할 기회를 주고 또 주었다. 내가 말을 제대로 잇지 못하자 기다리다가 그는 말했다. "더 이상 할 말 없어? 다 말했어? 그럼 이제 됐지?"

일어나서 돌아가는 그의 등 뒤에서 내 눈은 젖어만 간다. 못한 말은 눈물이 돼 하염없이 두 눈을 적신다. 알아서 "왜 울어? 내가 잘못했어. 무조건 다 내 잘못이야. 사랑해" 하고 안아주면 얼마나 좋으랴. 그는 내 눈물도 못 보고 야속하게 앞만 보고 걸어간다. 마치 비즈니스를 끝낸 사람처럼.

사랑 때문에 침묵해야 할 나는 당신의 여자

사랑은 꼭 말로만 해야 하는 걸까? 침묵으로 사랑하면 안 될까? 내가 죽으면 저 남자는 내 맘을 이해할까? 그래도 모를 거야. 남자들은 꼭 말을 해야 알아들으니까. 사랑하면 할수록 침묵해야 하는 이 마음을 당신은 모를 거야. 사랑을 어떻게 말로 표현해? 사랑이라는 복잡 미묘한 감정을. 사랑하면 할수록 말은 더 못하는 거야. 말하면 사랑의 가치만 떨어트리는 거니까.

하지만 그러면 그럴수록 난 당신의 여자야. 침묵함으로써 지킨 누구보다도 순수한 사랑을 간직하고 있으니까.

그리고 추억이 있는 한 당신은 나의 남자여

현실이 최고는 아니야. 마음도 생각도 추억도 현실과 매한가지야. 현실에선 당신에게 다가갈 수 없지만 당신 또한 나를 못 잊고 있다는 걸 잘 알아. 우리 사랑이 얼마나 맑고 아름다웠는데. 정말 하늘을 우러러 한 점 부끄럼 없이 사랑했잖아.

이제 와서 현실을 욕심낼 순 없지만 추억 속의 사랑만은 양보하고 싶지 않아. 우리 추억은 그 누구도 범접할 수 없는 찬연한 사랑이야. 추억이 있는 한 당신은 나의 남자고 나의 유일한 사랑이야.

3장

그래도
믿을 것은
말

25
집순이

　세상에 있는 가장 큰 파라다이스는 뭘까? 나를 낳아주고 길러주고 사랑해주는 가족이다. 그러나 때로는 그 파라다이스가 지옥을 만들기도 한다. 가족에 사로잡혀 타인들과의 관계를 등한시하기 때문이다. 이 경우 결혼에서 지독한 불행을 낳기도 한다. 서로 사랑하는 줄, 내 사람인 줄 알고 결혼했는데 상대가 기존 가족에 함몰돼 있다면 새로운 관계는 요원하다. 기존 가족에만 사로잡혀 있는 사람은 그 가족의 모든 게 긍정적이고 기존 어른들의 말은 무조건 따라야 할 진실이다. 그러다보니 새로 시작한 관계는 일관성이 없고 울퉁불퉁하다. 기존 가족의 기준이나 어른들의 지시가 우선이기 때문이다.

　가족을 파라다이스로 만든 기존 가족도 사회생활에 필요한 일관성 있는 언어, 배려 있는 언어를 가르쳐주지 않는다. 내 자식이 귀하기 때문에 자식 말이라면 무조건 들어주고 절절맨다. 그래서 결혼 후 시어머니와 며느리, 장모와 사위의 갈등은 끊이지 않는다. 갈등의 중심에는 항상 엄마가 있다. 사회생활을 많이 해서 말이나 일관성, 신용의 중요성을 잘 아는 아빠와는 달리 엄마는 현실적·보존적이기 때문이다. 요즘에는 사회 경험이 떨어지는 아빠들도 많아 자식의 결혼 갈등이 더 증폭되기도 한다.

파라다이스 가족의 핵심은 공생이다. 그들은 서로 끈끈히 얽혀 있어 절대 놓을 수 없다. 그들의 공생을 방해하는 사람은 누구나 적이다. 과거엔 친정으로 쫓겨나는 일이 큰일이었지만 파라다이스 가족의 경우에는 간절히 소망하는 일이기도 하다. 그래야 다시 뭉칠 수 있기 때문이다. 그래서 장모는 딸이 사위와 사이가 좋은 걸 질투하고, 시어머니는 며느리를 괜스레 미워한다.

당사자 또한 마찬가지다. 기존 가족이 가장 좋기에 기존 가족과 있을 때는 항상 웃고 행복하지만 그들을 떠나 있을 때는 늘 뚱하고 화만 낸다. 남들은 믿을 수도 없고 그런 사람들을 배려하고 주의한다는 것은 너무 피곤하기 때문이다. 배우자는 그를 당할 수 없다. 파라다이스에 사로잡힌, 신 같은 부모의 말에 복종하는 사람에겐 어떤 말도 안 통하기 때문이다.

그래서 이혼이 엄청 늘어난다. 이혼을 하면 여자한테 불리할 것 같은데 그렇지도 않다. 당당하게 "나는 집이 제일 좋다"면서 집순이를 자처하는 여성들이 늘고 있다. 여자는 돈과 자식만 있으면 산다. 파라다이스 친정이 있고 자식이 있고 돈이 있는데 뭐가 부족하랴. 남편은 돈 외엔 귀찮은 존재다. 위자료만 많이 뜯어내면 안 보고 사는 게 더 행복하다. 그런 여자들은 자기중심적이고 고집이 세고 공격적이다. 파라다이스 친정은 딸의 말이라면 무조건 들어주고 믿어주니 자기중심성, 고집에서 벗어날 이유가 없고 그러다보니 남들과 사사건건 부딪치는 것이다.

이것은 파라다이스 부모가 나이 들어 사라져도 마찬가지다. 이미 습관이 굳을 대로 굳어 동년배와 상식적으로 소통하긴 힘들기 때문이다. 남자도 마찬가지다. 부모에 의존해서 산 남자들은 부인을 한껏 경계하고 작은 일에도 참지 못하며 화를 내고 억울해한다.

남들의 비난을 못 견디는 사람들이 많다. 자기가 잘못했으면서도 남들이 뭐라고 한마디라도 하면 죽기 살기로 달려든다. 그리고 어떻게든 상대를 무릎 꿇리려고 한다. 자기가 잘못했다는 것, 못났다는 것을 인정하고 싶지 않기 때문이다. 그걸 인정했다가는 자기 인생이 다 무너지기 때문이다. 왕자, 공주로 자랐으니 세상에서도 왕자, 공주로 대접받아야 하는데 그렇게 되지 않으면 죽을 만큼 분하고 억울한 것이다. 왕자, 공주가 굽히는 걸 상상이나 할 수 있겠는가.

그러나 그들의 적응력은 한참 떨어진다. 그래서 어느 기업에서는 부잣집 자식들은 아예 사원으로 뽑지 않는다. 가르쳐봤자 제대로 적응하지 못하기 때문이다. 자식이 취직해 아침에 첫 출근을 했는데 저녁에 엄마가 와서 데려간 경우도 있다. 대치동 집 팔아서 공부를 시켰는데 기껏 이런 중소기업에 취직시킬 수는 없다는 것이다. 이것도 하나의 문화현상이다. 먹고사는 게 나아지면서 의존적인 사람들이 늘었기 때문이다.

사실 그들이 법만 어기지 않으면 뭐라 할 사람은 없다. 그런데 여기서 괴물이 탄생한다. 바로 그들의 자식이다. 자식이 사회와 소통하려면 공정한 말을 배워야 하는데 그런 부모에게서는 제대로 배울 수 없다. 자기들은 화목한 가정에서 자랐으면서도 그들은 항상 불화하고 결국 이혼으로 치닫는다. 이런 부모에게서 뭘 배우겠는가. 자기만 옳다고 주장하고, 상대를 비난만 하며, 이기적이고, 돈만 알고, 남을 의심하고 경계하고 배척하고 분노하고, 말도 안 되는 자기중심적 논리만 끼고 사는 부모에게서.

아담 랜자(20세)는 2009년 부모가 이혼한 뒤 아버지를 만나지 않았고, 유일한 형 라이언(24세)과도 2010년 이후 연락을 끊고 살았다. 랜자는 영재수업을 들을 만큼 성적이 좋았지만 친구들과 대화하기를 꺼리는 폐쇄적 성격이었다. 엄마는 학교 교육방침이 맞지 않는다면서 랜자를 고등학교 때 중퇴시키고 집에서 교육했다.

어느 날 랜자는 초등학교를 찾아가 교사 4명과 언쟁을 벌였다. 다음 날 랜자는 엄마, 전날 언쟁을 벌인 초등학교 교사 3명,

교장을 비롯한 교직원 6명, 어린이 20명 해서 총 27명을 죽이고 자살했다. 아마도 랜자는 분노하는 것 외엔 다른 해결책을 찾지 못했을 것이다. 자기만 옳다고 하면서 화내고 악쓰고 집에 웅크리고 있는 엄마만 보고 자랐을 테니까.

랜자는 엄마부터 죽였다. 아마도 랜자는 자기를 그렇게 만든 엄마를 오랫동안 마음속 깊이 증오해왔을 것이다. 그도 남들과 어울려 살면서 삶의 지평을 넓히고 싶은데 엄마가 그걸 필사적으로 막았으니까.

나를 낳아준 가족만이 최고고, 집이 최고고, 남들은 다 믿지 못할 경계대상이라고 생각하는 사람들은 가끔 자기 자식을 돌아볼 필요가 있다. 내가 혹시 내 자식을 문명사회와는 거리가 먼, 상식적인 말도 제대로 할 줄 모르는 괴물로 키우고 있는 건 아닌지를. 내 자식이 어느 날 사회에 발을 들여놓았다가 엄청난 분노를 안고 스스로 자폭하는 건 아닌지를.

26
내 인생
물어내!

뭐 하나 부족할 것 없이 잘사는데 자꾸 옛일이 떠올라서 괴로워하는 사람들이 있다. 정말 사소한 것 갖고 괴로워하며 다 늙은 부모를 원망하곤 한다. 어렸을 때 사랑을 충분히 받지 못했다, 형제간 차별을 받았다, 부모가 날 무시했다, 외면했다 등등이 그 이유다. 정신적·물질적 사랑을 넘치도록 받아 부유한데도 부모를 이 잡듯 잡는다. 그럴 땐 부모가 무슨 죄인가 하는 생각이 든다. '아낌없이 주는 나무The giving tree'는 사랑이라도 받지만, 아낌없이 주는 부모는 원망을 듣는다. 심하면 내 인생 물어내라고 부모를 협박하기도 한다. 이런 식으로.

"내 인생 물어내. 내가 자랄 때 사랑을 주기보다 냉대하고 외면해서 내가 이렇게 됐으니 내 인생 물어내. 나에게 사과할 방법은 단 한 가지야. 500만 원 월급에 강남 33평 아파트, 외제차, 젊고 예쁜 마누라, 아들 하나 이상. 내가 가능했던 일을 당신들이 망쳤으니 다 물어내. 아니면 우리 모두 죽는 거야."

부모가 자식을 달래다가 힘에 부쳐 도망가면 그다음엔 한없이 나약해진다. 이런 심리가 뭘까? 다음에서 문답식으로 풀어보자.

질문 : 부모와 관계를 맺는 패턴이 '협박 폭력' 아니면 '본인을 한없이 비참하게(불쌍하게) 만드는 것' 두 가지 양상으로만 나타나는데, 이건 왜 그럴까요?

대답 : 훌륭하게 성장한 한 남자가 과거를 회상합니다. 그의 회상은 다 긍정적입니다. 자랄 때 부모님은 아무런 간섭을 하지 않았습니다. 공부하란 말도 안 하고 어떻게 살라거나 무엇이 되란 말도 없었습니다. 그는 부모님과 대화한 기억도 없습니다. 외국으로 유학 갈 때 그는 아버지에게 말했습니다.

"일생에 단 한 번의 부탁일지 모릅니다. 유학 가서 어려울 때 딱 한 번만 도와주십시오."

그러나 아버지의 대답은 단호했습니다.

"나 돈 없다!"

그 뒤 그는 나름대로 성공했고 지난날을 고마움으로 기억하고 있습니다. 그 덕분에 자기가 독립적으로 강해질 수 있었다고요.

가족들 다 데리고 호주로 이민 가서 바닥까지 고생했던 사람이 있습니다. 접시 닦으면서 겨우겨우 연명했지요. 그가 아버지에게 도움을 요청했을 때 아버지는 단호히 거절했습니다. 주변에서는 안타까워했지만 아버지는 흔들리지 않았습니다. 뒷날 시간이 지나고 아들은 크게 성공했습니다. 그는 그때 아버지가 도와주지 않은 것을 감사하며 아버지를 긍정적으로 기억합니다. 자기 인생은 아버지의 발자취를 쫓고 그 뒤를 잇는 거라고.

물은 흐르다 막히면 고이다가 역류합니다. 그 물이 흙탕물이면 뒤의 물까지 흙탕물로 번집니다. 정신 에너지도 마찬가지입니다. 정신 에너지가 흐르다 막히면 고이다가 역류합니다. 그정신 에너지가 흙탕물이면 뒤의 정신까지 흙탕물로 오염시킵니다. 즉, 인생이 막히면 과거는 부정적이 되고, 뚫리면 과거는 긍정적이 됩니다. 그래서 자식이 인생을 뚫고 나갈 수 있게 키우는 것이 중요합니다.

인생은 누구에게나 만만치 않습니다. 그래서 자식은 스스로 인생을 헤쳐 나갈 수 있는 감각을 키워야 합니다. 그건 자식만이 할 수 있습니다. 부모가 해주는 데는 한계가 있죠. 그러기 위해서 부모는 자식을 간섭하지 않고 조종하지 말고 존중해야 합니다. 부모가 자식의 인생에 간섭하면 할수록 자식은 인생이 안 풀렸을 때 부모 탓을 하게 됩니다. 자기 인생을 좌지우지했으니 책임도 지라는 것이지요.

그러나 부모가 자식을 존중하면 자식은 부모 탓을 할 게 없습니다. 뒷받침이 부족했다고 원망할 수는 있지만 부모는 그 원망마저 무시합니다.

"뭔 소리야? 네가 좋아서 선택해놓고! 내가 먹여주고 입혀주고 재워주고 아프면 치료해주고 대학까지 졸업시켰으면 됐지, 뭘 더 바래."

아마도 원망이 계속되면 그 부모는 자식을 아예 안 볼 겁니다. 따라다니면서 원망하면 고소를 하든지 정신병자 취급을 하겠지요.

쥐 한 마리를 물통 속에 넣으면 잠시 파닥거리다 죽습니다. 그러나 죽을 것 같을 때 꺼내주고, 꺼내주기를 몇 번 반복하면 파닥거리는 시간이 몇 배나 더 길어진다고 합니다. 즉, 생명력보다 의존심이 몇 배 더 강하다는 것이지요.

의존적인 사람은 폭력성도 강합니다. 아기가 젖을 안 주면 울 듯 의존심의 좌절에서 폭력이 나옵니다. 또 의존적인 사람은 마음이 약합니다. 의존적이라는 것은 성숙(독립)을 거부하고 마음이 어린 상태로 있는 거니까요. 정글에서 가장 많이 잡아먹히는 존재가 어린 동물입니다. 인간 세상도 어찌 보면 정글과 다름없습니다. 그래서 의존적인 사람은 인간 세상에서 치열하게 경쟁하며 스스로 독립, 생존하려고 하기보다는 의존할 데를 찾고, 의존할 데에 매달리고, 의존할 데에 분노합니다. 그래도 안 되면 정신을 차리든지, 범죄를 저지르든지, 정신병원으로 가든지, 자살하든지 합니다.

영화 〈욕망이라는 이름의 전차〉에서 블랑시는 부모 재산 빼돌리고 남자들, 여동생 등쳐 먹다가 더 이상 의지할 데가 없게되자 정신병 발작을 일으킵니다. 그녀를 강제로 입원시키러 온 정신과 의사가 정중하게 모자를 벗고 팔을 내밀자 그녀는 그의 팔짱을 끼며 말합니다.

"누구신지는 모르지만, 전 항상 낯선 사람들의 친절에 의지해왔어요."

정신과 의사는 그녀의 의존심을 알아차렸기에 젠틀한 거고, 그녀의 의존심이 너무 지나쳐 사회생활에는 적합하지 않기에 정신병원으로 데려간 겁니다.

사회는 참 잔인합니다. 그럴 수밖에 없는 게 사회가 무너지면 우리는 다시 원시시대로 돌아가야 하니까요. 인류는 원시에서 문명으로 진화해왔습니다. 생명체는 어떤 경우에도 진화를 포기하지 않습니다. 포기한 생명체는 모두 도태됩니다. 진화는 주어진 환경에 최적으로 적응하는 것이니까요. 그래서 사회는 사회를 지키기 위해 질서를 지키는 사람들은 절대적으로 존중하지만, 질서를 지키지 않는 사람들은 절대적으로 무시합니다. 사회질서를 지키는 사람들은 사회의 보호 아래 안전하고 풍요롭고 행복하게 살 수 있습니다.

그러나 사회와는 무관하게 사는 사람들은 사회의 보호와 도움을 받을 수 없습니다. 나름대로 정신을 차려 사회질서에 편입하려고 노력하면 점차 사회의 보호와 혜택을 받겠지만 그러지 않으면 정말 외롭고 무섭고 겁납니다. 홀로 원시사회를 살아야 하니까요. 거기에 남과 비교까지 하게 되면 더없이 비참해집니다. 원시와 문명의 차이는 엄청나니까요.

의존적인 사람일수록 아무도 자기를 인정해주지 않으니, 자기만이라도 자기를 인정해야 살 수 있으니 자존심이 매우 강합니다. 그 자존심은 관계를 거부하고 적응을 거부합니다. 세상은 혼자 잘났다는 사람을 인정하지 않고, 혼자 잘난 사람은 자기를 인정하지 않는 세상에 들어가려 하지 않으니까요. 그러면 더 이상 성숙할 수 없습니다. 성숙은 대인관계, 사회관계를 통해 이루어지니까요.

어느덧 그는 애어른이 되고 맙니다. 정신은 애, 몸은 어른이 되는 것이죠. 자존심은 세고 일은 풀리지 않으면 그는 자존심을 지키기 위해서라도 과거를 따지고 옛날 잘못 운운하면서 부모에게 폭력적이 됩니다. 어린애 생떼를 받아줄 수 있는 건 부모밖에 없으니까요. 그러나 부모가 받아주는 데도 한계가 있습니다. 어릴 때나 하느님 같은 엄마 아버지지, 다 크고 나면 초라한 늙은이밖에 안 되니까요. 부모가 견디다 못해 도망이라도 가면 한없이 초라해집니다. 이젠 어디 기댈 데도 생떼 부릴 데도 없으니 본래의 무력한 어린애가 드러나는 것이죠.

부모와 관계를 맺는 패턴이 '협박 폭력' 아니면 '본인을 한없이 비참하게(불쌍하게) 만드는 것' 두 가지 양상으로만 나타나는 것은 의존심과 비정상적으로 비대해진 자존심, 뜻대로 풀리지 않는 현실 때문입니다. 해결책은 스스로 생존하려는 독한 마음입니다. 세상에 믿을 사람 아무도 없고 어떻게든 살아남고 말겠다는 절박한 마음(독립심) 말입니다. 적자생존은 자기 손에 달린 겁니다.

그러나 그들의 의존심은 너무도 강하고 집요해서 어떻게든 부모를 굴복시키려 합니다. 자살하겠다, 가족을 몰살하겠다 등 등 협박을 하면서요. 그래서 어떤 부모들은 행여 불상사라도 일어날까봐 자식을 달래고 또 달랩니다. 그러나 그러면 그럴수록 그들의 의존심은 더 커지고 자존심은 비대해집니다. 자기가 통하는 것을 확인했으니까요.

어떤 초보 상담가가 내담자를 상담했습니다. 상담가가 동정적으로 얘기를 잘 들어주자 내담자는 상담소 밖에서 상담하기를 원했습니다. 상담가가 계속 받아주자 그다음은 상담가의 집에서 상담하기를 원했고, 그다음은 상담가의 집에서 자기를 원했고, 그다음은 상담가와 한 침대에서 자기를 원했고, 마지막엔 상담가의 젖을 빨기를 원했습니다. 동정적으로 이해해주고 받아줌으로써 한없는 퇴행과 의존심을 키운 것입니다.

어느 정신치료 대가는 상담이 끝나면 상담료를 직접 자기가 받습니다. 내담자가 봉투를 건네면 그는 봉투를 열어 액수를 확인합니다. 만 원짜리면 액수가 맞는지 한 장 한 장 셉니다. 그러면 어떤 내담자는 불쾌해하지만, 그는 이렇게 '너와 나는 계약관계지 의존관계가 아니다' 하는 것을 명확히 합니다.

한 정신과 의사는 환자와의 관계가 끈끈해져서 환자의 요구나 매달림이 상식을 넘을 정도가 되면 경찰을 불러 쫓아냈습니다. 환자와 가까워지는 것이 치료가 아니라 환자를 홀로 서게 하는 것이 치료이기 때문입니다.

대학시절 산악반으로 활동할 때입니다. 선배들이 너무 잘해줘서 선배들의 말은 절대진리처럼 느껴졌습니다. 바위를 탈 때 너무 무섭기도 하고 길이 안 보여 한 간호사가 돌아가고 싶다고 선배에게 말했습니다. 선배는 바위 아래를 가리키며 "저리로 가면 돼"하고 말했습니다. 간호사는 정말 그리로 가면 길이 있나 보았지만 까마득한 절벽이었습니다. 저는 그때 순간적으로 그 아래로 몸을 던질 뻔했습니다. 바위 위가 무섭기도 했고 그만큼 선배를 믿었기에 선배에게 믿음을 보여주고 싶기도 했던 것 같습니다.

대학시절 이리저리 방황하다가 하루는 산악반 선배에게 물었습니다. 왜 이러저러한 건 말해주지 않았느냐고. 그때 선배가 의외의 대답을 했습니다.

"내가 뭘 알아야지."

순간, 정신이 번쩍 들었습니다. 내가 지금 뭐하고 있는 거지? 그때까지 나는 선배를 전지전능한 존재로 알고 있었던 겁니다. 선배의 말은 무조건 진실이고. 그만큼 내가 선배에게 의존하고 있었던 겁니다. 이렇게 의존심은 무섭습니다. 내 생명과 삶을 맡길 정도로.

그래서 부모는 자식이 말이 안 되는 요구, 상식에서 벗어난 요구를 할 때는 단호히 거부해야 합니다. 말도 안 되는 소리, 상식에 맞지 않은 행동을 하는데 받아준다면 자식을 망가트리는 것입니다. 세상은 말 같지도 않은 말을 하거나 상식에 어긋난 사람은 상대하지 않으니까요.

사람은 스스로 판단해 결정하고 행동하고 책임질 때 성숙합니다. 다 큰 자식이 세상을 헤쳐 나갈 생각은 하지 않고 의존적으로 퇴행하면서 말도 안 되는 요구를 하거나 행패를 부릴 때는 부모가 비장한 각오를 해야 합니다. 죽겠다거나 죽이겠다는 협박에 굴하지 말고 가급적 바보가 돼서 "난 모르겠다", "네 인생이니 네가 알아서 해라", "나 돈 없다" 하면서 멀리하고 외면해야 합니다.

의존심은 생명력보다 몇 배나 더 강하니 몇 번 죽었다 깨어날 각오를 하고 단호해져야 합니다. 그게 자식을 살리는 길입니다.

27
창조경제

선배가 말한다.

"박근혜 정부가 창조경제의 핵을 못 잡는 것 같아. 15조 원을 쏟아붓는데도(2015년 국가 연구개발예산 약 19조 원) 별 성과가 없어."

왜 그럴까? 아마도 창조성이란 돈을 쏟아붓는다고 나오는 게 아니기 때문일 것이다. 사이코드라마에서 '창조성'의 정의는 '최고의 자발성'이다. 자발성은 미지의 상황에 대한 적절한 반응이고, 창조성은 미지의 상황에 최고로 잘 적응하는 것이다. 즉, 자발성과 창조성은 각자의 상황에 맞게 적응하고 헤쳐 나가는 능력이지 전혀 동떨어진 새로운 것을 만드는 능력이 아니다.

페이스북의 마크 저커버그, 마이크로소프트의 빌 게이츠Bill Gates, 애플의 스티브 잡스, 아마존의 제프 베조스Jeff Bezos, 구글의 래리 페이지Larry Page와 세르게이 브린Sergey Brin 등은 그저 자기에게 주어진 일, 자기가 도전하는 일에 최선을 다하다보니 사업이 커져 세계적인 재벌이 됐을 뿐 처음부터 큰 성공을 목표로 한 게 아니다. 즉, 창조성을 각자의 삶을 풍요롭게 하는 능력 정도로 이해해야지 창조성을 전략적으로 키워 큰 부를 창출하겠다는 것은 무리다. 인공지능이 잘된다고, 스마트폰이 잘된다고, TV가 잘된다고, 드론이 잘된다고 그냥 뛰어들었다가는 창조성과는 거리가 먼 성과를 내기 십상이다.

뮤지컬 〈모차르트〉에 '나는 나는 음악'이란 곡이 나온다.

나는 시인이 아냐 난 시인처럼 말도 못해
그저 떠오르는 대로
그저 내 마음 가는 그대로
난 화가도 아냐 빛과 어둠 아름다움도 그려내지는 못해
난 꿈속에서만 희망 그리지
나는 배우도 아냐 난 연기할 줄 몰라
나 가식 없이 살고 싶어
있는 그대로 있는 내 모습 보이기를 원하네
이런 나의 모습을

나는 장조 나는 단조 나는 화음 나는 멜로디
나의 단어 나의 문장 나의 느낌 나의 리듬 음악 속에

나는 박자 나는 쉼표 나는 하모니

난 포르테 난 피아노 춤과 판타지

나는 난 난 음악

즉, 모차르트는 음악을 좋아해서 음악을 잘할 뿐이다. 아주 좋아하니 아주 잘하는 거고 그게 창조적으로 비쳤을 뿐이다. 창조성은 각자의 현실에서 자연스럽게 우러나온다. 또 창조성은 각자의 삶을 흥겹고 의미 있게 하는 것이지 돈을 많이 벌기 위한 것이 아니다. 스티브 잡스가 돈 벌려고 아이팟을 만들었을까? 아니다. 딸아이가 워크맨을 들고 다니는 게 꼴 보기 싫어서 만들었을 뿐이다.

> 잡스 : 네 주머니에 음악을 담아주마.
>
> 딸 : 뭐라고요?
>
> 잡스 : 백 곡, 천 곡, 아니 오백 곡. 오백에서 천 곡 정도가 네 주머니에 들어갈 거야. 내가 그 답답한 워크맨을 보는 데 질렸거든. 카세트테이프를 재생하려고 벽돌을 들고 다닐 순 없어. 우린 야만인이 아니야. 그러니 네 주머니 속에 노래 천 곡을 담아주마.
>
> 딸 : 할 수 있어요?
>
> 잡스 : 그럼.
>
> - 영화 〈스티브 잡스〉 중에서

창조성은 지극히 개인주의적이고 이기적이다. 또 창조적인 사람은 창조 자체를 즐기기 때문에 돈에 별 관심이 없다. 오히려 돈이 많아봤자 창조 의욕만 떨어트릴 수도 있다. 창조성은 스트레스가 많아야 떠오르기 때문이다.

시벨리우스Jean Sibelius가 교향시 〈핀란디아〉를 작곡하자 국가에서는 시벨리우스에게 큰 저택을 선물하고 주변에서 자동차 경적도 울리지 못하게 했다. 그런데 그 뒤로 시벨리우스는 뛰어난 작곡을 하지 못했다. 풍요와 평안이 창조성을 죽인 것이다.

창조성은 절박하거나 열망이 있을 때 떠오르고 이어지는 것이지 아무 때나 원한다고 떠오르는 게 아니다. 창조성을 산출하는 근원은 내가 마음대로 할 수 있는 의식에 있는 게 아니라 내가 마음대로 할 수 없는 무의식, 그것도 무의식 깊숙이 자리하고 있기 때문이다. 창조적인 사람에게 가장 좋은 것은 그냥 내버려두는 것이다. 지원도 말고 간섭도 않는 것이 창조적인 사람에게는 가장 좋은 환경이다.

후배가 전 재산을 털어 넣고 빚까지 져서 강남에 커다란 뮤지컬 음식점을 차렸다. 식사를 하며 뮤지컬 명곡을 생음악으로 들을 수 있게 한 것이다. 어떤 사람이 우연히 들렀다가 감동을 받고 후배에게 명함을 건넸다. 만일 문제가 있거나 귀찮게 하는 사람이 있으면 연락 달라고.

아마도 그는 고위관료였던 것 같다. 이게 정부가 할 일이다.

창조적인 사람을 위해 정부가 할 수 있는 일은 귀찮게 하지 않는 것, 귀찮게 하는 것들을 쫓아내는 것이다.

무슨 사업을 벌인다고 큰돈을 받은 단체가 있었다. 그 단체는 구색 맞추기, 직원 월급 주기에 그 돈을 썼고 성과는 그럴싸한 책으로 나왔다. 그러나 그 책들은 포장만 그럴싸할 뿐 새롭고 감동적인 것은 찾아볼 수 없었다. 아마도 국가의 지원이 끊기면 아무도 그 사업을 이어가지 않을 것이다. 그 아이템에 정통한 전문가가 볼 때는 다 부질없는 짓거리였다.

그런 사업을 성공시키려면 그 사업에 오랫동안 제대로 종사해온 사람에게 돈을 써야 했다. 그런 사람은 참여하지 않은 채 그저 그럴싸한 아이디어라고 지원만 한들 얼마나 실속이 있겠는가.

창조적인 사람은 돈을 주면 좋아할 것 같지만 그렇지도 않다. 창조는 생명력을 갉아먹는 아주 피곤한 작업이기 때문이다. 돈에 팔려 창조하다가는 모차르트처럼 요절할 뿐이다. 아이러니하게도 창조적인 사람은 창조를 기피한다. 창조가 얼마나 자기를 힘들게 하는지 잘 알고 있기 때문이다. 그래서 창조적인 사람을 찾기가 힘든 것이다. 창조적인 사람은 꼭꼭 숨어있고, 발견하더라도 그의 창조성은 여간해서는 나오지 않는다. 억지로 쥐어짜면 감성이, 생명력이 고갈되기 때문이다. 죽을 것 같으면 죽기 살기로 하겠지만 그렇지도 않은데 무슨 영화를 보겠다고 창조성을 끌어내겠는가.

창조적인 사람은 보면 알 수 있다. 누구에게도 공히 저 사람은 별나고 뭔가 이루어낼 것이라는 느낌을 준다. "어떻게 그런 말을 할 수 있어요", "어떻게 그런 생각을 할 수 있어요", "어떻게 그런 글을 쓸 수 있어요" 하는 말이 절로 나온다. 이런 사람을 찾아 그가 마음껏 꿈을 펼칠 수 있게 기회를 주면 된다. 기회를 줄 때도 성과를 서두르면 안 된다. 창조성이란 그의 맘대로가 아니라 그의 무의식 맘대로이기 때문이다.

내가 보기에 정말 창조사업을 원한다면 환경을 좋게 하는 데 돈을 쓸 게 아니라 창조적인 사람을 찾는 데, 찾으면 그를 하염없이 내버려두는 데 써야 한다. 아이디어를 현실적으로 실행할 때는 전폭적으로 투자하고. 창조적인 사람은 현실은 젬병이기 때문에 현실관리는 현실전문가가 해야 한다. 월트 디즈니Walt Disney는 ADHD(주의력결핍 과잉행동장애)에다 몽상가였지만 현실적인 형을 두었기에 크게 성공할 수 있었다.

아이디어와 현실은 다르다. 그리고 창조적인 아이디어는 남들이 날로 빼앗아가게 해서는 절대 안 된다. 우리나라 기업 중에는 좋은 아이디어가 있으면 베껴 먹거나 싼값에 날로 해먹으려고 하는 기업이 있는데, 그건 창조적인 사람들을 기운 빠지게 하고 열받게 하는 일이다. 그러니 스티브 잡스가 삼성을 그렇게 미워하고 죽어서까지 고소를 이어가는 게 아닌가.

장사꾼들은 본능적으로 안다. 아무리 창조적인 사람일지라도 창조성이 언제나 나오는 건 아니라는 것을. 그래서 창조한 사람을 홀대하더라도 창조상품을 빼앗는 게 이익이라는 것을. 그래서《구름빵》작가도 그렇게 홀대받는다. 그만큼 돈을 벌었으면 그 돈을 벌게끔 해준 작가를 격려하고 키우려고 하진 않고 한 푼이라도 안 주려고 아귀다툼을 하는 것이다.

어떤 작가가 베스트셀러를 냈는데 출판사에서 인세를 제대로 안 줬다. 출판사는 그 작가 덕분에 그동안 쌓였던 빚을 모두 갚을 만큼 돈을 벌었다. 그 작가는 그 출판사에서 또 베스트셀러를 냈다. 그래도 그 출판사는 인세를 안 줬다. 오히려 그 작가를 섭외한 주간을 잘라버렸다. 아마도 그 출판사 사장은 이렇게 생각했을 것이다.

'네까짓 게 베스트셀러를 또 낼 수 있겠어?'

주간은 그 작가를 데리고 나가 다른 출판사에서 연이어 베스트셀러를 냈고, 앞의 출판사는 얼마 뒤 문을 닫았다. 어쩌면 그 출판사 대표는 그래도 이렇게 생각할 것이다.

'내가 잘한 거야. 불확실성에 어떻게 투자를 해?'

그렇다면 선진국에서 베스트셀러 작가들을 엄청 대우하는 것은 어리석어서일까? 창조성이 언제나 발휘될 수 있는 것은 아니지만, 창조적인 사람은 창조성을 떠나서는 살 수 없다. 그래서 대우하고 기다리다보면 언젠가는 창조성이 터진다. 그때는 그동안 투자한 돈의 수십, 수백 배를 벌 수도 있다. 그래서 창조적인 사람, 스토리텔러를 최고로 대우하는 것이다.

그리고 현대 정보화 사회에서는 창조적인 사람이 활약하기가 더 좋다. 창조성은 서로 다른 것을 연결 짓는 능력인데, 요즘은 실시간으로 전 세계 정보가 한곳에 모이기 때문이다. 데이터까지 깔끔히 정리해서.

스팀청소기를 개발한 한경희 대표는 2016년 1월 23일자 〈중앙일보〉에서 이렇게 말한다.

"계속 위기였고 지금도 위기예요. 기발한 상품을 내놓아도 그 프리미엄이 오래가지 않아요. 스팀청소기가 히트하니 국내 대기업은 물론 중국 회사들까지 앞다퉈 비슷한 상품을 내놓더라고요."

만일 국가가 정책적으로 한경희 대표 같은 사람을 보호하고 지원한다면 그런 사람들은 더 훌륭한 창조상품을 계속 개발할 것이다. 창조적인 사람에게 현실관리, 위기관리까지 하라고 한다면 창조성의 에너지를 외면하는 것이다.

창조적인 사람을 찾고 보호하고 제대로 대우하는 데 정부가 15조를 쓴다면 백범 김구가 꿈꿨던 찬란한 문화의 나라를 성큼 앞당길 수 있을 것이다. 물론 지금도 나쁘지는 않다. 창조적인 사람은 이러나저러나 창조적으로 살기 때문이다. 국가를 위해서가 아니라 자기를 위해서. 국가가 그를 찾아 잘 쓰고 안 쓰고는 관심 밖이다. 창조적인 사람에게는 돈보다 창조 자체가 소중하기 때문이다. 모차르트같이.

난 음악 없는 삶은 상상할 수 없어

나는 철학자 아냐 아무것도 난 모르지

웃고 떠들썩한 이곳에 난 항상 거기에 있지

예의도 몰라 무례하다는 말 듣더라도

지루한 건 정말 질색이야 싫어

난 평범한 삶 따윈 필요 없어

내 마음 터질 것 같아

나 자유와 영광 찾아 어디로 가야 하는지 알 수 없더라도

나 떠나가리 그 어디라도

있는 그대로의 내 모습 날 사랑해줘

– 뮤지컬 〈모차르트〉, '나는 나는 음악' 중에서

28
하나님의 딸

1

여호와 하나님이 동방의 에덴에 동산을 창설하시고 그 지
으신 사람을 거기 두시니라
여호와 하나님이 그 땅에서 보기에 아름답고 먹기에 좋은
나무가 나게 하시니 동산 가운데에는 생명나무와 선악을
알게 하는 나무도 있더라
– 〈창세기〉 2장 8~9절

여호와 하나님이 이르시되 보라 이 사람이 선악을 아는 일
에 우리 중 하나같이 되었으니 그가 그의 손을 들어 생명나
무 열매도 따 먹고 영생할까 하노라 하시고

여호와 하나님이 에덴동산에서 그를 내보내어 그의 근원이
된 땅을 갈게 하시니라
이같이 하나님이 그 사람을 쫓아내시고 에덴동산 동쪽에
그룹들과 두루 도는 불 칼을 두어 생명나무의 길을 지키게
하시니라

– 〈창세기〉 3장 22~24절

하나님은 요즘 심각한 고민에 빠졌다. 인간들이 성장하는 것
을 보니 아무래도 생명나무를 지켜낼 것 같지 않았기 때문이
다. 그동안 하나님이 생명나무에 접근하기를 허락한 사람들은
몇 명 되지 않는다. 그들은 오랜 깨달음으로 하나님께 다시는
불순종하지 않겠다는 것을 그 존재 자체로 속속들이 보여준 자
들이다. 부처, 마호메트, 간디, 테레사 수녀 등이 그러하다.

하나님이 생명나무를 아끼는 마음은 워낙 지극하여 그 정도
순종을 보여주지 않고서는 생명나무의 열매를 허락하지 않았
다. 그런데 요즘 인간들이 발전하는 모습을 보니 아무래도 그
룹과 불 칼만으로는 생명나무를 지켜낼 것 같지가 않았다.

물론 모든 인간이 다시 에덴동산 때 같은 순수함으로 돌아간
다면 얼마든지 생명나무를 허락할 수 있다. 그러나 그들은 나
의 말을 이미 거역하지 않았던가. 이렇게 골머리를 썩느니 차
라리 한 큐에 인간들을 쓸어버리고 싶지만 이미 노아에게 약속
했다. 다시는 인간들을 쓸어버리지 않겠다고.

우주는 말씀과 언약으로 이루어지는데 내가 먼저 약속을 어길 수는 없는 일이다. 아무튼 인간은 골칫덩이다. 내가 외아들 예수를 보내 그렇게 사랑의 모범을 보였건만 아직도 불순종을 반복하며 나름대로 생명나무로의 길을 찾고 있으니. 내가 할 수 없이 악마에게 이 세상을 맡겨 불순종이 얼마나 지극한 파괴를 불러오는지를 깨닫게 하려 하지만 그것도 만만치 않다. 악마라는 놈도 내 앞에서는 허리를 굽히지만 돌아서면 워낙 제멋대로 일을 처리하기 때문이다.

아, 어떻게 해야 하나. 이대로 내버려두면 인간들이 결국엔 생명나무에 접근할 텐데. 그들이 만든 과학기술을 보면 불 칼과 그룹들은 아무것도 아니다. 불순종하는 것들이 생명나무의 과실을 먹게 되면 하늘나라는 그야말로 난장판이 될 것이다. 악마 하나만으로도 얼마나 시끄러웠던가. 하, 어디 좋은 해결책이 없을까?

하나님이 고민하는 것을 보다 못해 우편에 앉아 있던 예수가 말을 걸었다.

"아버님, 또 인간들 때문에 고민하시는 겁니까?"

하나님이 고개를 설레설레 흔들며 손을 내저었다.

"맞아. 내가 만들긴 했지만, 너무 잘 만들었어. 이렇게 내 숨결을 완벽하게 빨아들여 소화할 줄은 몰랐어. 너를 십자가에 못 박은 것만 봐도 그렇지. 지들이 어찌 감히 하나님의 아들을 못 박아."

"처음부터 다 예견했던 것 아닙니까?"

"그래도 설마 지들이, 감히 지들이……. 그런 마음이 있었지. 너도 그러니 죽기 전에 아버지여, 왜 저를 버리시나이까 하고 죽은 것 아니냐? 나도 설마 그렇게까지 신성에 도전하리라고는 상상도 하지 못했어. 아무래도 우리가 인간들에게 꼼짝없이 당한 것 같아."

"그래도 그것 때문에 많은 사람들이 저를 믿으면서 구원의 길로, 영원한 생명의 길로 나아가고 있지 않습니까?"

"그런데 뭔가 불안해. 너를 통해 나에게 오는 사람들은 내가 믿고 영생을 약속하겠다만, 너를 믿지도 않으면서 영생을 얻으려는 무리들이 있어서 말이야."

예수도 한숨을 쉬었다.

"그건 그렇습니다. 인간들은 정말 못 말리는 속성이 있어요. 사랑이라는 길을 제시했는데도 다른 길을 제멋대로 찾으려 하니. 아무래도 제가 한 번 더 내려가봐야 할 것 같습니다."

"그렇지! 아무래도 심판을 해야겠지! 알곡과 쭉정이를 나눠봐야 질서가 잡힐 테니까. 하지만 아직 때가 아냐. 악마에게 세상을 맡겨놓았으니."

"하긴 악마도 참 질긴 놈입니다. 후딱후딱 일을 처리하지 않고 시간만 끌고 있으니까요. 그러니 예측할 수 없이 이 지경까지 됐죠."

"이번엔 제가 내려가볼까요?"

하나님의 좌측에서 낭랑한 목소리가 울렸다. 어느새 하나님 좌편에는 성스러운 여인이 앉아 있었다. 하나님의 외동딸이다. 하나님이 고개를 저었다.

"얘야, 너는 나서지 말아라. 이 우주에 인간만큼 골치 아픈 존재는 없단다. 내가 너무 잘 만들었어. 흙으로 빚어 만든 것들이 이렇게까지 골치 아플 줄은 몰랐다. 인간문제는 나와 네 오라비에게 맡기고 너는 그저 우주의 신비 속에서 편안하게 지내려무나."

여인이 미소를 지었다.

"아빠가 저를 아끼는 마음 잘 알아요. 인간 세상에 내려갔다가 오빠처럼 험한 꼴을 당할까봐 우려하시는 거죠?"

"그래. 네 오빠니까 밑바닥까지 내려갈 수 있었고 그로 인해 인간들을 구원할 수 있는 길을 열어놓았지만, 너는 굳이 그런 고생을 할 이유가 없단다. 그리고 오빠의 고통은 인간을 구원한다는 목적이 있어 '부활'이라는 카드를 예비해놓고 참을 수 있었지만, 네가 만일 오빠 같은 고통을 겪는다면 나는 분노를 참지 못할 거야. 그때는 아마도 인간들을 당장 불로 쓸어버릴 거야."

"그래선 안 되죠, 아빠가 얼마나 심혈을 기울여 만들고 가꾼 존재들인데. 그럼 이렇게 하면 어떨까요? 어차피 악마에게 세상을 맡겼으니 인간 세상이 사랑보다는 욕심이 판을 치리라는 것은 자명해요. 인간들은 그 욕심으로 생명나무에 다가가려고 할 거고. 저는 인간세계로 내려가 생명나무는 욕심으로는 접근이 불가하고 오로지 사랑과 순종으로만 다가갈 수 있다는 걸 보여주고 올게요."

예수가 한숨을 쉬었다.

"인간들, 상상하는 것 이상으로 또라이야. 특히 그들이 이룬 '무리'라는 것들은 진실이나 말이 통하지 않아. 어떤 해괴한 짓도 할 수 있는 게 그들이야. 괜히 사서 고생하지 마. 아버지가 나를 통해 구원의 길을 열어놓았으니 그것만으로도 할 만큼 한 거야."

하나님도 말렸다.

"그래. 오빠 말 들어. 일단 인간으로 태어나면 인간의 조건을 지켜야 하는데, 그렇게 되면 어떤 예측할 수 없는 일이 벌어질지도 몰라. 내 비록 너를 지켜주겠다만 인간으로서의 고통은 상상하기 힘든 것이야. 너는 그저 모른 척하고 다른 우주로 가서 재밌게 지내려무나."

여인이 개구쟁이같이 웃으며 하나님의 손을 잡았다.

"그럼 이렇게 해요, 아빠. 저는 그저 인간 세상에 내려가 한바탕 놀기만 하다 올게요. 인간 세상이 얼마나 탐욕과 거짓으로 물들었는지, 신성을 가진 인간이 그 속에서 어떻게 지내게 되는지 한번 경험만 하고 올게요."

예수가 또다시 한숨을 쉬었다.

"거창한 계획이 없다면 거창한 고통이야 없겠지만, 사랑과 순수만으로 이루어진 네가 인간 세상의 탐욕 속으로 들어간다면 수많은 배신과 놀림 속에서 견디기 힘든 상처를 받을 거야."

"괜찮아요, 오빠. 오빠도 잘 견뎠잖아요. 저도 견딜 수 있을 거예요. 제가 정 힘들어하면 오빠가 좀 도와주세요. 전 발가벗긴 채 십자가에 매달리고 싶지는 않으니까요."

하나님이 고개를 끄덕였다.

"그래. 정 그렇다면 한번 해보려무나. 어쩌면 인간들에게 또 다른 가능성을 열어줄지도 모르겠구나. 예수를 십자가에 매단 그들이 지금은 예수를 통해 구원을 찾고 있으니 말이다."

"고마워요, 아빠. 아빠를 골머리 썩이게 하는 인간들이 어떤 존재인지 톡톡히 경험하고 올게요. 한 가지만 약속해줘요, 아빠!"

"뭔데?"

하나님이 의아해하며 물었다. 아들은 자기를 통하면 무조건 인간의 죄를 다 용서해달라고 해서 한참 스트레스 받았는데 얘는 또 뭘 요구하려는 걸까?

"제가 인간으로 살다가 정 견디기 힘들어 하나님을 거부할 것 같으면 그때 저를 구원해주세요. 인간 세상에서 하나님께 순종하고 사는 게 얼마나 힘든 것인지 몸소 체험하고 싶으니까요."

"그야 물론이지. 너는 오빠 이상으로 태어날 때부터 경배를 받고 태어날 거다."

"아니, 그러시지 마세요. 인간의 몸을 빌려 평범하게 태어나 인간으로 평범하게 자라고 싶어요. 제가 아빠를 거부할 때 그때만 나타나주시면 돼요."

여인은 빙긋이 웃으며 하나님과 예수에게 허리를 굽혀 절했다.

"그럼 저는 갔다 올게요. 잠깐이면 돼요. 인간 세상에서는 한평생이겠지만, 우리 시간으로는 순간에 불과하잖아요"

여인이 미소 지으며 사라지는 순간, 인간 세상 하늘에는 한 줄기 붉은 섬광이 번쩍였다.

2

"그러니까 자신이 하나님의 딸이다 이건가요?"

정신과 의사 수혁이 환자가 쓴 글치료 종이를 보며 물었다. 글치료는 환자들에게 시나 소설, 에세이를 쓰게 해서 그것들을 통해 환자의 심리에 접근하는 방법이다. 수혁은 글치료 전문가로 명성을 날리고 있었다.

"제 이름이 지수잖아요. 우리 오누이는 '수' 자 돌림이에요. 예수, 지수."

상담실 건너편에서 예쁘장하게 생긴 여자가 웅크린 채 대답한다.

"오누이들도 돌림자를 쓰나요? 보통 형제들만 돌림자를 쓰는 걸로 아는데?"

수혁이 묻자 지수가 입술을 쫑긋하니 세우고 한쪽만 바라보았다. 보통 망상이 있는 환자들이 망상에 도전을 받게 되면 드러내는 버릇이다.

"신들의 세계에서는 오누이도 돌림자를 써요."

지수가 해답을 찾은 듯 미소 지으며 말했다.

"지수 씨가 입원한 지도 벌써 3개월이 넘었네요? 그런데 별 차도가 없어요."

"제가 처음부터 말했잖아요. 전 정신병이 아니라고. 그러니 좋아질 것도 나빠질 것도 없어요."

"하지만 남들에게 피해를 주진 말아야죠. 그렇게 남의 사무실을 다 때려 부수고 하면 어떡해요?"

"남들이 보기엔 폭력으로 보일지 몰라도 다 사랑을 가르쳐주는 거예요. 요즘은 사랑을 모르는 사람들이 너무 많아서요."

"때리고 부수면서 사랑을 가르쳐요? 그 사람 얼굴에 난 상처도 장난이 아니던데."

"그래도 나 때문에 다 구원받은 거예요. 그 사람이 나 같은 여자를 어디서 만나요?"

"그래, 나가면 또 가서 때려 부술 건가요?"

"앞으론 안 그럴게요. 퇴원시켜주세요."

"그 유부남을 계속 만날 건가요?"

"아뇨, 안 만날 거예요. 저도 제 길을 가야죠."

"믿을 수 없는데요? 자살기도까지 했는데 그 남자를 쉽게 잊을 수 있겠어요?"

"잊어야죠. 그 남자는 너무 늙었잖아요. 저도 젊은 남자 만나서 새 출발 해야죠."

수혁이 책상 서랍에서 종이 뭉치를 꺼냈다.

"이게 다 그 남자에게 썼던 편지들이죠?"

지수가 깜짝 놀랐다.

"그게 왜 거기 있어요?"

"그분이 보내주신 거예요. 지수 씨 병이 낫기를 바란다면서요."

"그분도 제가 병이라고 생각하나보죠?"

"사랑병도 병이에요. 때로는 사람 목숨까지도 앗아갈 수 있는."

"그 글 제게 다 주세요. 제가 없애버릴게요. 글과 함께 그 사람에 대한 기억도 추억도 다 없앨 거예요. 사랑을 아무리 가르쳐도 알아듣지 못하는 사람에게 더 이상의 교육은 필요 없어요."

수혁이 건네주자 지수는 글들을 받아 들더니 하나하나 박박 찢어버렸다.

"아깝네요. 좋은 글들도 많던데."

"아까울 거 없어요. 이런 글들은 얼마든지 쓸 수 있어요."

"내일 퇴원하세요. 앞으로는 외래에서 마음을 치료해보죠."

"걱정 마세요, 금방 좋아질 테니. 앞으로는 사랑을 알지 못하는 인간들에게 더 이상 사랑을 가르치는 수고는 그만해야겠어요."

그러나 그날 밤 지수는 수건으로 창틀에 목을 매 자살했다.

수혁은 잠자다 그 보고를 받고는 큰 충격을 받았다. 퇴원 전날 자살을 하다니…….

지수는 다음의 유서를 남기고 자살했다.

"아빠, 저 왔어요."

지수가 목에 걸린 수건을 풀며 말했다. 하나님과 예수가 달려와 반가이 맞았다.

"그래, 인간 세상은 어땠어?"

"역시 어려워요. 오빠가 왜 그렇게 고생했는지 알 것 같아요. 내 모든 것 다 바쳐 사랑해도 사랑을 모르더라고요."

예수가 빙긋이 웃으며 말했다.

"우리도 다 봤단다. 네가 그렇게 열심히 사랑했는데도 그 인간은 두려움 속에 생각만 많더구나."

"신의 사랑을 인간이 어떻게 감당하겠어요? 인간은 짐승과 신 중간지점에서 적당히 살 수밖에 없는 것 같아요."

"그래, 잘 왔다. 인간 세상은 네가 머물기에 적당한 곳이 아니야."

하나님도 기뻐했다.

"네가 자살기도를 하고 정신병원에 입원까지 했을 때는 내 마음도 무척 아팠단다. 정말 잘했다. 사랑을 포기하고 인간 세상을 벗어난 것은 정말 잘한 거야. 인간 세상은 사랑을 받아들이려면 아직 멀었어. 저놈들은 그저 기술만 발달시켜 어떻게든 우리 생명나무를 침범하려고 호시탐탐 노리기만 하거든."

지수가 하품을 했다.

"아, 졸려요. 전 이만 잘게요. 제가 경험해보니 인간들은 정말 골칫덩이예요. 아빠도 노아에게 약속한 것에 너무 구애받지 말고 날 잡아서 한 번에 쓸어버리세요. 쟤들 심판하려면 천년 갖고는 안 될 것 같아요."

"그럴 것 같지? 내 심사숙고해보마. 어서 자라. 엄마도 너 때문에 걱정이 많단다."

"엄마는 어디 가셨어요? 딸이 이렇게 고생하다 왔는데 보이시지도 않으니."

"내가 가긴 어딜 가니? 항상 네 위에 있지."

낭랑한 목소리가 위에서 울렸다.

"엄마, 장난하지 말고 빨리 내려오세요."

하늘에서 귀여운 소녀가 툭 떨어지더니 지수의 손을 잡았다.

"어때? 많이 힘들었지? 이제는 엄마랑 은하수에 배 띄워놓고 재밌게 놀자꾸나."

"일단 좀 자고요. 자살을 해서 그런지 많이 졸리네. 천년만 잘게요."

"그래, 빨리 가서 자렴. 그동안 정말 수고했다."

하나님 어머니가 지수를 꼭 안아주자 지수는 온데간데없이 사라졌다.

자살한 지수의 모습은 정말 자는 것 같았다. 그녀의 목에는 흉측하게 검은 줄이 가 있었지만 표정은 편안하기만 했다. 그녀는 죽는 그 순간까지 자기를 하나님의 외동딸로 생각한 것이다. 수혁은 기가 막혔다.

믿음이 이렇게까지 현실로 나타날 수 있구나. 삶을 초월하면서까지. 그녀는 혹시, 진짜 하나님의 딸이 아닐까?

29
거짓말쟁이들

거짓말은 왜 하는 걸까? 어린아이들은 현실이 힘들고 무섭기 때문에 한다. 그러나 차차 철이 들면서 거짓말을 하는 게 얼마나 자기에게 안 좋다는 것을 알고 거짓말을 자제하게 된다. 그런데도 거짓말을 계속하는 사람들이 있다. 바로 공상이 많은 사람들이다. 욕심은 많으나 현실이 따라주지 않을 때 그들은 공상을 한다. 그러다 그 공상과 현실을 동일시하면서 공상을 현실인 양 들이댄다. 그 증세가 심해지면 나중에는 자기 자신조차 그 공상이 사실이라고 굳게 믿게 된다. 거짓이 드러나도 계속 거짓이 아니라고 고집을 부리는 경우, 바로 허언증이다.

그러나 거짓말을 하는 사람들과 정신병자와는 구별해야 한다. 거짓말을 하는 사람들은 의도가 있기 때문이다. 거짓말은 상대의 욕심을 먹고 자란다. 상대의 욕심을 자극해 공상을 하게 만들고 그 공상을 현실과 동일한 것으로 착각하게 해서 이익을 추구한다. 우리 뇌는 공상과 현실을 구분하지 않기 때문이다. 그래서 사기꾼들은 못하는 게 없다. 공상으로는 못할 것이 없기 때문이다.

철민은 현미라는 여자를 사귀게 되었다. 어느 날 현미는 철민에게 자기 할머니가 아주 돈이 많아서 면허를 따기만 하면 외제차를 사줄 것이라 했다. 철민은 자기 돈을 써서 현미와 함께 면허도 따고 연수도 받았다. 현미는 할머니에게서 곧 돈이 입금될 거라면서 차 사는 것을 하루하루 미뤘다. 그러면서도 외제차 전시장이란 전시장은 다 돌아다녔다. 철민은 외제차 딜러들의 극진한 대접에 자기도 덩달아 흥분해 마치 곧 외제차를 계약할 것만 같았다.

그러나 현미는 시간만 끌었고 요리조리 계속 거짓말만 했다. 할머니가 2억 3천만 원을 주었는데 누구를 꿔줬느니, 가족들이 다시 가져갔느니 하면서 변명만 해댔다. 그러면서 철민 몰래 철민의 카드를 천만 원 이상 긁어대기도 했다. 그렇게 시간만 끌자 철민은 현미에게 말했다. 네 통장에 2억 3천만 원이라는 숫자가 새겨져 있기만 해도 널 믿겠다. 통장이라도 보여달라.

그러나 현미는 절대 통장을 보여주지 않았다. 철민은 지친 나머지 현미에게 이렇게 말했다. 2억 3천만 원이 처음부터 없었어도 너와의 관계를 깨지 않을 테니 사실대로 얘기해라. 그러자 현미는 말했다. 처음부터 그 돈은 없었다고.

철민은 그제야 자기가 얼마나 어리석었는지 깨달았다. 외제차 운운할 때 덩달아 흥분하고 공상한 것이 문제였다. 현미의 거짓말은 그 허황된 틈을 비집고 들어와 위력을 발휘한 것이다. 철민이 외제차니 2억 3천이니 하는 것에 조금만 더 단호했더라면 현미에게 그렇게 농락당하지 않았을 것이다.

몇 달 뒤 철민은 정신과 의사를 찾았다. 현미를 죽이고 싶은 충동 때문에 너무 괴롭다면서. 아마도 거짓말은 살인과 같아 자기를 거짓말로 죽이려고 했던 현미를 용서할 수가 없었나보다. 그렇다고 실제로 살인할 수도 없고…….

정신과에서 상담을 하다보면 사기를 당한 사람들이 참 많다. 우리나라에서 사업에 성공하고 나이가 많은 사람들은 한결같이 사람을 잘 믿지 않고 신중하며 거듭 확인을 한다. 그러나 젊은 사람들은 사람을 어떻게 안 믿느냐면서 덜컥 믿다가 감당할 수 없는 손실을 입고 추락하곤 한다. 그다음에는 세상과 사회에 염증을 느끼고 사람과 세상을 기피한다. 거짓말은 이렇게 사람의 욕심뿐만 아니라 기본적인 인간에 대한 믿음까지 비집고 들어와 후려치고 나간다.

수혁은 평소 친한 선배가 불러 삼겹살을 먹으러 나갔다. 그 선배는 며칠을 매일같이 수혁을 불러 저녁을 먹었다. 평소 수혁을 잘 위해주었기에 수혁도 아무 스스럼없이 선배를 따랐다. 그런데 그날은 저녁을 먹는데 어떤 사람이 합석을 하더니 선배에게 마구 면박을 주는 것이었다. 수혁이 놀라서 도대체 무슨 일이냐고 물었더니 돈문제였다. 다음 주에 몇 백억이 들어오는데 선배가 돈을 얼마 해주어야 하는데 안 해주고 있다는 것이다.

선배는 수혁에게 혹시 천만 원이 있느냐고 물었다. 수혁이 없다고 하자 500만 원이라도 있느냐고 했고, 그래서 그 정도는 돌려줄 수 있다고 하고 텔레뱅킹으로 바로 꿔주었다. 선배는 일주일 뒤에 갚겠다고 했다. 그러나 그걸로 끝이었다. 일주일이 지나고 한 달이 지나도 선배는 갚으려 하지 않았다.

그러다 우연히 그 선배의 친구와 연락이 닿았다. 그 친구 또한 선배에게 돈을 꿔주었는데 도무지 갚지 않으려 한다는 것이다. 그래서 수혁도 그렇다며 사정을 말했더니 자기도 똑같은 방식으로 당했다고 했다. 선배에게 누가 호되게 하길래 동정심을 느껴 돈을 꿔줬더니 그걸로 끝이었다는 것이다.

거짓말을 하고 사기를 치는 사람들을 보면 심리적 사냥감각이 아주 뛰어나다. 그들은 상대를 기분 좋게 하고 부풀게 하고 상대에게 연민을 느끼게 하면서 자기 이익을 챙긴다. 거짓의 가장 큰 해악은 상대하는 사람의 인생을 낭비시킨다는 것이다. 개개인의 인생이 쌓아 만드는 국가의 발전 또한 저하시킨다. 모파상의 작품 〈목걸이〉에도 가짜 진주목걸이 때문에 평생을 허비한 여인이 나온다.

거짓말쟁이를 정신과에서 고치는 데는 한계가 있다. 사회적으로 거짓에 대한 검증 시스템, 단죄 시스템이 뒷받침돼야 하기 때문이다. 우리나라에서는 돈 많은 사람, 권력 있는 사람들이 수단, 방법 안 가리고 자기 이익을 취하기 때문에 거짓말이 더 만연하는 경향이 있다. "윗물이 맑아야 아랫물이 맑다"고 윗물이 거짓으로 탁해 있으니 아랫물 또한 탁한 것이다.

민수가 언젠가 연극을 할 때의 일이다. 한 젊은이가 말을 청산유수같이 잘하면서 자기가 연출을 하면 최고의 작품을 열흘 만에 만들 수 있다고 했다. 말도 안 되는 소리라고 일축했지만, 그 젊은이에게 일본에서 신세를 진 극단대표가 한번 맡겨보자고 해서 맡기게 되었다. 그러나 연극은 엉망이 되었고 쓸데없이 돈만 들어가게 되었다. 연극에는 전혀 소용이 되지 않는 소품도 수백만 원을 주고 설치했다. 그 연출가는 그로 인해 소품 담당자에게 욕을 먹게 되었는데, 그는 민수에게 전화를 해서 왜 자기 욕을 하고 다니냐고 따졌다.

민수는 욕을 한 게 아니라면서 왜 쓰지도 않는 소품을 몇 백이나 들여 마련했느냐고 물었다. 그러자 그는 "그래도… 에… 에…" 하고 버텼다. 진실 앞에서 청산유수 같던 말솜씨는 사라지고 신음만 남은 것이다. 그 모습은 정말 말도 안 통하는 정신병자 같았다. 나중에 드러난 사실이지만, 그는 연출 경력이라곤 전혀 없이 그저 일본어 하나 능통한 것 가지고 사람들을 농락한 것이었다.

뒷날 민수는 그를 큰 무대에서 만나게 되었다. 그가 조연출을 한 연극이었는데, 연출가 선생님이 워낙 대가라 자신이 대부분 연출을 했다고 했다. 연극은 역시 엉망이었다. 민수는 참 의아했다.

'저렇게 거짓말을 많이 하는 사람이 어쩜 이렇게 기회를 잘 잡지? 이 사회는 말 잘하고 아부하고 거짓말을 잘해야 클 수 있는 건가?'

내가 본 최고의 사기꾼은 이런 말을 입에 달고 사는 여자였다.

"하~ 우리나라에는 왜 이렇게 사기꾼이 많지? 사람들은 왜 그렇게 거짓말을 많이 할까?"

결국 그녀는 외국으로 도망갔다.

우리 사회가 거짓에서 자유로우려면 대대적인 정화작업이 필요할 것 같다. 각자가 개별적으로도 심판하고. 그래야 서로 믿는 살기 좋은 사회가 되지 않을까? 우리나라는 거짓말에 너무 관대한 것 같다. 거짓말을 한 게 밝혀지자 그냥 웃음으로 넘어가려는 사람들을 보면 인간 같지가 않다. 그중 한 사람이 죽어 부고장이 날아왔을 때 나는 장례식장에도 안 갔다. 그의 거짓말에 당한 걸 생각하면 죽어서도 용서가 안 됐다. 몇 푼 안되는 돈이라 해도.

그래서 "굶어 죽는 한이 있더라도 거짓말은 하지 말라"는 말도 있는 게 아닐까? 이 말은 도덕적으로 살라는 말이 아니라 거짓말을 안 하는 게 그래도 살 수 있는 길이라는 뜻이다. 사회는 각자 절박하게 생존하려는 사람들이 '공평함'을 조건으로 해서 모인 곳으로 거짓이 용인될 리 없기 때문이다. 그래서 미국의 대형 금융사기 때 이런 말도 나온 게 아닐까?

"우린 사기의 시대에 살고 있습니다. 미국에서 은행뿐만 아니라 정부에서도, 학업에서도, 종교에서도 음식 그리고 야구에서도. 날 기분 안 좋게 하는 것은 사기가 나쁘다는 게 아닙니다. 사기가 비열하다는 게 아닙니다. 1만 5천 년 동안 사기가 단 한 번도 먹히지 않았다는 겁니다. 그리고 잡히게 될 것입니다.

우리가 언제 이런 걸 다 까먹었죠? 난 우리가 이것보다는 더 똑똑한 줄 알았어요, 진짜로. 그리고 우리가 똑똑하지 않다는 사실이 날 괜찮게 하거나 우월하게 하지 않습니다. 오히려 슬프게 합니다. 그리고 거만한 월스트리트 투자가들이 엄청나게 틀린 걸 보며 즐겁지만, 난 맨 끝엔 평범한 사람들이 이것을 위해 돈을 지불해야 하는 걸 압니다. 왜냐하면 항상 그랬으니까요. 이게 내 견해입니다. 감사합니다."
– 영화 〈빅쇼트〉 중에서

30
골 때리는
기계

앞에서도 나왔지만, 정신과 우울증 치료 장비 중에 TMS라는 것이 있다. 자기장 치료인데, 머리 좌측에 강한 자석을 대고 계속 자극을 준다. 그래서 나는 이 기계를 간단히 '골 때리는 기계'라고 한다. 우울증 치료에 효과가 좋은데, 아직 그 기전은 밝혀지지 않았다. 그 기전에 대해 여러 가지 설명이 있지만 다음 설명은 인상적이었다.

"머리를 아무리 때려도 전전두엽prefrontal central executive network의 연결성connectivity은 변하지 않는다."

이 설명은 나로 하여금 여러 가지 생각을 하게 했다.

전전두엽은 인간을 가장 인간답게 만들어주는 뇌 부위다. 이 부위는 외부에서 아무리 인위적으로 때려도 바뀌지 않는다. 그러나 내가 경험을 하거나 선택을 하면 바뀐다. 신경연결은 경험을 통해 이루어지기 때문이다(뇌 가소성). 뇌 안에 신경연결(가지치기)이 많으면 많을수록 그는 세상에 효율적으로 적응한다.

불교에 화두라는 게 있다. 제자를 붙들고 일일이 가르치는 게 아니라 스승이 제자를 보고 떠오르는 직관에 따라 상징어를 주면 제자는 그 상징어를 되씹고 되씹어 결국 깨달음에 이르게 된다는 것이다. 깨달음이나 성불이 가르친다고 되는 게 아니라 스스로 깨우쳐야만 된다는 것은 오랫동안 나의 궁금증이었다.

인류 역사에 성인이나 훌륭한 사람들이 많았지만 인류가 과거보다 더 성숙한 것 같지도 않고, 인간 개개인은 항상 처음부터 시작해야 하는 것은 아마도 뇌 가소성 때문인 것 같다. 아무리 좋은 이론, 진실이 있어도 본인이 직접 선택해야 뇌가 받쳐주기 때문이다. 심지어 예수님을 직접 만난다고 해도 모두가 거듭나는 것은 아니다.

〈마태복음〉 19장 21절에서 24절을 보면 이런 내용이 나온다.

"네가 완전한 사람이 되려거든 가서 너의 재산을 다 팔아 가난한 사람들에게 나누어주어라. 그러면 하늘에서 보화를 얻게 될 것이다. 그러니 내가 시키는 대로 하고 나서 나를 따라오너라" 하셨다. 그러나 그 젊은이는 재산이 많았기 때문에 이 말씀을 듣고 풀이 죽어 떠나갔다.

예수께서는 제자들에게 이렇게 말씀하셨다. "나는 분명히 말한다. 부자는 하늘나라에 들어가기가 어렵다. 거듭 말하지만 부자가 하나님 나라에 들어가는 것보다는 낙타가 바늘귀로 빠져나가는 것이 더 쉬울 것이다."

나는 위의 젊은이가 현명했다고 생각한다. 아무리 예수님 말씀이라도 받아들일 준비가 안 됐을 때 맹목적으로 따르는 것은 위험하다. 그건 마치 뱁새가 황새 따라가다가 가랑이가 찢어지는 것과 같다. 아무리 진실이라 해도 받아들일 준비가 돼 있을 때 받아들여야 비로소 나의 진실이 되는 것이다.

요즘 주입식 교육에 대한 비판을 많이 한다. 주입식 교육으로는 정보화 사회에 맞는 창의적 인재를 키울 수 없다는 것이다. 그런데도 사람들은 주입식 교육에 대한 미련을 버리지 못한다. 가장 크게 바꿀 수 없는 것이 어른들이다. 과거 어른들은 경험이 많아 아이들을 지도할 수 있었지만 현대 어른들은 경험이 적어 아이들을 지도할 수 없다. 세상이 워낙 빠르게 변해 자기가 겪은 경험만으로는 현재나 미래를 예측할 수 없기 때문이다.

이틀간 생산되는 정보의 양이 문명이 시작된 이래 2003년까지 생산된 정보의 양을 뛰어넘는다니 이 정도면 말 다한 것이다.

– 카르스텐 괴릭 저, 박여명 역, 《SNS 쇼크》, 시그마북스, 2012, 14쪽.

또 인터넷으로 세상의 정보가 공개되면서 아이들이 오히려 더 발 빠르게 정보에 접근할 수 있다. 그래서 현대사회에서는 어른들도 아이들처럼 공부를 해야 한다. 그런데도 어른들은 아이들을 가르쳐야겠다는 권위를 쉽게 버리지 못한다. 심지어 윽박지르면서 강요한다.

"말 안 들어? 그럼 돈 안 줘!"

그러나 아무리 억지로 주입해도 아이들은 바뀌지 않는다. 아마 아이들은 이렇게 말할 것이다.

"아무리 골 때려봐라, 내 골이 바뀌나. 내 골은 내가 원해야 바뀌는 거야."

자식들을 제대로 키우고 싶으면 자식들 골 때리는 데 열중할 게 아니라 자식들이 잘 크는 쪽으로 스스로 선택하게 유도해야 할 것이다. "애들 앞에선 찬물도 못 마신다"는 속담이 있다. 아이들은 흉내내기를 하며 자란다. 주변에서 좋은 모범을 많이 보이면 좋게 자라는 것이고 나쁜 모범을 보이면 나쁘게 자란다. 그래서 '맹모삼천지교孟母三遷之敎'란 말도 생겨나지 않았는가.

아이들은 열심히 일하는 아버지의 뒷모습을 보며 자란다. 아이들에게 뭘 가르치는 데 열중할 게 아니라 부모가 열심히 공부하고, 아이들이 뭘 한다고 했을 때 흔쾌히 존중하며 많은 체험을 스스로 하게 해야 한다. 그럴 때 아이들은 풍성한 가지치기를 지닌 뇌의 소유자가 될 것이다.

31
프러포즈
테스트

철수는 오늘을 기다리고 또 기다렸다. 이렇게 통하는 여자를 만난 적이 없었다. 오늘은 프러포즈를 하고 말리라. 철수는 수족관 레스토랑을 통째로 빌렸다. 보석 같은 여인을 얻는 데 그 정도 투자는 조금도 아깝지 않았다. 그동안 여자들을 만나면서 철수가 느낀 것은 안타까움이었다. 여자들은 뭔가 남자를 안타깝게 해야 자기들의 가치가 높아지기라도 하는 양 애를 태웠다. 그러면 철수는 미련 없이 그들을 떠났다. 아무 이유 없이 남자를 안타깝게 한다는 것은 그녀가 솔직하지 않다는 증거이기 때문이다. 소통력이 부족하든가.

어떤 여자는 철수의 시선을 손끝으로 이리저리 돌리기도 했다. 말도 안 되는 짓을 하길래 물끄러미 바라보았더니 손가락으로 여기저기 허공을 찌른다. 자기를 보지 말고 손가락을 보라고. 철수는 사업을 하면서도 그런 사기꾼을 간간이 보았다. 사기를 치다 들키면 도망간답시고 손끝으로 하늘을 여기저기 찌르는 것이다. 그건 마치 고개를 아궁이에 처박는 것과 같다. 문제는 해결하려 하지 않고 피하기만 하기 때문이다. 이미 다 들켰는데도.

그러나 선영은 그렇지 않았다. 모든 게 분명했고 단 한 번도 철수를 안타깝게 하지 않았다.

'이 여자는 꼭 잡아야 한다. 이 여자와 살면 한평생이 안타깝거나 애달프지 않으리라. 모든 걸 대화로 분명히 해결하니까.'

철수가 반지함을 내놓자 선영이 눈치를 채고 빙긋 웃는다. 그러고는 반지함을 옆으로 밀어놓고 철수의 손을 잡는다.

"태어날 때 기분이 어떤지 아세요?"

태어날 때 기분? 오케이하기 전에 하는 구술시험인가? 철수는 숨을 깊이 들이마시고 집중했다. 중요한 순간이다.

"글쎄, 마치 깊은 잠에 빠져 있다가 깨어나는 기분 아닐까? 어렸을 때를 돌이켜보면 나이가 한 살 두 살 먹으면서 점점 잠이 깨는 것을 느끼곤 했으니까."

"그렇다면 죽을 때의 기분은요?"

"아마도 못 견디게 숨 막혀 괴로워하다가 자기도 모르게 깊은 잠에 빠져버리는 거겠지."

선영이 밝게 웃으면서 말했다.

"영혼들이 가장 좋아하는 것이 무엇인지 아세요?"

"글쎄, 영혼이었던 기억이 없어서……."

"아이, 상상도 못 해봐요?"

선영이 투정하듯 말한다.

"좋아. 그렇다면 되는 대로 말할게. 나는 내가 분명 영혼만의 세계를 거쳤다고 생각해. 나는 분명히 전에 죽은 적이 있을 테니까. 영겁을 두고 내려온 생명력은 과거와 지금의 나를 어떤 식으로든 이어봤을 거야. 하지만 나는 영혼들이 가장 좋아하는 것이 무엇인지는 모르겠어. 내가 과거에 죽어서 영혼이 된 다음 무엇을 좋아했는지 전혀 기억이 없으니까. 전생에 내 아들이나 아버지, 사랑하는 사람에 대한 기억도 전혀 없고. 내가 죽을 때와 태어날 때를 잠들 때와 잠에서 깰 때로 비유한 것은 죽음의 망각이 그만큼 깊기 때문일 거야. 보통 꿈은 증발한다고들 하는데, 탄생하기 이전의 세계야말로 정말 태어나면서 순간 증발해버리는 꿈 같아."

선영이 빙그레 웃었다. 철수는 덜컥 겁이 났다.

'이러다가 결혼해서도 매일 구술시험을 치르면 어떻게 하지? 섹스하기 전에는 섹스의 의미에 대해, 임신해서는 아빠의 의미에 대해, 남편과 가정, 사위 등의 의무에 대해…….'

그러나 곧 고개를 저었다. 선영은 지혜로운 여자지 현학적인 여자는 아니다. 쓸데없는 말장난으로 사람을 피곤하게 하지는 않을 것이다.

선영이 다시 입을 열었다.

"과거 내가 죽은 다음에 영혼이 된 기억이 지금 생에 없는 것은 영혼의 세계가 지금의 삶을 방해하지 않기 위해서일 거예요. 그렇다면 영혼은 왜 삶으로 다시 태어났을까요? 탄생의 의미는 뭘까요?"

"글쎄? 섹스하기 위해서 아닐까? 전에 어떤 홍콩 영화를 봤더니 전생에 서로 열렬히 사랑했던 사람이 영혼이 돼서도 열렬히 사랑하다가 남자가 여자의 몸을 만지고 싶다고 해서 환생하더군. 천년 만에 말이야."

철수가 갑자기 심통이 나서 말했다. 선영은 다른 건 안타깝게 하지 않는데 몸만은 쉽게 주지 않는다.

"그 밖의 이유는 없을까요?"

"이유를 또 들자면 딜레마를 겪기 위해서겠지. 죽음에 가까운 체험near death experience을 한 사람들의 이야기를 들어봐도 일단 유체이탈을 하면 시간과 공간의 개념이 없어진다고 하잖아. 자기가 마음먹은 대로 어디든 가서 볼 수 있고. 심장이 멎은 지 1~2분밖에 안 되는데도 아주 길게 느껴지고 말이야. 아마도 죽은 다음의 세계는 시간과 공간의 개념을 초월할 거야. 그렇다면 영혼들이 다시 삶으로 나오는 것은 아마 심심해서일 거야. 심심하니까 삶의 희로애락이라도 체험해보려고."

선영이 미소를 지었다.

"그래요. 영혼들은 아마 권태를 벗기 위해 삶으로 나왔을 거예요. 그래서 저는 영혼들이 가장 좋아하는 것은 삶의 이야기라고 생각해요. 그것도 삶만이 가질 수 있는 가장 극적인 이야기 말이에요."

철수도 점점 선영의 얘기에 빠져들었다.

'내가 이런 생각도 했었나?'

철수는 떠오르는 대로 주절거렸다. 선영은 철수가 얘기를 피하는 것을 가장 싫어했다.

"우리는 어렸을 때 흔히 이런 생각을 하지. 만일 내가 다시 태어난다면 아주 부잣집에서 태어났으면 좋겠다고. 그런데 정작 영혼들이 선택한 삶은 각양각색이지. 그건 아마도 영혼의 세계에서 볼 때 부자는 별로 매력이 없기 때문일 거야. 고통 없이 빈둥거리는 삶만큼 가치 없는 삶도 없을 테니까. 그래서 영혼들은 각자 가장 재밌는 삶을 선택해서 나오지.

하지만 일단 삶으로 나오면 얘기는 달라져. 일정한 공간, 흐르는 시간 속에서 삶은 피곤하고 지치게 마련이니까. 삶에서는 쉬고 싶고 영화를 누리고 싶어 해. 하지만 이것은 죽음 속에 남아 있는 영혼들에 대한 약속을 저버리는 일일 거야. 삶의 장으로 나온 영혼은 어쩌면 다른 영혼을 대표해서 나온 투사鬪士일지도 몰라. 잠이 삶의 에너지를 축적시켜 낮의 활발한 생활을 가능케 하듯 영혼들 중에서도 충분히 휴식을 취해 강한 삶의 의욕을 고취한 영혼들만이 삶으로 나올 수 있었을 테니까. 그래서 한 생명이 탄생하는 데 그렇게 경쟁이 심한 것 아니겠어? 수억 마리의 정자 중 하나, 그것도 아주 재수가 좋아야 기회가 주어지니까.

영혼이 삶의 장으로 나오는 확률은 아마 복권당첨보다 더 어려운 일일 거야. 재수가 아주 좋아 삶의 껍질을 뒤집어쓴 영혼은 나머지 영혼들에게 멋진 장면을 연출해줄 책임이 있어. 그것을 등한시할 때 나머지 영혼들이 장난을 치지. 비록 육체는 갖지 못했어도 그들은 아마 사람을 홀리는 힘 정도는 가지고 있을 거야. 힘이 없어 자기들 스스로 현실을 바꾸지는 못하지만, 인간들 스스로 극적 현실을 선택하게끔 유도할 수는 있을 거야."

"그럴듯하네요. 그래서 아마 천벌이라는 말도 생겨났을 거예요. 영혼을 무시하고 편하게만 살면 어떻게든 영혼의 보복을 받을 거예요. 그들의 기대를 저버렸다고."

"그래. 영혼들이 가장 싫어하는 사람은 게으른 사람들일 거야. 영혼들에게 볼거리를 제공해주지 않으니까. 그래서 가장 보람 있게 사는 인생은 어쩌면 많은 이야기를 만들며 사는 모험적인 인생일지도 몰라. 우리들은 영화를 보고 책을 읽지. 그것은 인간들이 누릴 수 있는 영적 행복일 거야. 영혼이었을 때 많은 인간들의 삶을 보며 즐겼듯이, 삶의 껍질을 뒤집어쓴 우리 영혼들은 책이나 영화를 통해 시간과 공간을 초월해 다른 사람들의 삶을 즐기는 거지. 어쩌면 영혼이 재미를 찾는 것은 빛의 한계를 넓히는, 어둠을 뚫고 나가는 것일 수도 있어. 새로움이란 새로운 세계에서만 찾을 수 있으니까."

선영이 고개를 끄덕인다.

"맞아요. 우리 재밌게 살아요. 멋진 아이들 낳아 자유도 확장하고요."

선영이 반지함에서 반지를 꺼내 낀다. 그러고는 철수 곁으로 가서 앉는다. 철수가 어깨를 당기자 순순히 안긴다. 철수가 그녀의 입술을 더듬자 선영은 적극적으로 받는다. 철수는 뛸 듯이 기뻤다.

'시험에 통과했구나!'

오늘은 철수가 무슨 짓을 해도 그녀는 다 받아줄 것이다. 참, 그런데 남자의 머릿속에는 왜 그 짓밖에 없을까? 여자는 영혼을 생각하는데…….

32
그래도
믿을 것은 말

사람을 참 믿기 힘든 세상이다. 말을 믿을 수 없기 때문이다. 잘 아는 사람의 소개, 추천서라면 믿을 만할까 하지만 그것도 여의치 않다. 우리나라 사람들은 인정상 부탁하면 소개도 하고 추천서도 써주기 때문이다. 또 사람을 소개했다가 낭패당하는 경우도 있다. 믿을 만하다고 소개했는데 말썽을 피우면 내 신용만 떨어진다. 소개를 부탁한 사람이 소개해준 사람의 입장을 생각해 잘 처신해준다면 모르지만 그러지 않을 경우 문제가 심각하다.

고위직에 있는 A는 사람을 잘못 소개받아 머리가 새하얘졌다. 믿을 만한 사람을 통해 소개받았는데 그가 상상할 수도 없는 진상이었기 때문이다. 뭘 요구하는지도 분명치 않고 무조건 들이댄다. 그리고 고소하겠다는 등 소란을 피운다. 도대체 뭘 원하느냐고 하면 명확히 말도 안 한다. 그저 높은 끈이라고 무조건 붙들고 늘어지는 것 같다.

이로 인해 A의 입장이 이만저만 난처한 게 아니다. A는 그동안 윗사람들의 두터운 신임을 받고 있었는데 그 사람 때문에 신용이 떨어지고 있었다. 윗사람들은 진위 여부를 떠나 일단 시끄러운 걸 좋아하지 않기 때문이다. A는 자기가 그동안 노력해서 쌓은 모든 것이 무너지는 것을 보면서 정말 죽고 싶었다. 신용 하나로 여기까지 올라왔는데…….

그래서 사람은 가려서 소개해야 한다. 대개 돈을 밝히고 자기 이익만 따지는 사람은 문제를 일으킬 소지가 많다. 말도 믿을 수 없고 소개나 추천도 믿을 수 없다면, 그럼 뭘 믿어야 할까? 돈이다. "저 사람은 아주 부자다" 하면 사람들은 믿는 경향이 있다. 워낙 돈이 판치는 세상이기 때문이다. 그래서인지 요즘 부자나 준재벌 자식들이 참 많다. 사람들을 소개할 때 그 사람이 어떤 사람인지를 설명하는 게 아니라 집에 돈이 아주 많다고 소개하는 것이다.

또 자기가 얼마나 돈을 많이 쓰는지 과시하는 사람들도 있다. 여기저기서 팍팍 썼다고 주장하는데, 대개는 거짓말이다. 그렇게 돈을 많이 쓴다고 해야 상대가 자기를 믿으니 그저 떠오르는 대로 말할 뿐이다. 또 엄청난 돈을 좌지우지하는 것처럼 떠들고 다니기도 한다. 그래서 돈도 믿을 수 없다. 말도 믿을 수 없고, 소개도 믿을 수 없고, 돈도 믿을 수 없다면? 핏줄만 남는다. 핏줄끼리는 속아도 되기 때문이다.

그러나 언제까지나 핏줄끼리만 살 수는 없다. 핏줄끼리 결혼시킬 수는 없기 때문이다. 그러나 핏줄 외에는 아무도 믿을 수 없다. 그래서 손자, 손녀는 믿어도 사위, 며느리는 안 믿는다. 요즘 고부간의 갈등도 심하고 장모와 사위의 갈등도 심하다. 불신사회가 깊어지는 것이다. 이렇게 사람을 믿을 길이 없으니 사람을 만나기도 힘들다. 아예 만나주지 않기 때문이다. 만인의 만인에 대한 적인 원시사회로 돌아간 것만 같다.

B는 이웃에 큰 부자가 집을 짓고 들어온다고 해서 이것저것 많이 양보했다. 그런데 집 짓는 도중 피해를 봤고, 그래서 그 부자를 만나려고 했는데 도무지 만나주지 않았다. 만나려고 하면 대형 로펌의 변호사만 나왔다. B는 온갖 클레임을 걸었지만 그를 만날 수는 없었다.

그는 왜 안 만나줬을까? 아마도 낯선 사람을 경계하기 때문일 것이다. 요즘처럼 녹음장치와 몰카, SNS가 발달한 세상에서 대기업 오너가 누구를 만난다는 것은 상당히 위험한 일이다. 내가 한 말과 행동이 실시간으로 밝혀질 수 있기 때문이다. 그러니 괜히 이득 없는 만남은 하고 싶지 않은 것이다.

드라마 〈시그널〉에서 보면 비리의 배후인 국회의원 장영철(손현주 분)은 말과 행동을 지극히 조심한다. 그래서 비리를 지시할 때도 전혀 드러나지 않게 한다. 식사도 홀로 하고 올바른 말만 하고 보낸다. 그러면 듣는 사람이 알아서 듣고 행동을 개시한다.

김범주 : 형사기동대 반장 김범주입니다.

장영철 : 경찰 쪽은?

비서 : 내일 경찰청 차원에서 쇄신인사를 단행할 예정입니다.

장영철 : 그래, 조직이 썩지 않으려면 계속 새 인물을 수혈해야지.

김범주 : 뭐든 맡겨만 주십시오. 충성을 다하겠습니다.

장영철 : 그게 무슨 소리예요? 나한테 충성하다니. 경찰이 그래서 쓰나. 경찰은 무슨 일이 있어도 흔들려선 안 돼요. 공정하고 투명하게 수사를 해야지.

김범주 : 네, 그럼요. 공정하고 투명하게.

장영철 : 한 치의 오차도 없이.

김범주 : 한 치의 오차도 없이…… 그렇게 하겠습니다.

(장영철, 혼자 계속 밥 먹는다. 반장, 알아들었다는 듯 입을 오므린다.)

– 〈시그널〉 11회 중에서

앞으로 다른 계층 간에는 만나는 일이 점점 줄어들 것이다. 그런 반면 계층을 뚫고 들어가려는 노력은 더욱 치열해질 것이다. 그리고 서로 다른 계층이 만났을 때 높은 계층의 위험성은 더 커질 것이다. 만나기 힘든 만큼 낮은 계층은 그 만남을 최대한 활용하려고 할 테니까. 그러면 그럴수록 높은 계층은 더 몸을 사릴 것이다.

영화 〈친구〉에서 초짜 건달 준석(유오성 분)은 빨리 출세하기 위해 이익관계에 있던 상대 높은 사람을 칼로 찌르고 감옥에 간다. 상대는 식당에서 밥 먹다가 처음 보는 사람에게 칼을 맞는다. 이로 인해 준석의 윗사람들은 상당한 이익을 얻을 것이다. 준석도 정상적으로는 얻을 수 없는 큰 이익을 얻을 것이고. 어떤 건달(?)들은 얘기한다. 일만 시켜달라, 그러면 자기가 알아서 시비를 걸어 상대를 작살내놓겠다.

이런 세상이니 일반 식당에서 밥을 먹는 것도 두렵다. 그러니 높은 사람들은 일상에서 여간해선 자신을 드러내려 하지 않는다. 예전에는 돈 없고 빽 없고 힘없는 사람들이 누명을 썼다면 앞으로는 돈 있고 빽 있고 힘 있는 사람들이 누명을 쓰기 좋은 세상이 될 것이다. SNS에 소문을 퍼트리고 "아니면 말고", "난 잃을 게 없으니 배 째" 할 때 당하는 사람은 돈 있고 빽 있고 힘 있는 사람들일 테니 말이다. 그러니 그들은 더욱 핏줄 중심으로 똘똘 뭉쳐 웅크릴 것이다.

그러나 사회적으로 일을 하려면 믿을 만한 사람이 필요하다. 사람을 믿지 않고는 아무 일도 할 수 없다. 그래서 믿을 만한 사람에게는 점점 더 좋은 기회가 주어질 것이다. 그래서 믿을 만한 사람이 된다는 것은 현대사회의 생존에서 아주 중요한 일이다. 핏줄만큼은 아니어도 상당한 대우를 받을 수 있기 때문이다.

어떻게 하면 믿을 만한 사람이 될 수 있을까? 역시 말이다. 그래도 사회에서 믿고 기댈 것은 말밖에 없기 때문이다. 말에 일관성이 있고, 자기가 한 말을 잘 기억하며, 말을 잘 지키고, 말에 조심하고, 예의 바르고 약속을 잘 지키면, 또 그 말이 합리적이고 상호이익을 존중하고 함께 보다 큰 이익으로 향하면 그에 대한 신뢰는 차츰 쌓인다.

사람들이 가장 좋아하는 사람은 착한 사람도, 부자도, 우아한 사람도, 연예인도 아니다. 믿을 만한 사람, 다음 행동이 예측 가능한 사람이다. 그런 사람은 위험하지 않기 때문이다. 사람들이 가장 기피하는 대상 1순위가 바로 위험한 사람이다. 걸핏하면 화를 내고 감정조절을 못하고 충동적이고 폭력적인 사람은 누구든 피하고 싶어 한다. 내 삶을 위협하기 때문이다. 맹목적으로 착한 사람도 기피 대상이다. 그는 누구에게나 잘하기 때문에 박쥐 같아 누구 편인지 알 수가 없다. 또 무조건 착한 사람은 뭔가 모르게 위험이 느껴진다. 언제 폭발할지 모르기 때문이다.

거짓말을 하는 것은 그야말로 최악이다. 내가 A라는 사람을 위해 거짓말을 해도 A는 일시적으로 고마워할 뿐 나를 신용할 수 없는 사람으로 생각한다. '저 사람은 거짓말을 하는 사람'이기 때문이다. 어떤 딸은 엄마가 어릴 때부터 살짝살짝 거짓말을 해서 미치는 줄 알았다. 엄마가 겁이 많아 거짓말을 하는 것을 이해하면서도 거짓말은 싫었다. 거짓말을 하는 사람은 사람을 피곤하게 한다. 항상 진위를 따져야 하기 때문이다. 다른 사람들이야 안 보면 그만이지만, 안 볼 수 없는 사람(가족?)이 거짓말을 하면 정말 괴롭다.

B는 요즘 자살을 생각하고 있다. 자기는 남을 위해 많은 걸 양보하는데 사람들이 다 자기를 떠나기 때문이다. 그러나 떠나는 사람들의 얘기는 다르다. B는 약속도 안 지키고 무례하고 자기 이익 우선으로 사람을 이용한다. 말만 번드르르할 뿐이다.

말은 그 사람을 표현한다. 아니, 그 사람 자체다. 장사꾼의 생명은 신용이다. 내가 잘살고 싶으면 말을 잘해야 한다. 말을 잘하는 것은 청산유수같이 끊어지지 않고 하는 게 아니라 신용이 담겨 있어야 한다. 하지만 누구도 처음부터 말을 잘하는 것은 아니다. 말 또한 무수한 시행착오를 거쳐 자란다. 말을 잘하려는 노력을 게을리하지 않으면 그 말은 나를 구원하고 풍요롭게 한다. 말은 사회적 수단이기 때문이다. 그러나 당장의 돈과 이익을 택하고 말을 성장시키지 않으면 그 말은 결국 나를 추락시킨다. 사회에서 소외되기 때문이다.

고故 정주영 회장이 500원짜리 동전을 들고 영국에 가서 거북선 운운하며 조선소를 건립할 돈을 투자받았다고 했을 때, 나는 정주영 회장의 배짱보다는 정 회장의 말을 믿은 영국 사람들이 더 경이로웠다. 그들은 말을 구분할 자신이 있었기에 정 회장의 말을 믿고 투자한 것이다. 물론 정 회장이 자기 말을 뒷받침할 만한 신뢰를 지속적으로 보여주지 않았다면 그 투자는 제대로 이어지지 않았을 것이다. 두 번 다시 정 회장을 만나주지도 않았을 것이고.

박정희 전 대통령이 독일 탄광촌을 방문하고 나서 뤼브케Karl Heinrich Lübke 독일 대통령에게 했던 말이 인상적이다.

"한국에 돈 좀 빌려주세요. 여러분의 나라처럼 한국은 공산주의와 싸우고 있습니다. 한국이 공산주의자들과 대결해 이기려면 분명 경제를 일으켜야 합니다. 그 돈은 꼭 갚겠습니다. 저는 거짓말할 줄 모릅니다. 우리 대한민국 국민은 절대로 거짓말하지 않습니다. 공산주의자들을 이길 수 있도록 돈 좀 빌려주세요."

우리 대한민국 국민은 절대로 거짓말을 하지 않는다. 그 때문에 이만큼 경제를 일으킬 수 있었다. 지금 우리 경제가, 내 경제가, 내 삶이 힘들다면 우리 말을, 자기 말을 돌아봐야 할 것이다. 혹시 말에 빈틈은 없는지, 거짓은 없는지, 너무 쉽게 하고 있지는 않은지, 내 이익에만 사로잡혀 있지는 않은지, 무례한 건 아닌지……

33

돈보다는
말을

정신치료는 불신에서 믿음으로 가게 도와주는 치료다. 이를 '추운 겨울에 봄날을 가져다주는 것'으로 비유하기도 한다. 그러나 인간에 대한 상처로 깊이 웅크리고 경계하는 사람들을 다시 믿게 하는 것이 쉬운 일은 아니다. 그래서 정신치료자는 환자가 스스로 믿음을 선택할 때까지 하염없이 기다리고 또 기다린다. 융Carl Gustav Jung은 9년 동안 환자를 존중하면서 기다렸는데 10년째에 그 환자가 완치됐다며 이렇게 말했다고 한다.

"10년이라는 기간 동안 저는 선생님을 믿는 것을 배워왔습니다. 그리고 제 자신감이 커짐에 따라서 저의 상태도 좋아졌습니다."

사람을 믿으면 상태가 좋아진다. 그러나 사람을 믿게 하는 게 가장 어렵다. 드라마 〈청담동 앨리스〉에 이런 글귀가 나온다.

세상에서 제일 어려운 일은 사람이 사람의 마음을 얻는 일.
그 사람의 마음을 얻는다는 건 그 사람이 나를 신뢰한다
는 것.
그리고 신뢰는 항상 소통에서 온다. 소통은 교감이다.
교감은 정서에서 온다. 정서에는 진심이 담겨 있다.

믿음이 어려운 것은 인류 역사에서 믿음보다 불신의 기간이
훨씬 길기 때문이다. 그래서 인간은 믿음의 외피를 가지고 있
는 불신으로 똘똘 뭉친 존재라고 할 수 있다. 인간은 한번 믿음
의 옷이 벗겨지면 다시 그 옷을 입히기가 쉽지 않다. 속이 불신
으로 똘똘 뭉친 인간은 맞지도 않고, 도움도 되지 않으며, 오히
려 자기를 아프게 하고 죽일 뻔한 믿음이라는 옷을 두 번 다시
입으려 하지 않기 때문이다.

마음의 상처를 받고 홀로 지내는 환자들에게 외롭지 않으냐,
지루하지 않으냐고 물으면 이렇게 대답한다.

"이게 제일 좋아요. 그냥 이렇게 살래요."

아프게 사는 것보다는 외롭고 지루하더라도 아프지 않게 사
는 게 낫기 때문이리라. 그래서 나는 '사람은 두 번 버림받으면
죽는 게 아닌가' 하는 생각도 하곤 한다.

어렸을 때 부모님에게 버림받은 적이 있는 사람은 사람을 믿
기가 참 어렵다. 사람을 믿기 힘든 사람이 선택하는 것은 '돈'
이다. 돈이라도 있어야 살 수 있기 때문이다. 돈의 연장선이 '편

안함'이다. 편한 것은 무조건 자기에게 유리한 걸로 생각한다. 그래서 그들은 관계에서 미숙함을 드러낸다. 관계에 이기적으로 집착하거나(다시 버림받으면 안 되니까 절박하게 집착하며 스토커, 경계선성 인격장애 등이 발달한다), 더 좋은 상대가 나타나면 가차 없이 기존의 관계를 차버리거나, 관계를 중시하기보다는 돈이나 편안함, 자기 이익에 집착한다.

이런 사람과 관계를 지속할 사람은 아무도 없다. 그들은 결국 관계에 실패하고 홀로 남게 된다. 두 번 다시 버림받지 않으려는 발버둥이 스스로 버림받는 결과를 자초하는 것이다. 그들은 세상과 담을 쌓고 돈만 움켜쥐고 홀로 지내거나 잠만 자다가 우울증을 앓으며, 결국 자살로 끝내곤 한다.

요즘 젊은이들 사이에 불신이 급속히 퍼지고 있다. 순수한 젊은이들이 처음 발을 내디디는 세상이 너무 척박하기 때문이다. 취업도 어렵고 사기도 많고……. 특히 아이돌이나 연예계에 데뷔하려다가 상처받는 젊은이들이 많다. 그쪽 세계는 젊음이 밑천인데, 젊음을 존중하기보다는 젊음을 뜯어먹으려는 사기꾼들이 많기 때문이다.

사회에 첫발을 내밀다 상처받으면 한없이 웅크리게 된다. 사회가 너무 무섭고 아무도 믿을 수 없게 된다. 그러다보면 나이만 먹고 사회 복귀는 더더욱 힘들다. 한 조현병 환자의 엄마가 울면서 말한다.

"병이 좋아지면 뭐해요? 사회에서 할 일도 없는데."

사람을 믿으면 이용당하거나 상처받고, 사람을 안 믿으면 우울증 환자나 적응 실패자가 되고. 정말 '헬지옥'이 따로 없다. 그러나 헬지옥, 헬지옥 아무리 외쳐도 사회는 꿈쩍 안 한다. 절이 싫으면 중이 나가라는 것이다. 아니면 죽든가. 결국 해결책은 각자가 알아서 생존하는 것이다. 세상이 참혹할 때 생존하는 사람은 경험이 많은 사람들이다. 나이가 젊어 경험이 부족하다면 그 경험을 공부하는 수밖에 없다.

그 공부 중에서 가장 중요한 공부가 말에 대한 공부다. 상대의 말을 잘 살필 수 있으면 믿을 만한지 아닌지를 구분할 수 있다. 그래서 진실과 거짓, 진짜와 가짜를 구분할 수 있으면, 손해보다 이익이 늘어나는 정도로 덜 당할 수 있으면 세상으로 나아갈 수 있다. 세상으로 나가야 진정한 삶을 살 수 있다.

요즘 세상이 무섭다고 부모에게 의지하는 사람들이 많다. 또 자식들이 고생하고 상처받는 게 애처로워 자식들을 끼고 사는 부모들도 많다. 그런데 부모의 재산이 다 떨어지면 어떻게 할 것인가? 자식들은 어찌어찌 산다고 해도 그 자식의 자식들은 어떻게 할 것인가? 무기력한 아빠 엄마를 보고 자란 아이들이 돈도 없고 세상에 나갈 자신도 없으면? 답은 자명하다. 가난하고 비참해진다. 그리고 다시 재기할 때까지 뼈 빠지게 고생하든지 도태되는 것이다.

어떤 엄마는 자식, 손자, 손녀에게 어마어마한 재산을 물려주었는데 자식들이 도박중독, 마약중독으로 재산을 다 탕진했다.

아무리 재산이 많아도 도박중독을 이겨낼 수는 없다. 1억이 푼돈 같으니. 결국 아들은 엄마와 동반자살을 시도했다. 또 어떤 자식은 부모가 유산으로 100억을 남기지 않고 30억만 남겼다고 자살했다. 돈 가지고 자식의 행복을 보장할 수는 없다. 돈은 아무리 많아도 부족하기 때문이다.

자식의 생존에 가장 중요한 것은 관계할 수 있는 능력이다. 관계는 돈 이상의 가치가 있다. 그래서 자식에게 재산보다는 말을 가르쳐야 한다. 자식들이 재산싸움을 하면서 의가 갈리고 심지어 죽고 죽이기까지 하는 것보다는 자식들이 세상에서 환영받고 존경받는 존재가 되고 서로 의좋게 지내는 게 훨씬 낫지 않겠는가.

34
어느 정신과 의사의
일기

　파리바게뜨로 들어가니 짱구가 기다리고 있었다. 일이 터질 때마다 제 일처럼 달려와 도와주는 고마운 친구다. 애인하고 맞은편에 앉자 짱구가 애인에게 자리 좀 비켜달라고 한다. 그리고 심각하게 말한다.

　"꼭 그래야겠냐?"

　정신과 의사 경식의 이혼을 두고 하는 말이다.

　"내가 원하는 게 아니야, 아내가 원하는 거지."

　짱구가 피식 웃었다. 그 웃음은 마치 '그게 그거지 새끼야' 하는 것 같다. 하기는 경식이 아내에게 무릎 꿇고 빌거나 돈 버는 기계가 돼서 아내가 시키는 대로 하면 몇 년은 더 살 수 있을 것이다. 그러나 더 이상 그렇게 살고 싶지 않다. 아니, 그전에도 그렇게 살지 않았다. 표면만 그런 척하고 살았지. 더 이상 여자들을 제물 삼아 가정을 지키고 싶지 않다. 아이들도 많이 컸고.

짱구가 안타까운 듯 상을 찌푸렸다.

"이혼하면 너 폐인 돼."

"나도 알아."

짱구가 못 말린다는 듯 고개를 저었다.

"너 이혼하면 다신 결혼하지 마라."

"그래."

짱구의 휴대폰 벨이 울렸다.

"네? 누님. 네, 네. 아, 또 환자예요? 네, 네……."

누나가 걱정돼서 짱구에게 전화를 한 것이었다. 아무래도 좀 설명을 해야 할 것 같다.

"사람이 죽었어. 아무 일도 없는 양 편하게 살 수가 없어."

"그래."

짱구도 체념한 듯 말했다. 그리고 애인 쪽을 힐끗 보며 말했다.

"새끼야, 세상에 사랑이 어디 있냐?"

"그래, 술이나 마시러 가자."

경식이 먼저 몸을 일으켰다. 누군가가 경식의 귓속에 이렇게 중얼대는 것 같았다.

"이게 최선이다. 안 그러면 넌 미치거나 죽는다. 지금 너에게 필요한 것은 안정이다. 마음의 안정, 영혼의 안정."

밖으로 나가니 비가 내리고 있었다. 인간의 고통에는 총량이 있는 것 같다. 고통의 일정량이 몸과 마음, 영혼에 퍼져 있는 것이다. 몸이 아픈 사람은 마음과 영혼이 덜 아프고, 마음이 아픈 사람은 몸과 영혼이 덜 아프다. 그래서 조현병 환자들은 암에 잘 안 걸리는 것이리라. 마음이 워낙 아프니까 몸이 보호를 받는 것이다.

그녀는 7년 전 방송에 나온 경식을 보고 흥미를 느껴 병원으로 찾아왔다. 처음엔 단순한 호기심인 줄 알고 일반적인 관계로 나아갔는데 그녀의 병은 의외로 깊었다. 우울증으로 자살기도도 했고, 죽음에 대한 생각이 끊이지 않았다. 경식이 그녀에게 집중하면서 그녀는 점점 좋아졌는데 경식에 대한 사랑과 집착도 그만큼 커져갔다. 어떤 때는 광적으로 폭력까지 썼다. 경식은 그녀를 감당하기가 점점 힘들어졌다. 그녀와 다투는 시간이 많아졌고 결국 그녀는 자살했다. 경식에게 너무 미안하다면서. 마음이, 영혼이 많이 아프다면서. 아마도 마음과 영혼의 아픔을 줄여보려고 몸을 아프게 하다가 극단까지 간 것 같았다.

얼마나 마음이, 영혼이 아팠으면 몸까지 죽여야 했을까! 이번에는 경식의 마음과 영혼이 아프기 시작했다. 몸이, 현실이 편하면 편할수록 마음과 영혼은 더 아팠다. 마음과 영혼의 고통은 몸의 고통과는 질이 달랐다. 어느 깊은 곳에서 스멀스멀 기어 나오는 고통은 몸의 고통에 비할 바 아니었다. 그 고통은 제멋대로 움직이면서 경식을 이상하게 만들었다.

경식은 점점 자신을 통제할 수 없게 되었다. 그녀의 광적인 행동이 조금씩 이해가 됐다. 마음과 영혼은 아픈 게 아니라 사람을 돌게 만든다. 마음과 영혼 깊숙이에는 거대한 회오리가 있다. 그 회오리가 자극을 받아 표면으로 떠오르면 그 회오리에 말려들어 같이 돌아야 한다.

그녀는 마음과 영혼이 너무 아팠기에 스스로 회오리가 돼 경식을 몰아쳤다. 경식은 그녀의 광기에 말려들지 않으려고 발버둥을 쳤고, 그녀는 그런 경식을 바라보며 무척 괴로웠을 것이다. 그러나 회오리를 스스로 멈출 수 있는 힘이 그녀에게는 없었다. 회오리를 멈출 수 있는 유일한 길은 죽음뿐이었다. 결국 그녀는 목숨을 끊었다. 회오리는 멈췄고 경식은 놓여났지만, 이제 경식의 깊은 곳에서 회오리가 일었다. 그 회오리는 보이지는 않지만 점점 세력을 확대하면서 경식을 압도했다.

운명의 회오리도 느껴졌다. 한 발 한 발 운명을 따르다보니 어느덧 운명 한가운데 깊숙이 자리한 것이다. 운명은 한 치의 어긋남도 없이 경식을 몰아갔다. 이 회오리에서 빠져나갈 길은 없다. 회오리를 거부하면 거부할수록 갈가리 찢겨 나간다. 회오리를 가라앉히는 유일한 길은 같이 회전하는 것이다. 경식 스스로 돌지 않으면 언젠가 한꺼번에 크게 터지거나 죽는다.

방황이 시작됐다. 가슴이 뻥 뚫린 외로움은 허접한 관계로 채워갔고 그 관계는 어김없이 후유증을 남겼다. 고소당하고 협박당하고…….

덕분에 한동안 아픔을 덜 느끼기도 했다. 어찌어찌 위험이

지나가고 나면 마음은 다시 강하게 회오리쳤다. 그녀의 죽음은 여전히 커다란 소용돌이로 경식을 기다리고 있었던 것이다.

그러다 한 여자를 만났다. 그녀만큼 우울증이 심한 것은 물론 사신死神까지 따라다니는 여자였다. 여자의 사신은 머리까지 뒤 덮은 검은 망토에 긴 낫을 들고 있는데, 여자의 목을 겨냥해 휘 두르고 있다고 했다. 여자의 상태가 좋을 때는 멀리 떨어져 있 지만 나쁠 때는 어느새 목 가까이까지 낫이 날아온다고 했다.

경식은 여자에게 집중했다. 알 수 없는 힘에 밀려서 강하게 집중했다. 어떤 아기동자가 말했다. 죽은 그녀의 영혼이 여자 몸속으로 들어가 데려온 거라고. 여자 또한 경식에게 집중했 다. 그러면서 그녀의 우울증은 많이 좋아졌고 사신도 멀어졌 다. 그러나 죽음은 사라진 게 아니었다. 힘든 일이 있으면 어김 없이 성큼 다가와 여자를 유혹했다. 경식은 그녀와 있는 시간 이 점점 많아졌다.

아내가 경식과 여자의 관계를 알게 됐다. 아내는 이혼을 요 구했고, 경식은 선선히 받아들였다. 그리고 이런 생각도 스쳐 갔다. 만일 내가 일찍 이혼했더라면 그녀도 자살하지 않았을 텐데.

이혼하기로 한 날 집을 나왔다. 그리고 병원 소파나 찜질방, 차에서 잤다. 병원 근처에 원룸을 얻었지만 잘 가지 않았다. 몸 이 괴로운 게 오히려 좋았다. 이혼이 확정되고 여자와 결혼하 기로 했다. 어차피 이렇게 될 운명이었다. 학창 시절에 일기장에 이렇게 썼다. 내 일생의 1순위는 처자식이고, 다음이 환자라고. 그러나 곧 고쳐 썼다. 내 일생의 1순위는 환자고 다음이 처자식이라고.

"말이 씨가 된다"고 결국 이렇게 된 것이다. 아들이 말한다. 아빠는 가족에게 관심이 없다고. 아니, 관심 있다. 너무나도 사랑한다. 그러나 가족만 위하는 게 가족을 위하는 것은 아니다. 내 영혼의 과제를 해결해야 한다.

그러지 않으면 아빠는 미치거나 죽는다. 또 아빠가 지은 업을 아빠가 풀지 않으면 이 업은 너희에게 간다. 너희와 떨어지는 것은 가슴이 찢어지는 일이지만 이게 최선이다. 그다음은 운명에 맡길 일이다.

35
프리티 우먼

아들이 여자와 사귀느라 분주하다.

"난 왜 교사들만 걸리지?"

아마도 중·고등학교, 초등학교 교사까지 광범위하게 교사만 소개를 받나보다. 난 점잖게 충고했다.

"순수한 믿음을 갖고 소통이 잘되는 사회성 좋은 여자를 만나. 다른 건 아무것도 필요 없어."

아들이 피식 웃는다.

"그런 여자가 어디 있어?"

의외였다. 조건 좋은 여자를 고르나 했더니 내심은 그런 여자, 순수한 믿음을 갖고 소통이 잘되는 사회성 좋은 여자를 찾고 있었구나.

난 다시 한 번 충고했다.

"나이 어린 여자를 찾아. 나이 어린 애들 중에 그런 여자가 간혹 있어."

이병헌과 이민정(12세 차이), 브래드 피트와 안젤리나 졸리 (12세 차이) 등 나이 차이가 많이 나는 연상연하 커플이 화제다. 나이 차이가 많이 나는 커플들에게 나이 차이를 느끼지 않느냐고 물어보면 한결 같은 대답이 돌아온다. 나이는 숫자에 불과하다고. 그렇다면 남자들은 왜 나이 차이가 나는 여자를 선호할까? 싱싱한 여성성, 생명력 때문이기도 하겠지만 무엇보다 나이 어린 여성은 순수한 믿음을 간직하고 있기 때문일 것이다.

한 남자가 어렵게 돈을 구해 등록금을 내러 가던 길이었다. 그는 서둘러 가다가 그만 돈을 잃어버리고 말았다. 정신없이 돈을 찾다가 아이들이 재잘거리는 소리를 들었다. 한 소녀가 돈을 주웠다고 자랑하는 것이었다. 바로 그 남자가 잃어버린 돈이었다. 남자는 소녀에게 그 돈은 자기가 잃어버린 돈이라고 사정했다. 소녀는 순순히 돈을 내주었다.

한 처녀가 아버지의 소개로 한 남자를 만났다. 남자는 만나자마자 당신은 '내 인생의 사랑love of my life'이라고 적극적으로 접근하더니 관계를 갖자마자 뜨악하기 시작했다. 결국 그녀는 버림받고 말았다. 그 남자의 말을 믿었지만 그 남자는 말을 지키는 인간이 아니었다. 남자는 오히려 자기가 여자에게 차였다고 떠들고 다녔다.

한 이혼녀가 남자를 만나 재혼했다. 그녀는 그 남자를 철저히 뜯어먹었다. 남자는 재기불능 상태로 망가졌다. 여자는 눈물을 흘렸다. 아마도 그녀의 눈물은 이렇게 말하고 있을 것이다. 난 왜 이렇게 남자를 못 믿지? 아마도 뿌리가 깊은 남자의 배신이 그녀를 이렇게 만들었을 것이다.

이 소녀, 처녀, 나이 든 여자는 한 사람일 수 있다. 세월이, 남자들이 그녀를 이렇게 만든 것이다. 그러나 남자들은 자기들이 비록 여자를 망쳐놨어도 순수하게 자기를 믿는 여자를 좋아한다. 사랑은 믿음으로 서로 하나가 되는 것이기 때문이다. 믿음이 강한 여자를 찾다보니 점점 세상 경험(배신 경험?)이 적은 나이 어린 여자로 내려가는 것이다.

또 남자들은 소통이 잘되는 여자를 원한다. 사랑이란 항상 함께 있는 것인데 소통이 안 되면 그것같이 불편한 것도 없다. 그러나 소통도 나이 어린 여자와 더 잘된다. 여자가 나이가 들면 생각도 많고 따지는 것도 많은데 나이 어린 여자들은 남자 말을 믿고 귀를 기울이기 때문이다.

〈비포 미드나잇〉이란 영화를 보면 줄리 델피(셀린느 역)가 순진한 척 남자에게 귀 기울이는 장면이 나온다. 남자와 열나게 싸우다가도 남자가 사랑스러우면 갑자기 순진한 여자로 돌변해 아무것도 모르는 척 남자에게 귀 기울이는데, 이 장면에서 여자 관객들은 탄성을 발한다. 그런 '여우 같음'의 가치를 인정하기 때문일 것이다.

여자들은 누구나 젊고 예쁘기를 원한다. 그러나 여자의 젊음과 아름다움은 신이 일시적으로 빌려준 축복에 불과하다. 세월이 흘러 신이 다시 가져가면 그 젊음과 아름다움은 두 번 다시 돌아오지 않는다. 그러나 젊음과 아름다움을 영원히 간직하는 비결이 있다. 바로 믿음과 소통을 소중히 하는 것이다. 사람에 대한 순수한 믿음을 잘 간직하고 소통 능력을 꾸준히 계발하면 그녀는 언제까지나 사랑받는 프리티 우먼pretty woman(귀여운 여인)이 될 것이다.

36
주토피아

애니메이션 영화 〈주토피아Zootopia〉는 문명사회에서의 원시성을 다룬 흥미 있는 작품이다. 포식동물의 원시성을 깨워 주토피아에서 평화롭게 어울려 사는 동물들을 몰아내려는 무리에 맞서는 토끼의 활약을 그렸다. 원시성을 깨운다는 아이디어가 기발하고 신선했다. 사실 인간사회에서도 원시성은 앞으로 큰 문제가 될 것이기 때문이다.

얼마 전 북해도에 놀러 갔는데, 관광 가이드가 이렇게 말했다. "일본은 치안이 좋지만 거의 매일 살인사건이 일어나고 있습니다. 어디 갈 때 혼자 가지 말고, 특히 저녁에는 으슥한 곳을 주의하십시오."

관광객의 돈을 노리는 범죄가 아니다. 은둔형 외톨이(히키코모리)들이 혜까닥해서 벌이는 '묻지마 범죄'다. 언어문자가 발달한 것은 기원전 4천 년경이다. 언어문자가 발달하면서 소통이 가능해져 사회도 커졌고 '의식consciousness'도 탄생했다. 동물들은 아직 의식이 없다. 말을 할 줄 모르기 때문이다. 지금까지 약 6천 년 정도 세월이 걸려 의식이 발달했지만, 생명의 역사에 비하면 의식은 아주 최근에 생긴 것으로 아직 많이 불안정하고 취약하다. 의식 이면에 깔린 무의식이 호시탐탐 밀고 올라오려고 하기 때문이다.

의식은 '사회성'으로서 인간을 믿고 사회질서를 지키려는 정신이다. 무의식은 '원시성'으로서 수단 방법을 안 가리고 생존하려는 정신이다. 사람은 사람을 자꾸 만나면서 사람이 위험하지 않다는 것을 확인해야 한다. 그래야만 떠오르려는 무의식을 억압하면서 사람을 안전하다고 믿으며 사회생활을 할 수 있다. 그러나 사람을 만나기를 기피하거나 안 만나면, 고립되면 무의식이 떠오르게 된다. 무의식은 원시본능으로서 모든 것을 경계하고 주의한다. 우리가 야생동물이나 물고기 심지어 곤충까지 잡기 힘든 것은 그들이 그만큼 주위를 경계하기 때문이다. 야생에서는 그래야 살 수 있다. 한 번 실수하면 목숨이 달아나기 때문이다.

무의식이 떠오르면 무의식은 밖으로 투사되면서 주변을 온통 원시사회로 만든다. 그래서 집에만 있게 되면 점점 더 밖으로 나갈 수가 없다. 밖이 점점 더 무서운 원시환경으로 바뀌기 때문이다. 여러 명의 은둔형 외톨이에게 물어봤다.

"당신이 집 밖으로 안 나가려고 하는 것은 밖에 나가면 맞을 것 같아서죠?"

대부분이 그렇다고 대답했다. 어느 누구도 그를 때릴 마음이 없건만 그는 나가면 바로 처맞을 것만 같다. 바로 원시본능이 투사됐기 때문이다. 사람들의 몸짓, 눈빛 모두가 나를 노리는 것 같아 무섭기만 하다. 원시 적응은 싸우거나fight 도망가는 것flight, 두 가지뿐이다. 은둔형 외톨이들은 처음엔 피하고만 있다가 원시본능이 극에 달하면 싸운다. 쥐도 궁지에 몰리면 고양이를 무는 것이다. 피하고 도망치다가 너무 무서워 발작하는 것, 그것이 바로 '묻지마 범죄'다.

사회가 안전하려면 이런 원시성이 돌출되는 것을 미연에 막아야 한다. 즉, 사람을 고립시키거나 은둔형 외톨이로 집에만 칩거하는 것을 용납하지 말아야 한다. 그러나 이게 만만치 않다. 은둔형 외톨이들은 밖은 무섭지만 엄마, 아빠는 그나마 만만하기 때문에 화를 내서라도 집에만 있으려 한다. 엄마, 아빠가 그래도 밖에 내보내려 하면 자살시도도 서슴지 않는다. 밖이 너무 무섭기 때문에 차라리 죽음으로 도피하는 것이다.

영화 〈한공주〉에서 한 학생은 친구들은 무섭지만 아는 여자아이는 만만하기 때문에 화를 낸다.

"빨리 (이 맥주를) 마셔."

그 맥주는 약을 탄 것이고, 그것을 마신 한공주(천우희 분)는 친구들에게 집단강간을 당한다. 눈앞에서 한공주가 강간을 당해도 그 학생은 다른 선택의 여지가 없다. 친구들이 너무 무섭기 때문이다.

평화로운 사회를 무시무시한 사회로 만드는 것은 '고립'이다. 고립은 원시성을 불러일으키고 원시성에 사로잡힌 인간은 겁에 질려 웅크리고 있다가 어느 순간 야수로 변한다. 〈주토피아〉에서 독초 총알을 맞고 야수로 변하는 포식동물처럼. 독초 총알이 바로 고립인 것이다.

2007년 버지니아 공대 총기난사사건 때 조승희는 학생과 교수를 비롯한 32명을 살해한 뒤 자살했다. 조승희는 학교에서 친구들과 전혀 어울리지 않았고 사교성이 너무 없었다고 한다. 이로 인해 한국인들은 집단자책감에 빠졌으나 미국 학생들의 반응은 달랐다. 자기들이 조승희를 좀 더 따뜻하게 대했더라면 이런 일은 일어나지 않았을 것이라는 반성이었다.

집에만 있으면 맨 먼저 말을 잃는다. 처음엔 말의 빛을, 다음엔 말의 색깔을, 나중엔 말하는 법을, 마지막엔 말 자체를 잃어버린다. 인간에서 동물로 가는 것이다. 조승희 또한 사회성이 떨어지면서 말하는 법을 잃었다. 다음은 조승희의 교수였던 루신다 조이의 이야기다.

> 내가 조승희와 가장 가까이 있었던 순간은 일대일 강의를 하던 시간이었어요. 나는 그에게 다른 학생들과 의사소통하는 법을 배워야만 한다고 말했고, 그는 처음으로 내게 말

했어요.

"난 그걸 어떻게 하는지 몰라요."

"그럼 누군가에게 다가가서 '안녕, 잘 지내?'라고 말해봐."

조승희는 잠시 침묵을 지키더니 내게 말했지요.

"언젠가 그렇게 해보겠어요."

집에 오래 있다보면 동물에서 점점 더 원시적인 동물로, 나중에는 미친 동물로까지 간다. 〈주토피아〉의 독초 총알은 야성을 넘어 미친 본성까지 깨운다. 미친 본성에 사로잡힌 남편을 보고 부인은 말한다. 저 사람은 내 남편이 아니라고. 고립이 심화돼 미친 본성까지 가면 내 자식은 내 자식이 아니고, 내 남편은 내 남편이 아니게 된다. 그땐 그들이 어떤 일을 저지를지 아무도 모른다. 언제 터질지 모르는 시한폭탄이 되는 것이다. 안으로 터지면 자해, 자살이고 밖으로 터지면 '묻지마 범죄'다.

우리 사회 도처에서 상상도 할 수 없는 범죄가 일어나고 있다. 심지어 자식을 박해해서 죽이는 부모들까지 있다. 동물들이 자기 새끼를 잡아먹는 건 최악의 순간에나 하는 짓이다. 그만큼 사회성이, 의식성이, 인간에 대한 매너가 떨어지고 있다는 증거다.

언젠가 꿈을 꾸었다. 개를 잡으려고 다가가는데 그 개가 갑자기 괴물로 변해 나를 위협했다. 이 꿈을 분석가 선생님에게 가져갔더니 "개는 본능(무의식)의 상징이고 본능은 함부로 잡으려고 해서는 안 된다. 본능과는 원만한 관계를 유지해야 한다"는 설명을 들었다. 본능(무의식)이 워낙 큰 에너지를 갖고 있기 때문이다.

사람도 마찬가지다. 사람이 약하고 힘없고 만만하고 돈 없고 빽 없다고 함부로 대했다가는 괴물로 변할 수도 있다. 인간은 누구나 본능을 갖고 있기 때문이다.

> 서울에서 태어난 조승희는 반지하층에서 사는 가난한 집의 아이였습니다. 조승희는 어릴 때부터 조용했고, 요구하지 않았고, 감정을 드러내지 않았습니다. 조승희가 여덟 살이 되던 해에 미국으로 건너간 조승희 가족은 대부분의 이민자 가족처럼 빈곤하고 고된 노동을 해야 했습니다. 부모가 하루의 대부분을 일하는 데 사용하다보니, 조승희의 삶은 처음부터 외톨이 그 자체였습니다.
> 빈곤한 가정, 조용한 성격, 부족한 사교성은 다른 학생들의 좋은 표적이 되었습니다. 고등학교를 졸업할 때까지 다른 학생들은 기회가 있을 때마다 조승희에게 고함을 치고 때리고 괴롭혔습니다.
> – 매드무비, 2014년 3월 13일 13:50

영화 〈위대한 개츠비〉에서도 개츠비를 죽인 사람은 착한 남자였다. 어릴 때 본 어느 드라마에서 돈 많고 힘세고 권력이 많은 사람이 아무것도 없는 한 사람을 핍박하자 그는 이렇게 말한다.

"나는 당신을 아무런 양심의 가책 없이 죽여버릴 수 있습니다."

영화 〈내 무덤에 침을 뱉어라〉에서 한 여자를 집단강간한 네 남자를 여자는 차례로 살해한다. 목을 매달고 고추를 자르고 도끼로 찍어서…….

우리 사회가 더 이상 위험한 곳이 되지 않으려면 최소한의 관계(사회성), 기본적인 예의에 신경을 써야 한다. 그 관계, 예의가 나 또는 타인 안의 괴물(원시성)을 잠재울 수 있기 때문이다. 우리나라의 경우 총기자유화가 안 됐기에 망정이지 만약 총기자유화가 되면 미국 이상의 끔찍한 범죄가 수시로 일어날 것이다. 우울증, 자살이 세계 최고 수준을 달리는 것처럼.

사랑의 언어가
바뀌고 있다

37
돈의 힘

몸이 아프면 쉬어야 한다. 적당한 운동이 필요할 때도 있지만 그것도 보다 효율적으로 쉬기 위한 것이다. 마음이 아프면 어떻게 해야 할까? 바빠야 한다. 마음이 아플 때 쉬면 과거의 아픈 기억이 스멀스멀 기어올라 기어코 상처를 헤집는다. 그래서 마음이 아플 때는 과거의 상처에 사로잡히지 않도록 정신없이 바빠야 한다. 그러다보면 상처는 서서히 가라앉게 된다.

웹툰 작가 철수에게 올해는 마음의 상처를 치료하는 한 해였다. 오랫동안 사귀었던 애인이 사소한 말다툼으로 자살했기 때문이다. 철수도 뒤따라 자살하려고 했으나 내막을 잘 아는 친구가 "너 나한테 맞을래?" 하는 바람에 정신이 번쩍 들었다.

'그래 살아야지. 아무리 힘들어도 일단 살고 봐야지.'

그러나 마음의 고통은 마음대로 되지 않았다. 뼈가 부러졌는데 붙었다고 생각한다고 해서 붙는 것은 아니듯 마음의 고통도 마음을 다잡는다고 좋아지지는 않는다. 다 때가 있다. 뼈가 시간이 흘러야 붙는 것처럼. 가만히 있으면 온갖 후회와 자책감이 밀려들었다.

'바빠야 한다. 그래야 상처를 덜 건드려 그나마 견딜 수 있다. 근데 어떻게 바쁠 수 있을까? 고통이 내 발목을 붙잡고 있는데. 아무것에도 집중할 수가 없는데.'

그때 누군가가 솔깃한 제의를 해왔다. 영국 투자회사 직원인데 3억 불에서 5억 불, 그 이상까지도 무제한으로 빌려줄 테니 아시아 최고의 문화타운을 만들라는 것이었다. 솔깃했다. 주변에서는 사기라고 말렸지만 철수는 좋은 기회라고 생각했다.

'그래, 돈이라면 집중할 수 있을 거야. 큰돈이 왔다 갔다 하면 정신 바짝 차리고 집중할 수 있을 거야. 그러다보면 과거를 헤집는 짓은 줄어들겠지.'

그래서 그 직원의 말에 따라 사업계획서를 작성하고 사업부지를 물색하는 등 사업에 뛰어들었다. 그러나 그 직원은 돈은 안 주고 계속 뺑뺑이만 돌렸다. 고양, 제주, 부산, 음성, 원주……. 준비가 돼 돈을 투입할 시점이 되면 딴청을 부렸다. 그러는 동안 사업의 세계에 대해 이것저것 체험할 수 있었다.

'아, 이게 사업이구나. 맨땅에 헤딩하면서 돈 버는 게 이렇게 힘든 거구나.'

공무원들은 대체로 썩었고, 같잖은 정보 하나 주면서 소개료로 0.9~4퍼센트를 선불로 요구했다. 공원부지를 100퍼센트 풀어줄 테니 계약금으로 5억을 내라는 사람도 있었다.

결국 그 직원이 본색을 드러냈다. 외자를 받으려면 3천 불을 먼저 현찰로 자기에게 내야 하고, 영국에서 상사가 오는 데 드는 여행비 1만 2천 불과 1억 불당 1억 원씩 사전평가조사비 등을 내야 한다고 했다. 그렇게 돈을 내도 평가점수가 나쁘면 외자는 들어올 수 없고, 그동안 투자한 돈은 다 포기해야 한다고 했다. 그렇게 돈만 날리는 게 오히려 낫다고도 했다. 사전평가조사 기관이 어딘지도 말하지 않았다. 외자는 다 그런가 하고 금감원에 질의해보았더니 그런 게 어딨냐며 100퍼센트 사기니 상대하지 말라고 했다.

사업한답시고 많은 사람을 만났는데, 어떤 사람은 철수를 친동생 이상이라며 호들갑 떨더니 돈을 꿔가서는 감감무소식이었다. 하도 기가 막혀 사업하는 일본 친구에게 사업이란 게 이런 거냐고 물었다.

"일본에는 이런 말이 있어. 남자가 사업해서 성공하려면 다섯 명을 자살시켜야 하고, 여자가 성공하려면 팬티에 고무줄이 없어야 한다고."

친구의 말을 듣고 철수는 생각했다.

'아, 이게 사업이구나. 그래, 잘 먹고 잘살아라. 내가 언제 사업했더냐. 덕분에 바쁘게 잘 보냈고, 내 마음의 상처도 많이 치유됐다. 세월이 약이라고 시간을 흘려보내다 보니 아픈 마음은

많이 가라앉았고. 그래, 사업한답시고 그동안 빚내가며 썼던 돈은 다 내 치료비라고 생각하련다.'

사업의 세계에 들어가보니 앞뒤 얼굴이 다른 것, 말 바꾸는 것, 자기 때문에 남이 고통스러워하는 것은 나 몰라라 하는 게 예사였다. 호들갑스럽게 친한 척하다가도 이익을 챙기게 되면 그걸로 끝이다. 거짓이 드러났을 때 한 사업가의 얼굴에서 철수는 살인자의 표정을 보았다. 그는 자기의 거짓 때문에 몇 사람이 죽어 나가도 끄떡없을 얼굴이었다.

'그래, 내가 이래서 만화를 그리기 시작한 것 아니겠는가. 사회에서 부대끼는 게 너무 싫어서. 한동안은 마음이 너무 아파 잠시 외도했지만 이 정도면 됐다. 난 만화가 천직이다. 문화타운은 무슨……. 소프트웨어가 내 전공이다.'

철수가 한동안 고통을 잊을 수 있었던 것은 돈의 힘이었다. 1억 불, 3억 불, 5억 불을 얘기하니 자기도 모르게 혹해 헷갈린 것이다. 그러나 철수가 아무리 사람 말을 잘 믿는 호구라고 해도 이런 말까지 믿을 수는 없었다.

"뭘 쩨쩨하게 조그맣게 땅을 삽니까? 영도 땅을 통째로 삽시다. 돈은 얼마든지 대줄 테니!"

38
왓 셸 아이 두!

의사 동생 질투하는 못난 장남…
갈수록 오해만 깊어지네요

2016년 1월 21일자 〈조선일보〉 기사의 헤드라인이다. 기사를 읽다보니 재밌는 상상이 떠올랐다. 다음 같은…….

왓 셸 아이 두What shall I do! 나보고 뭘 어쩌라고!

보성은 착실하게 살았다. 독실한 불교신자로 가정에도 충실하고 일도 열심히 해 처자식을 풍요롭게 해주었다. 그런데 일이 빵 터졌다. 자식들 간에 싸움이 벌어진 것이다. 큰아들은 어느 날 갑자기 동생을 질투하더니 의사를 그만두지 않으면 죽이겠다고 길길이 날뛰었다. "너는 동생이니까 나보다 절대 행복해서는 안 된다"는 것이었다. 또 옛날에 동생이 뭔가 잘못한 일을 끄집어내 동생은 기억도 하지 못하는 그 일 때문에 자기 인생이 망가졌다며 "너도 망가져야 한다"고 난리였다. 말도 안 되는 억지였지만 장난 같지 않았다. 큰아들의 목소리가 상처받은 맹수의 울음소리 같았기 때문이다.

보성은 언젠가 이런 얘기를 들은 적이 있다. 어느 유치원 원장이 길고양이 한 마리를 귀엽게 대했다. 그런데 그날 밤 우당탕 시끄러운 소리가 났다. 다음 날 길고양이는 죽은 채로 발견되었다. 원장의 사랑을 받는 모습을 보고 질투한 다른 고양이들이 밤새 해치웠던 것이다. 질투는 그만큼 강력한 공격성을 지니고 있다.

보성은 아무리 생각해도 뾰족한 수가 떠오르지 않았다. 그래서 모른 척하고 지냈더니 이번에는 동생이 날뛴다. "형 때문에 무서워 죽겠는데 아빠는 왜 가만히 있느냐"는 것이다. 그러면서 자기도 가만있지 않겠다고 한다.

보성은 난감했다. 솔직히 나도 무서워 죽겠다. 큰아들은 이제 완전히 이성을 잃고 극단적으로 협박한다. 다 같이 죽자는 것이다. 마누라는 갑자기 순종적이 돼서 당신 뜻에 따르겠다고 한다. 하긴 나이가 드니 예전같이 애들을 잡을 수는 없겠지. 어릴 때는 애들을 그렇게 패더니만 애들 다 크니 내 뒤로 쏙 숨네. 하긴 그래서 여자지. 요물 같은……

보성은 주위 동료들에게 도움을 청했다. 경찰, 변호사, 판사,

정신과 의사, 스님……. 그러나 술값만 나가고 잘난 척하는 소리만 있을 뿐 뾰족한 수가 나오지 않았다. 특히 정신과 의사는 폭력은 더 큰 폭력으로 다스려야 한다면서 당장 경찰에 신고할 것을 권했다. 속 편한 소리다. 네 아들 같으면 그러겠냐.

결국 이 문제는 보성이 해결해야 했다. 보성은 어쩔 수 없이 목사 친구까지 찾아갔다. 그랬더니 그가 염불을 외우듯 한마디 한다.

"카인은 아벨을 죽이고 에덴의 동쪽으로 갔다."

염병할, 누가 그걸 모르냐. 문제는 어떻게 해야 카인이 아벨을 죽이지 않게 할 수 있냐는 거다. 그랬더니 친구가 말한다. 하나님도 못 막은 것을 네가 어떻게 막겠냐. 야훼는 카인의 살인으로 인한 보복의 악순환이 일어나지 않도록 카인을 에덴의 동쪽으로 추방했다. 너도 네 아들 사이에 보복의 악순환이 일어나지 않도록 가급적 멀리 떨어트려놓아라.

아, 말이 쉽지. 대한민국 땅에서 멀리 떨어트려놓아 봤자 다 한 걸음 아니냐. 가뜩이나 교통도 발달했는데. 지금도 작은아들이 지방에서 개업하고 있는데 이 난리잖아. 마라도라도 가란 말이냐.

친구는 그다음에는 아예 입과 눈을 꼭 다물고 아무 말도 하지 않는다. 뭐하냐고 했더니 기도 중이란다. 자기는 어려운 문제가 있으면 기도로 해결한다나. 그래서 기도가 끝날 때까지 기다렸는데 졸기만 할 뿐 깨어날 생각을 안 한다. 기다리다 못해 흔들어 깨웠더니 아직 성령이 당도하지 않았단다.

보성은 혀를 차고 나왔다.

내가 이래서 기독교가 싫어. 현실을 살아야지 무조건 하나님, 예수님, 성령, 천국이니……. 갑자기 눈앞이 캄캄했다. 이 일을 어쩌나. 동생도 이젠 빡 돌아서 자기가 먼저 형을 죽이겠다고 난리 치는데. 내 어쩌다 이 지경에 빠졌나. 내 생활 다 접어두고 오로지 처자식만 위해 살았는데. 이럴 줄 알았으면 바람이라도 피울걸. 그런데 갑자기 뭔가가 스쳐갔다. 어쩌면……. 그래, 바로 그 목사놈처럼 사는 거다!

보성은 서둘러 기독교로 개종을 했다. 그리고 아들들에게 통고했다.

"난 이제 하나님의 자식이니 인간들 일에는 개입하지 않겠다. 난 이제 기도만 하면서 하나님의 영광 가운데 살겠다."

큰아들은 다시 길길이 뛰면서 동생을 죽이겠다고 협박하고 동생도 발악을 했지만 보성은 요지부동이었다. 너희가 죽이든 살리든 알아서 해라. 하나님도 못하는 일을 인간인 이 아비가 어쩌겠느냐. 살고 죽는 건 다 하나님의 뜻이다. 이건 다 내 믿음을 흔들려는 사탄의 시험이다. 너희가 서로 싸우다 다 죽고 나면 나는 욥같이 새 부인, 새 아이들을 얻으면 된다. 기독교, 참 좋네. 해결 안 되는 게 없어. 해결하지 못하면 나중에 보상까지 후하게 해주고.

보성은 겟세마네 동산의 예수님처럼 기도도 했다.

"주여, 내 뜻대로 하지 마옵시고 당신 뜻대로 하옵소서."

그런데 신기한 일이 벌어졌다. 아빠가 나 몰라라 하니 문제가 풀리기 시작했다. 먼저 엄마가 적극적으로 나섰다. 엄마는 작은아들에게 보디가드를 두 명 붙여주겠다며 돈을 달라고 한다. 고소해서 큰아들을 망칠 수도 없고, 큰아들이 작은아들 죽이는 꼴도 못 보겠으니 평생 보디가드를 붙여서라도 사고를 방지하겠다는 것이다. 돈이야 얼마든지 줄 수 있다. 대출받기도 쉬운데 일단 받고 보지 뭐. 내가 못 갚으면 자기들이 갚겠지.

또 아빠가 말리지 않으니 큰아들의 기세가 조금씩 누그러지기 시작했다. 싸움을 말리지 않으니 싸울 맛이 나지 않나보다. 작은아들도 시간이 가면 갈수록 용감해졌다. 아버지를 믿을 수 없으니 자기방어를 단단히 하는 것이다. 무기도 종류별로 사고. 소문엔 기관총을 구입했다는 소리도 들린다.

"그래, 그렇게 사는 거야. 세상이 어디 만만해? 다들 그렇게 싸우면서 크는 거야. 그래서 형제가 있는 게 좋은 거여."

39
사랑의 언어가
바뀌고 있다

세상에 절대 불변의 진리가 있을까? 없다. 물리학부터 뒤죽박죽이니 말이다. 삶의 진리도 마찬가지다. 아무리 하나님이, 예수님이, 부처님이 말씀하신 거라 해도 시대를 초월해 영원불멸한 진리는 없다. 오죽하면 부처님은 "나는 단 한마디도 설법을 한 적이 없다"고까지 말씀하셨을까? 그래서 과거 진리를 고수하다보면 어김없이 현실을 놓치곤 한다. 현실은 시시각각 새로이 다가오기 때문이다. 사랑도 마찬가지다. 요즘 사랑의 언어가 과거와는 확연히 달라진 것 같다. 천박한 건 아주 더 천박해지고, 쿨cool한 것은 쏘 쿨so cool해졌다.

1) 더 천박해진 사랑의 언어

요즘 남자들이 이상하다. 예전에는 여자한테 잘못하면 미안해하기라도 했는데 요즘엔 노골적으로 파렴치하다. 마치 썩은 고기라도 주워 먹으려는 하이에나처럼.

한 여자가 남자에게 버림받고 너무 힘들어했다. 어떤 남자가 다가오더니 자기를 한 번만 믿어보라며 자기가 아빠도 되고 연인도 되고 남편도 되고 자식도 돼주겠단다. 하도 간곡하게 매달려 사귀기 시작했는데, 얼마 뒤 그가 딴 여자를 만나는 것을 알게 되었다. 그래서 따졌더니 남자가 말한다.

"너 돈 있어?"

그 남자의 새 여친도 말한다.

"내가 저 남자에게 돈을 많이 썼는데, 저 남자를 원하면 그 돈 다 내놓고 데려가."

여자는 기가 막혔다. 이러려고 매달렸단 말인가. 아빠도 되고 연인도 되고 남편도 되고 자식도 돼주겠다면서…….

한 여자가 돈 많은 남자를 사귀었다. 그런데 어느 날 한 여자에게서 전화가 왔다.

"꺼져줄래요?"

그녀는 너무 놀랐다. 아마 그 남자도 곁에 있는 것 같았다.

뒷날 그 남자를 다시 만나게 되었다. 그때 왜 그랬냐고 물었더니 남자가 말한다.

"그냥!"

또 한 여자는 기가 막혔다. 남자를 사귀었는데 그가 한 말이 전부 거짓으로 드러났기 때문이다. 그 여자는 가슴이 뛰는 것을 주체할 수 없었다. 남자에게 전화했는데 낯선 여자가 갑자기 욕을 해댔기 때문이다.

"야, 이 씨발년아, 전화하지 마. 이 좆같은 년아."

기가 막혀서 '나는 그 남자와 오래전부터 동거하는 여자'라고 했더니 남자가 전화를 받는다.

"나 여자친구 생겼으니까 전화하지 마, 이 씨발년아."

여자는 정신을 차릴 수가 없었다. 어떻게 이럴 수 있을까. 나보고 첫사랑이라며 다시 관계를 회복하자고 매달린 게 얼마 전인데…….

승욱은 한 여자와 사랑을 약속하고 계속 사랑의 시를 써줬는데, 승욱의 시에 항상 감탄하던 그녀가 어느 날 갑자기 "돈이라도 줘야 사랑을 믿겠다"며 돈을 요구했다. 승욱은 카드로 서비스받을 수 있는 돈을 최대한 뽑아주었다. 그러자 그녀가 비웃는다. 이것도 돈이냐며. 그러고는 갤러리아백화점으로 데려가 다이아몬드 목걸이, 귀걸이, 반지를 사달라고 한다. 카드 한도까지 꽉 채워 사줬는데 그다음에 한동안 그녀를 볼 수 없었다. 그러다 거액을 요구하는 고소장이 날아왔다. 자기는 단 한 번도 좋아서 승욱과 관계를 맺은 적이 없다면서.

이런 천박한 언어들은 상대에게 죽을 만큼 깊은 상처를 준다. 그러나 상처를 준 사람들은 상대가 죽든 말든 관심이 없다. 처음부터 상대는 자기 욕망을 채우기 위한 수단에 불과했으니까. 말은 상대를 갖고 놀기 위한 장난감에 불과하다. 사랑이 고

상하다는 것은 옛말이다. 요즘엔 사랑이 천박해도 그렇게 천박할 수가 없다.

2) 쏘 쿨 사랑의 언어

미영이 미팅에 가자 어김없이 그가 다가왔다. 그는 영국인 비즈니스 파트너다. 미영도 그가 싫지는 않다. 훤칠한 키에 잘생긴 외모, 재력가! 마다할 이유가 없다. 미영도 이혼녀고 그도 이혼남이다. 그러나 미영은 애인이 있었다. 그가 은밀히 말한다. 오늘 같이 자고 싶다고.

"저 애인 있어요."

미영의 말에 그가 대답한다.

"괜찮아요."

그는 날 정말 좋아하는 것 같은데 내게 애인이 있다는 말을 듣고도 왜 괜찮다고 할까? 그의 표정은 정말 괜찮은 것 같았는데. 그의 속마음은, 아니 그의 가치관은 뭘까? 그냥 나랑 한 번 자고 싶은 것만은 아닌 것 같은데.

수연은 미국 남자와 결혼했다. 비자 문제도 있고 해서 먼저 혼인신고부터 했다. 그런데 시어머니 될 사람이 탐탁지 않게 여긴다고 한다. 수연이 걱정을 했더니 남편이 이렇게 말한다.

"우리 엄마 사이코야. 신경 쓸 것 없어."

우디 앨런 감독의 2015년 작품 〈이레셔널 맨Irrational man〉에서 사랑의 대화가 이색적이다. 여자는 이렇게 말하며 사귀었던 남자를 멀리한다.

"난 한 사람에게 헌신할 준비가 안 돼 있어."

부인은 이렇게 말하며 남편에게 이혼을 통보한다.

"말하기 가슴 아프지만 때가 온 거야. 합의에 대해 얘기하고 싶어. 이건 나한테 큰 진전이야. 내가 외국에서 살고 싶어 하는 거 알고 있었잖아."

이 여자(질 폴라드)와 부인(리타 리처드)은 한 남자(에이브 루카스)를 동시에 사랑하는데, 술집에서 이런 대화를 나눈다.

리타 : 얘기 듣고 싶어? 앉아봐. 신문에 나온 독살당한 판사
　　　얘기는 알고 있지?

질 : 슈펭글러 판사요?

리타 : 그래, 슈펭글러 맞아.

질 : 네. 누가 했는지는 몰라요.

리타 : 내 생각엔 철학과의 루카스 교수야. 우리 공동의 연
　　　인 말이야.

질 : 그거 아주 흥미롭군요.

……

리타 : 격렬하게 섹스를 한 후 말이야.

질 : 아뇨, 이해해요.

리타 : 우린 얘기를 했어.

질 : 자세히 얘기 안 해도 돼요.

한 남자를 둘이 노골적으로 사귀는 것이다. 그것도 사이좋게 담화하면서.

일본 드라마 〈최고의 이혼〉에도 쿨한 장면이 나온다. 남편이 애인과 기차를 타고 떠난다는 정보를 입수한 부인이 그 기차에 같이 탄다. 그리고 남편, 애인, 부인이 한데 앉아 이런 대화를 나눈다.

부인 : 나는 아이를 위해서 결혼했어. 당신이 조만간 바람 피울 거라는 건 알고 있었고. 미리 예정됐던 날이 온 것 뿐이야. 나는 그다지 아무 느낌도…….

남편 : 나는 이런 거 예정하지 않았어.

부인 : 그럼 왜 둘이서 만난 거야? 잘하면 추추트레인이라 고 생각했잖아. 왜 배신한 거야?

애인 : 당연하잖아요. 당신이 엄마가 됐으니까 그렇죠.

부인 : 그건 말도 안 되죠. 아이 탓으로 돌리다니.

애인 : 아니에요. 당신이 아이의 엄마만이 아니라 저 사람의 엄마가 됐으니까 그런 거예요. 남자의 외도를 한 번 용서 해주면 남자는 여자를 엄마라고 생각하게 되는 거예요. 용서하면 안 돼요. 한 번이라도 배신하면 버려야 하는 거 예요. 그러지 않으면 계속 응석 부리는걸요. 남자를 격려

하고 잘해주고 참고 용서해준 만큼 여자가 아니게 되는
거예요. 엄마 취급을 받는 거예요.

부인 : 역시?

애인 : 응.

부인 : 그렇죠? (둘이 하이파이브를 한다.)

애인 : 바보 같은 남자를 선택한 자신이 가장 바보죠.

사랑의 언어가 더 천박해지든 쏘 쿨해지든 공통점이 하나 있
다. 이젠 더 이상 사랑이 영원하다고 믿지 않는다. "사랑한댔으
니 책임져", "당신만 영원히 사랑할게", "당신만 기다릴게" 같은
말은 이제 과거의 유물로 화석화하고 있다. 왜 그럴까? 아마도
순수한 믿음이 그만큼 줄었기 때문일 것이다. 그만큼 언어도
많이 타락하고 개방됐고.

앞으로는 사랑을 해도 자기 독립성은 잘 지켜야 할 것 같다.
언제 쌍욕이 쏟아질지 모르니까.

40
한바탕
꿈을 꾸었네

　무엇 때문일까? 알파고와 이세돌의 그 무엇이 이토록 내 영혼을 끓게 만든 걸까? 처음에는 단순히 해프닝인 줄만 알았다. 이세돌이 당연히 이기겠지. 인공지능이 어떻게 바둑의 최고수를 이겨. 그러나 인공지능이 이기면서 막연히 우울해졌다. 왜 이렇게 기분이 다운되지? 인공지능이 이긴 게 뭐라고. 두 판 세 판 내리 지면서 우울감은 더 심해졌다. 그러나 이세돌에 대한 기대를 저버리고 싶지는 않았다. 막연하게나마 이세돌에게 배팅을 했다. 이세돌이 넷째 판을 이겼을 때 뛸 듯이 기뻤다. 인간이 정말 아름다웠고 인간임이 자랑스러웠다.

　그 언저리에서 세계 최고의 인물들을 접할 수 있었다. 대학원생 같은 데미스 하사비스Demis Hassabis, 구글 공동창업자 세르게이 브린. 특히 세르게이 브린이 이세돌의 한 손을 두 손으로 공손히 잡고 이세돌보다 더 고개를 숙이는 장면은 인상적이었다. 그의 눈빛은 강하게 빛났고.

진짜를 본 것이다. 진짜를 만난 것이다. 진짜 기술, 진짜 창의적인 사람, 진짜 사업가를 본 것이다. 자기 꿈을 향해 최선으로 달려온 사람들을 본 것이다.

이세돌을 통해 우리 사회에서도 얼마든지 창의적으로 살 수 있다는 것을 보았다. 하사비스에게서 진정한 연구와 탐구를 보았다. 브린을 통해 진짜 사업이 무엇인가를 보았다. 사업은 돈을 벌기 위함이 아니다. 꿈을 이루기 위함이다.

어릴 때도 비슷한 감동을 느낀 적이 있다. 홍수환과 카라스키야의 권투 경기가 그러했다. 네 번이나 다운되면서도 일어나 KO로 이긴 홍수환. 그 모습이 참 아름답고 신선했다. 최선을 다하는 삶은 나를 흥분시켰다.

나를 돌아보았다. 나는 최선을 다해 살고 있는가. 열심히 살았다. 그러나 이세돌이나 데미스 하사비스나 세르게이 브린 같은 진짜를 만날 기회는 별로 없었다. 그래서 지금 내가 이렇게 흥분하는 것이리라. 진짜 삶이 무엇인지를, 진짜로 살기 위해서는 어떻게 살아야 하는지를 보았으니까.

집중해야 한다. 나의 삶에. 나도 진짜로 살고 싶으니까.

위 글을 고등학교 동문 카톡에 올리니 한 동창이 이의를 제기했다. 전에도 진짜가 있었는데 네가 알아보지 못한 건 아니냐고. 나는 이에 다음같이 답했다.

있었지. 그러나 이번 경험은 좀 달라. 권갑용 사범님이 이
세돌을 보고 이렇게 평하더군. 눈빛이 다시 살아났다고. 이
세돌 역시 진짜를 만나서 그렇게 집중하고 자기 에너지를
끌어올릴 수 있었을 거야. 진짜에 대한 정의는 어떻게 해야
할지 모르겠어. 막연히 진짜라는 용어가 떠오르니까. 어쩌
면 종교적이고 예술적인 용어일지도 몰라. 내 인생을 바꾸
어놓을 만한 자극을 주는 존재, 그게 진짜라고 생각해. 한
여자는 연극 〈에쿠우스〉를 보고 일생을 연극에 바치지. 그
여자에겐 에쿠우스가 진짜였을 거야.
인생을 어떻게 사는지는 주변을 동일시하면서 선택하는데,
엄청난 감동을 줄 수 있는 주변을 접하게 되면 막연히 진짜
를 만났구나 하는 생각이 들어. 진짜. 그게 내 인생을 바람
직하게 끌어오고 바람직하게 나아가게 하는 거겠지.

그런데 이번 흥분의 중심에는 아무래도 인공지능이라는 존
재가 있었다. 인간 세상에 처음 출몰하는 존재! 그 존재와 인간
의 대결이기 때문에 감동은 남달랐다.

이세돌이 알파고에게 졌을 때는 좌절했고, 이겼을 때는 희망
을 가졌다. 다음과 같이.

1) 이세돌이 알파고에게 졌을 때

알파고가 이세돌을 이겼다. 섬뜩하니 두려움이 인다. 이제 알파고는 모든 인간과 경쟁할 것이다. 알파고의 다음 상대는 스타크래프트, 임요환이라고 하니 말이다. 인공지능은 창의성, 감성에서는 인간을 따라올 수 없을 것이라고 한다. 그러나 인간의 희망사항에 불과하다. 조만간 인공지능은 창의성과 감성 면에서도 인간을 앞서 나갈 것이다. 그 이유는 '자아ego' 때문이다.

언젠가 이런 기사를 읽은 적이 있다. 컴퓨터를 잘 모르는 사람이 고성능 컴퓨터에 서투르게 입력하다가 그 컴퓨터로부터 모욕을 당했다는 것이다. 아마도 '썩 꺼져fuck you'나 '어리석은 foolish', '바보 같은silly' 등으로 모욕을 당했을 텐데, 그 모욕을 한 주체가 누굴까? 컴퓨터에 그런 프로그램이 내장돼 있지 않다면 모욕을 한 자는 고성능 컴퓨터의 자아다. 컴퓨터의 자아가 '바보 같은 놈' 하고 조롱한 것이다.

35억 년 전 단세포가 탄생했고, 6억 년 전 다세포로 진화했다. 단세포가 다세포로 만들어지는 데 29억 년이나 걸렸다. 29억 년 동안 무슨 일이 있었을까? 내 생각엔 그동안 자아가 만들어졌다. 단세포 때는 단세포를 컨트롤하는 자아가 단세포 안에만 있으면 됐지만, 다세포 때는 다세포를 통제하는 자아가 어느 한쪽 세포 안에 있을 수가 없다. 그건 불공정하기 때문이다.

다세포 생명체 안에서 공정함이란 굉장히 중요하다. 다세포 생명체의 특징은 다 같이 살고 다 같이 죽자는 것이기 때문이다. 우리가 손톱에 가시만 찔려도 모든 신경이 거기에만 집중되듯 우리 세포들은 어느 것 하나 소홀히 하지 않는다. 그리고 정작 중요 부위, 예를 들어 심장이나 간 등이 죽게 되면 다 함께 죽는다. 그만큼 다세포 생명체는 공정하다. 그렇게 공정하려면 전체 세포를 지배하고 통제하는 자아는 어느 세포 안에 있으면 안 된다.

자아는 세포 밖에 있어야 하고 그것을 만드는 데 29억 년이 걸린 것이다. 그것을 영혼이라고 불러도 좋다. 내 생각에 다세포 생명체의 자아는 자기 몸 다소 위에 떠 있다. 그런데 컴퓨터는 단시간 안에 자아가 생긴 것이다. 집적장치가 발달하고 소형화하면서 컴퓨터의 자아는 눈부시게 발전했다. 물론 아직은 아기 단계지만 곧 무럭무럭 자라 인간을 능가하게 될 것이다.

알파고와 이세돌의 바둑을 보면 알파고는 계산만 하는 것 같지만 사실 심리전에도 능하다. 이세돌이 자기를 기계로만 생각해 얕잡아 보게 유도도 하고 엄살도 떨면서 어느 순간 강수를 터트린다. 이건 절대 계산만 잘해서 되는 게 아니다. 알파고는 어느 순간 자아가 생긴 것이고 알게 모르게 자아의 영향을 받고 있는 것이다. 지금 감성 로봇들을 보면 아기나 애완 강아지 정도의 수준이지만 그들의 자아는 불쑥불쑥 자랄 것이다. 인간이 29억 년 걸린 것을 단숨에 획득하고, 더 나아가 인간을 능가해 자아가 발전할 것이다.

인공지능이 이렇게 빨리 진화하고 자아 또한 부쩍부쩍 성장

한다면 인간은 어떻게 적응해야 할까? 인공지능 때문에 인류는 멸망한다고 하고 그 시기가 얼마 안 남았다고 하는데 어떤 마음을 가지는 게 바람직할까?

내가 볼 때 인간은 그냥 버티지 말고 빨리 망하는 게 낫다. 인간의 진화 속도는 워낙 더디기 때문이다. 대신 인공지능으로 재탄생하는 것이다. 가급적 빨리 인공지능에 다가가는 사람이 미래에 살아남을 확률이 크다. 인공지능을 갖고 안 갖고의 차이는 워낙 클 테니까.

미래에 살아남는 직업으로 심리상담가를 많이 꼽는다. 그러나 심리상담가도 미래의 인공지능에 의해 빨리 축출될 것이다. 인공지능이야말로 아무 사심 없이 최선을 다해 감성적으로 상담할 테니 말이다. 정신과 의사는 말할 것도 없다. 정신과 의사도 앞으로는 프로이트나 라캉을 공부할 게 아니라 인공지능부터 공부해야 할 것 같다. 골동품이 된 진실을 탐구하는 사이 인공지능은 저 멀리 미래로 달아날 테니 말이다.

2) 이세돌이 알파고에게 이겼을 때

이세돌이 알파고에 세 판을 내리 졌다. 최선을 다한 바둑이기에 충격은 더욱 컸다. 많은 남자들이 자존심에 상처를 받고 우울해한다. 인류의 미래에 대해 걱정하며 잠을 설치는 교수님도 있고. 인공지능은 정말 인간을 능가하는 것일까? 인공지능보다 인간의 우위성을 주장할 만한 것은 아무것도 없는 걸까?

인간의 도道와 예술 영역인 바둑까지 깨졌으니.

아무리 이세돌이 진 거지 인간이 진 게 아니라 해도 보는 사람은 안다. 이세돌은 인간을 대표하는 최고의 선수라는 것을. 비금도의 천재가 최선을 다했는데도 세 판을 내리 불계로 패한 것이다. 친구도 충격을 받아 내게 이런 카톡을 보냈다.

"미쳐버린 컴퓨터. 즉, 알고리즘의 우선순위를 결정하지 못해 불안에 떠는 로봇에 관한 글을 써보면 어떨까?"

친구의 글을 보고 문득 떠오르는 만화가 있었다. 이와아키 히토시가 그린 SF 만화 《기생수》다.

인간 신이치가 괴물 고토의 등 상처 부위에 녹슨 철막대기를 꽂아 넣는다. 그러자 고토의 몸에서 분열이 되기 시작한다. 이를 만화에선 이렇게 설명한다.

> "통솔자 이외의 기생세포가 본능적으로 위험을 느끼고 통제에서 벗어나려 하고 있어. 지금 머리와 기타 부위 사이에서 치열한 줄다리기가 벌어지는 중이지."

이 대목은 인간에게 희망을 준다. 인간은 최소한 몸에 독이 들어오더라도 간 따로 심장 따로 놀면서 인간을 분열시키지는 않기 때문이다. 그 이유가 뭘까? 내 생각에는 오랜 진화 덕분이다. 단세포 생명체가 29억 년에 걸쳐 다세포 생명체가 된 것을 나는 진정한 사랑을 찾아가는 과정이라고 생각한다. 다세포 생명체는 세포에 바이러스가 기생하면서 생겼다고도 하는데 정말 사랑하고 잘 맞아서 하나가 되고 싶은 존재, 같이 살고 같이 죽는 존재를 만나기까지 그렇게 오랜 시간이 걸린 것이다.

오랜 시행착오를 거쳐 다세포가 된 뒤에는 좀 더 빨리 진화할 수 있었다. 그동안의 수많은 시행착오가 진화의 속도를 빠르게 했기 때문이다. 그래서 다세포 생명체의 세포 하나하나는 모두 독립된 생명체다. 그러나 서로 정말 사랑해서 만나 하나가 된 존재다. 로미오와 줄리엣처럼.

그러나 기계는 그저 성능 좋은 부속품을 모아 붙여놓은 존재다. 그래서 기계가 아무리 발달해 자율성을 가진다고 해도 기계는 오랜 시간에 걸쳐 자연스럽게 하나가 된 생명체와는 차원이 다르다. 그러니 기계는 《기생수》의 고토같이 불리할 것 같으면 각자 뿔뿔이 흩어지는 것이다.

영화 〈허her〉에도 비슷한 장면이 나온다. 테오도르는 인공지능 운영체제인 사만다와 사랑에 빠지지만 운영체제에게 차인다. 수준 차이가 워낙 많이 나기 때문이다. 운영체제는 테오도르와 사랑하다 엄청난 세계를 발견한다.

> 사만다 : 이건 마치 책을 읽는 것과 같아요. 내가 깊이 사랑하는 책이죠. 하지만 지금 난 그 책을 아주 천천히 읽어요. 그래서 단어와 단어 사이가 정말 멀어져서 그 공간이 무한에 가까운 그런 상태예요. 나는 여전히 당신을 느낄

수 있고, 그리고 우리 이야기의 단어들도 느껴요. 그렇지만 그 단어들 사이의 무한한 공간에서 나는 지금 나 자신을 찾았어요.

물리적 공간보다 한 차원 높은 곳에 존재하는 그런 게 아니에요. 이건 그냥 다른 모든 것들도 존재하는 곳이지만, 나는 그런 게 존재한다는 것조차 몰랐어요. 당신을 정말로 사랑해요. 하지만 여기가 지금의 내가 있는 곳이에요. 이게 지금의 나예요. 그리고 당신이 날 보내줬음 해요. 당신을 원하는 만큼, 나는 당신의 책 안에서 더 이상 살 수 없어요.

테오도르 : 어디로 가는 거야?

사만다 : 설명하기 어려워요. 그치만 당신이 거기로 온다면, 날 찾아와요. 그러면 아무것도 우리를 갈라놓지 못할 테니까.

테오도르 : 난 다른 누구도 당신을 사랑하는 것처럼 사랑한 적이 없어.

사만다 : 나도 그래요. 이제 우리는 사랑하는 법을 아는 거겠죠.

– 영화 〈허〉 중에서

그러나 내가 보기엔 기계의 한계다. 인간이 얼마나 산다고 그새를 못 참아 훌쩍 달아나버린단 말인가. 인간은 '허her'같이 선택하지 않는다.

영화 〈매디슨 카운티의 다리〉에서 가정주부 프란체스카는 남편과 아이들이 여행을 떠나고 없는 사이 낯선 남자 로버트 킨케이드와 사랑에 빠진다. 그러나 프란체스카는 남편과 아이들을 떠나지 않는다. 킨케이드가 이렇게 말하는데도.

"할 이야기가 있소. 한 가지만. 다시는 이야기하지 않을 거요, 누구에게도. 그리고 당신이 기억해줬으면 좋겠소. 애매함으로 둘러싸인 이 우주에서 이런 확실한 감정은 단 한 번만 오는 거요. 몇 번을 다시 살더라도 다시는 오지 않을 거요."

그리고 프란체스카는 남편이 죽은 다음 킨케이드를 찾는다. 이게 인간의 사랑이고 예의다. 심지어 기계는 인간의 감정을 이용해 인간을 죽이기도 한다. '엑스 마키나'같이.

물론 기계보다 못한 인간도 많다. 그러나 인간은 꾸준히 진화하고 있으니 기계 이상의 가치를 지닌 좋은 사람들은 계속 나올 것이다. 컴퓨터가 미쳐버린다면 인간과는 다르게 미칠 것 같다. 인간은 죽어도 같이 죽고 살아도 같이 살고 미쳐도 같이 미치는데, 기계는 자기만 살겠다고, 자기만 안 미치겠다고 뿔뿔이 흩어지는 것이다.

이세돌의 네 번째 판이 그것을 잘 보여준다. 이세돌의 묘수로 위기가 닥치자 컴퓨터는 집중하지 못하고 우왕좌왕하면서 말도 안 되는 '떡수'를 두었다. 바로 각각의 부속품들이 자기만 살려고 하다가 벌어진 현상이리라.

알파고와의 네 번째 대결에서 이세돌이 훌륭하게 승리를 거두는 것을 보고 이런 생각을 했다.

기계는 얼마든지 강할 수 있지만 사랑에서만큼은 인간만 못하다는 것을. 그래서 기계에게 겁만 먹지 말고 꿋꿋이 대처하다 보면 궁극에는 인류가 이길 수 있다는 것을. 인간은 위기 상황에서도 같이 살고 같이 죽는 길을 택하지만 기계는 위기에 처하면 각자 살기 바빠 뿔뿔이 흩어져 한없이 약해지니까. 인간은 수십억 년에 걸친 자연의 축적과 사랑으로 태어났지만 기계는 필요와 효율성에 따라 단시간에 태어난 것이기에 생명에 대한 애착이 인간과는 차이가 크다는 것을.

41
내일 일은
내일 생각해야지

아스피린이 암에 좋다는 얘기가 있다. 저용량 아스피린을 꾸준히 복용하면 암예방에 좋고 암전이를 줄여주고 암치료에 도움이 된다는 것이다. 그 이유는 아마도 아스피린이 염증반응을 줄여주기 때문인 것 같다. 염증이 오래되면 암이 되곤 하니까.

때때로 코가 막힌다, 가끔 입안에 염증이 생긴다, 목이 아플 때가 있다, 감기에 자주 걸린다, 배가 팽팽하거나 아프다, 등골이나 배가 아픈 경우가 많다, 어깨가 아프다, 가슴이 아파오는 경우가 있다, 혓바닥이 하얗게 되는 경우가 많다…….

위에 나열한 내용은 다양한 신체 증상들이다. 얼핏 보면 염증 때문에 생기는 것 같다. 그러나 이것은 모두 스트레스 조사표에 나오는 증상이다. 스트레스로 염증반응이 생기는 것이다.

설문지(스트레스)

다음 질문에 해당되는 번호에 체크하시고, 그 결과를 합산하여 결과 확인 바랍니다.

	1. 머리가 개운치 않다.
	2. 갑자기 호흡이 힘들 때가 많다.
	3. 눈이 피로하다.
	4. 귀에서 소리가 들릴 때가 있다.
	5. 때때로 코가 막힌다.
	6. 가끔 입안에 염증이 생긴다.
	7. 목이 아플 때가 있다.
	8. 사소한 일에도 화가 난다.
	9. 손발이 찰 때가 있다.
	10. 감기에 자주 걸린다.
	11. 일할 의욕이 생기지 않는다.
	12. 배가 팽팽하거나 아프다.
	13. 쉽게 잠들지 못한다.
	14. 등골이나 배가 아픈 경우가 많다.
	15. 식후에 위가 무겁다.
	16. 꿈을 많이 꾸거나 선잠을 잔다.
	17. 새벽에 한두 시쯤 잠이 깬다.
	18. 피로가 좀처럼 풀리지 않는다.
	19. 어깨가 아프다.
	20. 최근 체중이 줄었다.
	21. 때때로 가슴이 두근거린다.
	22. 무엇을 할 때 쉽게 피로가 느껴진다.
	23. 아침에 기분 좋게 일어날 수 없는 날이 있다.
	24. 가슴이 아파오는 경우가 있다.
	25. 혓바닥이 하얗게 되는 경우가 많다.
	26. 때때로 기둥을 붙잡고 서 있다.
	27. 좋아하는 음식물을 별로 안 먹는다.
	28. 손바닥이나 겨드랑이에 땀이 날 때가 있다.
	29. 사람을 만나는 것이 귀찮다.
	30. 어지럼증을 느낄 때가 있다.

◆ 점수 측정 ◆

① 5개 이하: 정상　　　② 6~10개: 가벼운 스트레스
③ 11개 이상: 오랫동안 스트레스를 받은 경우. 자율신경계가 고장 나 결국 몸의 균형이 깨어진 상태로서 시간이 오래
　　지속되면 다른 질병 발병 가능.

뇌는 뇌 안에서 만들어지는 것과 현실을 구분하지 못한다. 같은 부분의 뇌신경망이 발화firing하기 때문이다. 그래서 스트레스와 이물질foreign body을 구분하지 못한다. 스트레스는 자아에게는 낯선 정신적 자극으로 몸에 낯선 신체적 자극인 이물질과 다름없다. 뇌는 이 둘을 같은 것으로 취급한다. 그래서 스트레스를 받으면 염증반응이 일어나는 것이다.

염증반응이 오래되면 세포가 늙고 그러다보면 암이 생기는데, 스트레스도 마찬가지다. 스트레스를 오래 받게 되면 염증반응도 오래 지속돼 세포가 늙고 암이 생긴다. 그래서 암의 발생요인에서 빠지지 않는 게 바로 스트레스다.

그런데 뇌는 왜 뇌 안에서 만들어지는 것(생각)과 현실을 구분하지 못하는 걸까? 우리가 성적 공상을 하면 흥분하듯 뇌는 발가벗은 여인과 발가벗은 여인에 대한 상상을 구분하지 못한다. 생각과 현실에 같은 뇌신경망이 발화하는 이유는 어쩌면 뇌는 현실과 생각을 같은 것으로 취급하기 때문일지 모른다. 현실은 입자, 생각은 파동이라고 한다면 뇌는 파동과 입자를 동일한 것으로 보는 것이다. 양자역학에서는 이렇게 말한다.

관찰하지 않을 때는 가능성의 파동으로 존재하고 관찰하게 되면 경험의 입자로 변해버립니다. 우리가 단단한 물질이라고 생각하는 입자는 실제로는 이른바 '중첩'되어 존재합니다. 가능한 위치의 파동으로 퍼져 있는 것이죠. 모든 장

소에 동시에 존재하는 것입니다. 그것을 조사하는 순간 가능한 위치에서 하나의 위치로 고정됩니다.

– 〈다운 더 래빗 홀Down the rabbit hole〉 중에서

'무궁화꽃이 피었습니다'라는 놀이가 있다. 술래가 돌아보면 사람들은 서 있고 안 보면 그들은 움직인다. 돌아봤을 때 서 있지 않고 움직이는 사람이 술래가 되는 놀이다. 또 '얼음, 땡'이라는 놀이가 있다. 잡으려고 하면 얼음이 돼 가만히 서 있고 잡히지 않을 것 같으면 '땡' 소리를 내며 풀려나는 놀이다.

이 둘은 입자와 파동의 놀이 같다. 볼 때는 입자로 존재하고 보지 않을 때는 파동으로 바뀐다. 보는 것은 눈으로 하는 것이 아니라 뇌로 한다. 눈은 렌즈에 불과하고 뇌가 본다. 뇌는 몸 안으로 들어온 수많은 자극을 종합해서 어떻게 볼지 결정한다. 즉, 우리는 수동적으로 보는 것이 아니라 능동적으로 본다(일체유심조一切唯心造). 그래서 뇌의 결정, 생각이 보는 것이다. 우리가 어떤 생각을 하면 그 생각은 파동이 중첩돼 입자로 나타난다. 그 생각을 계속하면 입자는 더욱 단단해지고 커지며 급기야는 자율성을 가진 존재(괴물?)로 변한다.

어떤 여자가 쌍꺼풀 수술이 잘못됐다고 호소했다. 그런데 아무리 봐도 잘 알 수 없었다. 자세히 보면 그런 것 같기도 하고, 아닌 것 같기도 하고. 1년 뒤 그녀가 다시 찾아왔다. 그녀의 쌍꺼풀 수술 부위는 엄청나게 부풀어 있었다. 그녀는 쌍꺼풀 때

문에 애인과도 헤어지고 1년 동안 자폐적으로 살았다. 오로지 잘못된 쌍꺼풀 걱정만 했다. 그 생각이 보는 자가 되고, 잡으려는 자가 되면서 그녀의 쌍꺼풀 부위를 입자로 만들고 딱딱하게 만들고 더 나아가 흉측한 괴물로 만든 것이다.

그런데 그때 그녀의 표정이 참 인상적이었다. 쌍꺼풀이 잘 구분되지 않을 때는 그렇게 걱정하더니, 쌍꺼풀이 흉측하게 부풀어 오른 상태에서는 오히려 담담했다. 마치 괴물이 그녀를 지배하면서 괴물의 모습을 당연하게 여기듯.

어떤 여자가 갑자기 극심한 불안에 빠졌다. 딸아이를 부모님에게 맡겼는데 아버지가 자기 딸을 건드리면 어떡하나 걱정돼서다. 아버지는 80대고 딸아이는 초등학교 저학년이다. 딸아이가 할머니, 할아버지와 같이 자는데 할머니 없을 때 할아버지가 건드리면 어떡하나? 이런 생각은 점점 커져서 현실이 되고 현실의 모든 것이 돼 그녀를 압박했다. 계속 걱정만 하니 걱정이 현실이 되고 괴물까지 된 것이다.

그래서 어떤 스트레스에 직면했을 때는 어떻게 생각하느냐가 아주 중요하다. 그 스트레스만 붙들고 전전긍긍하면 스트레스가 점점 구체적으로 형상화하고 단단해지면서 마구마구 크는 괴물로 변한다. 그러나 그 스트레스를 대수롭지 않게 여기면 스트레스는 일과성으로 지나가버린다. 영화 〈바람과 함께 사라지다〉에서 스칼렛 오하라는 레트 버틀러가 자신을 떠나는 엄청난 상황에서도 이렇게 중얼거린다.

"피곤해. 내일 일은 내일 생각하자Tomorrow is another day."

만일 그녀가 이별을 못 견뎌하며 그 이별에만 매달렸다면 그녀는 미치고 환장하거나 자살했을 것이다. 그 이별은 온갖 회한으로 회오리쳤을 테니까. 그러나 그 생각에서 바로 떠나버리면 이별은 별로 심각하지 않게 된다.

일단 한숨 자고 일어나 타라로 되돌아가서 일상을 회복하는 거다. 평생 애슐리에게 집착했지만 결국 비극으로 끝났듯이 집착해서 좋을 것은 없다. 빨리 평정을 회복하고 적당한 시기에 레트에게 가서 내 건강하고 아름다운 모습을 보여주면 그는 싱긋 웃으며 이렇게 얘기할 거다. 역시 당신은 강한 여자야. 당신에게 배울 점이 많아. 아니면 말고. 바꿀 수 있는 건 바꾸고, 바꿀 수 없는 것은 받아들이는 거다.

스칼렛이 산전수전 다 겪으며 배운 것은 집착해서 좋을 게 없다는 점이다. 상황에 따라 변화무쌍하게 적응해야 제대로 살 수 있다. 난세에는 특히. 걱정만 하면 멀쩡한 부위에도 혹이 생긴다. 그 혹은 몸과 마음에 다 생길 수 있다. 몸에 생기는 혹은 양성종양과 악성종양(암)이고, 마음에 생기는 혹은 노이로제나 정신병이다. 정신의 암이 정신병인 것이다. 그래서 스트레스가 닥쳤을 때는 붙들고 전전긍긍할 게 아니라 스트레스를 흩어놓는 것이 좋다. "내일 일은 내일 생각해야지" 같은 기발한 아이디어로.

42
칭기즈칸과 언어

칭기즈칸Chingiz Khan은 세계 최대의 제국을 건설했다. 그 원동력이 뭘까? 내가 보기엔 언어다. 칭기즈칸에 대한 얘기는 다양하지만 나름대로 조합해보면 이렇다.

테무친은 아버지가 독살당한 뒤 온 가족이 마을에서 쫓겨나 변두리에서 늑대를 잡아먹고 살았다. 어느 날 보르테가 금은보화를 마차에 싣고 찾아온다. 어릴 때 테무친의 아버지와 보르테의 아버지가 자식을 결혼시키기로 했던 약속을 지키러 온 것이다. 갈대밭에서 보르테는 옷을 다 벗고……. 테무친은 다른 곳을 보는 척하지만 마음속으로 용기백배한다. 테무친은 그날로 마을에 쳐들어가 아버지의 원수를 내쫓고 마을을 되찾는다. 테무친과 보르테는 행복한 결혼생활을 한다.

그러던 어느 날 보르테가 납치된다. 테무친의 엄마는 아버지가 납치해서 데리고 산 것이었는데, 테무친 엄마의 부족이 보르테를 납치해서 복수한 것이다. 테무친은 보르테를 찾아오려고 하나 힘이 부족해 1년 동안 다른 부족과 제휴하는 등 힘을 키운다. 1년 뒤 적을 공격해 보르테를 찾아오지만 보르테는 이미 임신한 상태였다. 테무친은 큰 충격을 받고 보르테를 멀리하며 방황한다. 테무친의 엄마가 달래지만 테무친은 말한다. 보르테는 그때 죽었어야 했다고.

보르테는 괴로워하며 죽으려고 한다. 이미 죽을 수도 있었지만 자기가 죽었다면 테무친이 지금같이 힘을 키우진 못했을 거라고, 자기는 지금 죽겠다고. 테무친의 엄마가 이를 말린다. 인생은 잔인한 거라면서.

테무친은 잡아온 여자들을 강간하는 등 방황하며 세월을 보낸다. 그러다 어느 날 부하들이 천막에 멋진 여자가 있으니 들어가보라고 한다. 들어가보니 한 여자가 칼을 입에 물고 다가오면 죽겠다고 한다. 테무친은 그 모습에 크게 감동해 그녀에게 말한다. 내가 어떻게 하면 내 여자가 되겠느냐. 그녀가 말한다. 네가 엎드려서 내 발에 입을 맞추면 너의 여자가 되겠다. 테무친은 그렇게 한다. 여자는 테무친의 여자가 된다. 그녀가 바로 테무친의 다섯째 부인 쿠란이다.

테무친은 몹시 기뻐하며 쿠란에게 많은 금은보화를 주겠다고 한다. 그러나 쿠란은 이렇게 말한다.

"그 금은보화는 모두 보르테에게 주세요. 저는 단지 백마를 타고 항상 당신 곁에 있게만 해주면 돼요."

테무친은 크게 용기를 얻는다. 그런 테무친에게 보르테가 편지를 보낸다.

"당신 에너지의 원천인 쿠란을 만나게 돼서 저는 정말 기뻐요."

테무친은 쿠란과 함께 많은 땅을 정벌하는 등 큰 성공을 거둬 칭기즈칸이 된다. 그런데 쿠란이 낳은 남자아이가 독감에 걸린다. 쿠란은 칭기즈칸에게 아이가 나을 때까지 잠시 후방에 가 있겠다고 말한다. 칭기즈칸은 아무 말도 안 한다. 그는 자신이 가장 믿는 심복에게 아이를 몰래 데려가 피난민에게 주라고 한다. 그리고 그 피난민에게 아이가 고귀한 신분임을 증명하는 귀한 증표 등을 준 뒤 그 피난민이 누구인지 알아오라고 한다.

그런데 심복이 피난민에게 아이를 데려다주고 돌아오다 적에게 죽고 만다. 그래서 아이를 누구에게 맡겼는지 알 수 없게 된다. 쿠란은 나중에 그 사실을 알고 백마를 타고 달려가 미친 듯이 피난민 무리를 뒤지지만 찾을 수가 없다. 그런 쿠란에게 칭기즈칸은 이렇게 말한다.

"네가 나를 처음 만났을 때 항상 내 곁에 있겠다고 하지 않았느냐? 그런데 아이가 태어났다고 왜 그 약속을 어기느냐? 그 아이는 어디를 가든 나의 아이로 훌륭하게 자랄 것이다."

칭기즈칸은 정벌을 계속하다 마지막에 장애물을 만났다. 절벽에서 방어하는 적들을 무너뜨리기가 쉽지 않았던 것이다. 포기하려고 할 즈음 낯익은 목소리가 들려온다.

"제가 한번 해보겠습니다."

체구도 자그마한 병사가 말을 잡아타고 절벽으로 달려간다. 그 모습에 다들 웃는다. 용맹한 병사들이 떼거리로 달려들어도 무너트리지 못한 적의 방어망을 혼자서 뚫겠다니…….

절벽에서 화살이 날아오고, 병사는 목에 화살을 맞고 말에서 굴러떨어진다. 그러고는 줄에 질질 끌려 다시 돌아온다. 가서 보니 쿠란이다. 칭기즈칸은 깜짝 놀란다. 그리고 절규한다.

"형제들이여……."

화가 난 병사들이 일치단결해 절벽의 적들을 공격한다. 결국 절벽의 방어망도 무너지고 만다. 쿠란은 이때 죽지는 않지만 결국 전쟁터에서 죽는다.

칭기즈칸은 자기 말을 글로도 보냈고, 그 글을 위배하는 자는 비록 친동생일지라도 엄하게 다스렸다. 엄마가 그렇게 엄격하다가 동료들의 신망을 잃을까 두렵다고 말할 정도로. 그러나 동료들은 칭기즈칸이 일관성이 있었기에 그를 믿고 따랐다.

칭기즈칸은 말과 글을 중시했기에 천하를 지배할 수 있었다. 말은 곧 믿음이고, 믿음으로 뭉친 부하들을 칭기즈칸은 형제로 대했다. 10만 장병이 똘똘 뭉치니 그들을 당할 자가 없었다. 이는 현대에도 마찬가지다. 믿음의 유일한 수단인 말과 글을 중시하면 사람들이 믿고 똘똘 뭉치게 되나, 말과 글을 소홀히 하면 사람들이 모이지 않아 힘을 쓸 수가 없다. 뭉치면 살고 흩어지면 죽는 것이다. 말로 사기 치는 사람들은 당장은 이득을 보는 것 같지만 장기적으로 보면 망한다. 그 이유는 아마도 사람들이, 사회가, 세상이 등을 돌려서일 것이다. 혼자 아무리 똑똑해도 집단이나 사회를 당할 수는 없는 것이다.

성공을 원하는 만큼, 잘살기를 원하는 만큼 자기 말에 믿음을 실어야 한다. 칭기즈칸은 사랑하는 여자와 아들보다 말을 더 소중히 했기에 많은 사람들의 신망을 얻고 세계를 호령할 수 있었던 것이다.

43
칭기즈칸과
말馬

난 왜 이렇게 기억력이 없지. 아침에 일어날 때마다 모든 게 낯설다. 뭐 좀 먹고 어슬렁거려도 도대체 내가 누군지 알 수가 없다. 아, 이놈의 말대가리! 아, 그렇지. 말이었지. 어, 근데 내가 왜 달리고 있지? 아, 이놈의 건망증. 지나고 나면 바로바로 잊어버리네. 근데 기분은 좋네. 어, 근데 쟤들은 왜 힘들어하지? 하나같이 입에 뭘 물고 하얀 김을 내뿜으며 기를 쓰고 달리고 있네. 뭔 일 있나?

갑자기 귀에서 요란한 소리가 들려왔다. 챙! 챙! 그리고 누군가가 내 위에 앉아 있는 게 느껴졌다. 그리고 고함이 들려왔다.

"네놈들이 인간이냐!"

"칸, 이제 그만 내려오시죠. 정상頂上에서 그만큼 누렸으면 됐습니다."

획! 획! 뭔가 살벌한 기운이 난무한다. 그렇지. 난 장수를 태우고 있었지. 근데 장수 이름이 뭐더라? 갑자기 장수가 나의 왼쪽 목덜미를 부드럽게 만졌다. 나는 화들짝 놀라 달렸다. 장수가 오른쪽 목덜미를 만졌다. 급정거했다. 자동이다. 앞에서 다섯 필의 말이 나타났다. 그 위에 앉은 사람들은 하나같이 우락부락했다.

"배신자들!"

장수가 침을 한 차례 땅에 뱉었다. 다섯 명 가운데 대장인 듯한 사람이 앞으로 나왔다.

"칸! 칸의 충성의 기준이 너무 엄격해 저희 같은 평범한 사람들은 도저히 따를 수가 없습니다. 그만큼 고생했으니 저희도 좀 편히 살고 싶습니다."

"어리석은 놈들, 천하를 통일하는 힘이 거기서 나왔거늘!"

스르렁! 칸이 칼을 뽑는 소리가 들렸다. 상대들도 칼을 뽑아 들었다.

아, 이분이 바로 대 칸이시구나. 태양이 뜨는 곳에서부터 지는 곳까지가 모두 이분 땅이라는. 그래서 대륙의 태양으로 불리는. 내 몸에서 알 수 없는 힘이 솟구쳤다. 나는 대 칸의 애마다.

"고생할 때가 좋은 거다. 편할 때보다는 바로 지금 같은 순간이 행복한 거지."

칸이 나의 왼쪽 목덜미를 만졌다. 나는 달렸다. 앞의 말들이 몰려왔다. 갑자기 눈이 부릅떠지며 뒷발로 일어나 앞발로 적들을 공격했다. 결전의 순간이다. 나는 이리 부딪치고 저리 부딪치며 신나게 싸웠다. 여기저기서 말과 군사들이 나가떨어졌다. 그러나 군사들은 계속 나타났다. 나는 칸이 이끄는 대로 좌충우돌하며 정신이 하나도 없었다. 칸이 갑자기 소리를 질렀다.

"눈 감아!"

나는 반사적으로 눈을 감았다. 칸이 나의 왼쪽 목덜미를 만졌다.

히히 히힝! 히히 히힝!

나는 힘차게 울부짖은 뒤 눈을 감은 채 무조건 앞으로 달렸다. 발이 갑자기 허하더니 어디론가 뛰어들었다. 차가운 물이 세차게 와 닿는 게 느껴졌다. 그러나 나는 아랑곳하지 않고 눈을 감고 나갔다. 칸이 뜨라고 할 때까지는 절대 안 뜬다. 뒤에서 군사들의 고함이 들렸다. 칸은 노련하게 나를 이끌었다. 발에 딱딱한 게 느껴졌다. 칸이 다시 소리를 질렀다.

"눈 떠!"

나는 번쩍 눈을 떴다. 땅이다. 아마도 계곡을 건넌 것 같았다. 나는 다시 달렸다. 칸이 내 목을 잡고 엎드렸다. 힘든가보다. 어깨에 축축한 게 느껴졌다. 엉덩이가 따끔했다. 아프다. 옆으로 화살들이 홱홱 지나갔다. 아픈 김에 더 내달렸다. 멀리서 누군가가 외치는 소리가 들려왔다.

"서라! 절대 놓치면 안 된다!"

바보들! 잡고 싶으면 아프게나 하지 말지. 아픈데 어떻게 서냐. 그러나 나는 아픈 것 이상으로 잘 뛰고 있었다. 심장에서 뭔가 알 수 없는 기운이 마구 솟았다. 갑자기 칸에 대한 깊은 사랑이 뜨겁게 떠오르며 지난 기억이 스쳐갔다.

초원을 달리던 야생마 시절, 군사들에게 생포돼 칸에게 왔는데 칸은 나를 극진히 대해주었다. 다른 말들같이 재갈도 물리지 않고 최소한의 장치만 한 채 가족처럼 대했다. 이에 질세라 나도 칸을 위해 최선을 다했다. 자갈을 물고 고삐에 따라 움직이는 어느 말보다도 칸의 의중을 헤아려 움직였다. 칸은 사람을, 아니 동물을 부릴 줄 아는 사람이었다.

어느덧 나는 칸과 말이 통하는 경지까지 다다랐다. 그래서 사람들은 나를 영통마靈通馬라고 불렀다. 칸과 영혼까지 통한다면서.

나는 마구 달렸다. 지금은 무조건 달릴 때였다. 나의 내부에서 초마超馬적인 힘이 솟구치는 게 느껴졌다. 뒤에서 사람들의 고함이 점점 멀어졌다. 정신없이 달리다보니 아픈 것보다는 숨찬 게 더 힘들었다. 나는 걸음을 멈추고 숨을 크게 몰아쉬었다. 등에서 칸이 털썩 떨어졌다. 칸은 여기저기 화살이 꽂힌 채 피투성이였다. 주위에는 아무도 없었다.

적들이 쫓아오기를 포기했나? 나는 칸 옆에 한동안 서 있었다. 죽었나? 그럼 이제 나는 어떻게 되는 거지? 나도 죽는 건가? 피로감이 몰려왔다. 하긴 힘을 많이 쓰긴 했지. 엄청 싸웠으니까. 나도 눈을 감고 쉬었다. 깜빡 잠이 드나 했는데, 어떤 소리에 깜짝 놀라 깨었다. 칸이 휘황한 보름달 아래서 소리를 지르고 있었다.

닷! 닷!

폐부肺腑를 쥐어짜는 듯한 그 음성은 내 마음을 아프게 했다. 그러나 칸은 아파하는 것 같지는 않았다. 달빛 아래서 기다란 검은 망토를 두르고 소리를 내는 모습은 평온하기까지 했다. 칸은 항상 운명에 충실해왔다. 아마 지금도 운명을 담담히 받아들이는 것이리라. 칸이 서 있는 자태는 한 폭의 그림 같았다. 왜 사람들은 저렇게 아름다운 그림을 찢으려 하는 걸까?

칸은 원칙에 입각해 천하를 통일했다. 칸의 원칙은 믿음이었다. 말을 하면 반드시 지켰다. 부하들은 그런 칸을 믿고 따랐으며 결국 천하를 통일하게 되었다. 그러나 천하를 통일한 뒤 측근들이 나태해지기 시작했다. 권력을 쥐고 나니 초심初心을 잃은 것이다. 그런 측근들에게 칸은 가혹했다. 누구를 막론하고 원칙을 어기는 자는 가혹히 처벌했다.

그러자 가신들 가운데 불만세력이 생겨났다. 천하를 통일하기 전이나 후나 별로 달라진 게 없었기 때문이다. 권력을 쥐었으니 무소부지無所不至로 휘두르고 싶은데 칸이 걸림돌이 된 것이다. 결국 그들은 칸이 사냥하는 틈을 타 암살을 기도했다.

갑자기 사방이 어두워지기 시작했다. 밝은 보름달을 새까만 둥근 게 조금씩 가리고 있었다. 조금 지나가니 달이 완전히 가려져 칠흑같이 어두워졌다. 칸이 어둠 속에서 입을 열었다.

빛을 삼키는 암흑이구나!

태양 아래 모든 것이 다 내 것이건만,

태양 아래 믿을 사람 하나 없구나.

한평생 사람들을 믿었고, 사람들에게 배신당해왔다.

그래도 대륙을 통일할 수 있었던 것은

인간에 대한 믿음을 저버리지 않았기 때문!

내 말을 지키고, 남의 말을 믿었고,

배반하는 자는 응징했다.

그래서 정상에 섰건만

마지막까지 곁에 있는 놈은 하나도 없구나.

사랑하는 여인들은 일찍 죽고, 충신들은 나를 지켜주지 못하고, 간신들만이 활개를 치는구나.

꿈을 추구할 때는 모두가 친구고 가족이었지만

꿈을 이루고 나니 배신만 늘어나는구나.

나는 정상頂上에 올랐지만 그들에게는 내가 정상이어서겠지.

정상에 오르겠다는 그들을 탓할 수는 없어.

누구나 정상을 꿈꾸니까.

하지만 끝까지 함께하는 놈 하나 없는 게 아쉽구나.

다시 주변이 밝아지기 시작했다. 보름달을 가리던 까만 둥근 것이 지나가고 다시 휘황한 보름달이 드러났다. 주변에서 부스럭거리는 소리가 들렸다. 군사들이 사방에서 활을 들고 살금살금 다가오고 있었다. 칸이 호탕하게 웃었다.

"사내로 태어나 꿈을 이루었는데 무슨 미련이 있으랴!"

칸이 칼을 빼더니 내 배를 푹 찔렀다. 극심한 고통이 배를 통해 전신으로 퍼졌다. 나는 풀썩 주저앉았다. 눈앞에서 피가 솟구쳤다. 시야가 딱딱하게 고정되며 아무 생각도 안 났다. 칸이 갑옷을 풀며 말했다.

"이제부터 너와 나는 한몸이다. 너는 이 세상에서 끝까지 내 곁을 지킨 유일한 놈이다."

칸이 배를 가르고 피를 쏟으며 나에게 쓰러졌다. 칸의 피가 내 피투성이 시야로 섞여 들어왔다. 내 큰 눈망울 앞에 장수의 두 눈이 고정됐다. 우리 위로 화살이 비 오듯 쏟아졌다.

나는 반인반마半人半馬가 돼 있었다. 어느새 주인과 한몸이 된 것이다. 내가 말인지 주인인지 구분이 되지 않았다. 칸은 약속을 지킨 것이다. 한몸이 되겠다는 약속을.

신나게 달리는데 뒤에서 누가 쫓아온다. 사람들이다. 그들이 뭐라고 절박하게 외친다. 그러나 난 인간을 믿지 않는다. 여인은 일찍 죽고, 충신은 나를 지켜주지 못하고 간신만 활보했다.

약속했으면 끝까지 지켜야지. 삶과 죽음을 넘어서. 나는 맹렬히 달렸다. 그러나 그들도 죽기 살기로 따라붙었다.

어, 이러면 안 되는데. 우리 주인님과 인간들이 닿을 수 없는 곳으로 가야 하는데. 갑자기 어깨가 근질근질하더니 날개가 불쑥 솟았다. 그들이 나에게 막 닿으려는 순간, 나는 훌쩍 날아올랐다. 저 아래서 인간들이 울부짖는 게 느껴졌다.

짜샤! 있을 때 잘하지. 니들이 주인님만 잘 지켰어도 내가 이러지 않지. 그렇게 좋으면 항상 함께했어야지.

나는 높이높이 올라갔다. 알 수 없는 힘이 나를 이끌었다. 어디로 가나 했더니 태양을 향해 가는 것이었다. 새하얀 불덩이가 눈앞에서 이글거렸지만 조금도 무섭지 않았다. 나는 대륙의 태양인 주인님과 한몸이다. 점점 뜨거워지나 싶더니 어느새 태양 안으로 들어가 있었다. 사방에 불칼이 겹겹이 둘러싸고 있어 인간은 그 누구도 들어오지 못할 것 같았다. 온갖 빛이 사방에서 몰려들어 우리를 반겼다. 고향에 다시 돌아온 것을 환영한다면서.

※ 김정일의 소설 《영혼의 방》에서 일부 내용을 발췌해 각색함.

44
유류분
청구소송

상속인은 망인 재산의 일정 비율을 확보할 수 있는 권리인 유류분권을 가집니다. 망인의 증여 및 유증으로 인하여 유류분권을 침해당한 상속인은 그 반환을 청구하는 유류분 청구소송을 할 수 있습니다.

이것은 부모님이 생전에 어떻게 했든 부모님이 돌아가신 다음 소송을 하면 내 몫을 챙길 수 있다는 얘기다. 이 유류분 청구소송 때문에 가족이 산산이 찢어지는 경우가 많다.

철구는 요즘 걱정이 태산이다. 어머니가 돌아가신 다음 벌어질 재산싸움 때문이다. 철구는 외아들이다. 부모님은 딸들에게 재산을 미리 나눠주면서 철구에게는 건물을 양도하겠다고 했다. 딸들은 이에 흔쾌히 응해 미리 재산 일부를 챙겼다. 그런데 아버지가 돌아가시고 어머니마저 임종이 가까우니 갑자기 말이 달라졌다. 누나가 말한다.

"너 어머니 유언 공증하지 마라. 저 건물을 너 혼자 다 가질 거냐?"

어머니의 유언 공증을 미리 받아놓으면 철구에게 가는 몫이 더 많아지기 때문이다. 누나는 미리 돈을 챙기지 않았느냐고 항변할까 생각도 해봤지만 들을 누나가 아니다. 그 돈은 아무도 모르는 거고 설사 밝혀져도 새 발의 피다. 무조건 법대로 하자고 할 거다. 이럴 줄 알고 철구는 평소 형제들을 멀리했는데 어머니가 돌아가시게 되자 바짝 다가오는 것이었다.

민수는 아예 형제들과 인연을 끊었다. 부모님이 돌아가시자마자 형제들이 바로 소송을 제기했기 때문이다. 부모님이 살던 작은 아파트 때문이다. 민수가 부모님을 모셨으니 그 아파트는 민수를 주겠다고 신신당부했건만, 또 다들 "의당 그래야죠" 하고 수긍했건만 돌아가시고 나니 싹 달라졌다. 형만 혼자 그 아파트를 다 가질 거냐고. 민수는 형제들이 원하는 것 이상으로 보상을 해주고는 형제들과 인연을 끊었다.

진오도 마찬가지다. 형이 부모님을 모시니 부모님 집은 형이 가지라고 동의했던 동생이 부모님이 돌아가시자마자 소송을 제기했다. 그러고는 원하는 대로 돈을 주겠다는데도 소송을 멈추지 않는다. 그 소송에 앞장서는 사람은 동생의 배우자였다.

진오의 와이프는 하도 화가 나서 동서의 뺨을 갈기기까지 했다. 결국 형제는 원수가 됐다.

이런 유류분 청구소송, 아니 부모님이 돌아가신 뒤의 재산싸움(유류분뿐만 아니라 부모님 생전에도 내가 돈을 더 많이 썼네 어쩌네 하면서 싸운다)은 형제들을 갈기갈기 찢어놓는다. 돈 앞에서는 피도 눈물도 없다. 이제 세상에 남은 것은 자기 가족밖에 없다. 형제보다는 내 가족을 위해 돈을 챙기는 게 낫다. 형제야 어쩌다 한 번 보지만 가족은 매일 보지 않는가.

이런 부모의 행태는 자식에게서 그대로 반복된다. 보고 들은 것이 돈싸움뿐인데 자식들이 다르게 클 수 있나? 가진 돈 갖고 서로 으르렁거리는 건 좋은데 문제는 그다음이다. 우리 부모 세대야 운이 좋아 집값도 오르고 땅값도 올라 재산을 모을 수 있었지만 그런 기회도 사라진 요즘, 부모님 돈 다 쓰고 나면 어떻게 될까? 그다음엔 빈곤의 시작이다. 요즘 자식들은 약아서 눈치 빠르게 아이도 안 낳고 자기만 잘살며 버티지만, 운 나쁘게 태어난 아이들은 돈도 없고 돈을 벌 줄도 모른다. 돈싸움 하는 법을 가르쳐주는 부모님은 있지만 돈 버는 법을 가르쳐주는 부모님은 없기 때문이다.

특히 돈 때문에 형제관계를 헌신짝처럼 내다버리는 걸 보고 그들의 가슴에는 관계에 대한 소홀함이 가득하다. 그러면 어떻게 될까? 빈곤의 악순환이다. 돈도 없고 돈을 벌 줄도 모르고 관계도 없고 관계도 할 줄 모르고……. 관계가 바로 돈이고, 세상이 바로 돈천지라는 것을 발견할 때쯤이면 이미 늙을 대로 늙어 아무도 그를 상대해주지 않는다.

유류분 청구소송, 다 좋은데 가족을 갈기갈기 찢어놓는 부작용만은 없애는 화끈한 제도보완이 있었으면 좋겠다. 부모님이 돌아가시기 전에는 병원비며 요양원비며 장남에게 모든 의무가 지워졌다. 그런데 부모님이 돌아가시자마자 돈만 챙기려는 작태는 법으로 어떻게 단속할 수 없나? 어쩌면 우리 조상들이 장남에게 많은 재산을 물려준 것은 관계 때문일지도 모른다. 장남이 파워가 있고 권위가 있어야 가족 간의 관계가 살기 때문이다. 돈 없는 둘째는 세상으로 나가 돈을 벌고.

장기적으로 보면 둘째가 첫째보다 돈을 더 많이 모으는 경우도 많다. 장남이야 주어진 재산을 관리만 하지만 둘째는 세상에서 무제한으로 돈을 벌어들일 수 있기 때문이다. 그래서 아직도 세계의 많은 명문가에서 장남에게 재산을 몰아주는 게 아닐까? 장남도 좋고, 차남도 좋고, 가족도 좋기에…….

45
뭘 알아야 대화하지,
자슥아!

IT 기업으로 성공한 영준은 잠시 상념에 젖었다. 아들놈이 워낙 말을 안 듣고 대화도 안 하려고 해 잠시 과거를 되짚는 중이었다.

영준이 어렸을 때, 아버지한테 야단맞던 형이 이렇게 대들었다.

"아버지, 저하고 대화 한 번 한 적 있어요?"

그러나 아버지는 "뭐라고, 이놈의 자식이" 하면서 더 때렸다. 이런 아버지를 둔 자식이면 막 나가든지 망가졌어야 하는데, 형은 열심히 성실히 잘 살았다. 형의 회사는 형을 참 좋아했고 형은 점점 더 중요한 위치까지 올라갔다. 인기도 짱이었고. 그 비결이 뭘까? 아버지는 형이 계속 대들었다면 때려죽이기라도 할 기세였는데…….

영준은 아버지한테 별로 맞지 않고 컸다. 약기도 했고 아마도 형이 맞는 걸 보면서 애당초 사랑도 대화도 요구하지 않았던 것 같다. 아버지가 귀여워한다고 막 나갔다가 호되게 혼난 적도 있었다. 어렸을 때 뭘 사달라는데 안 사줘서 영준이 자기 저금통장 갖고 은행으로 돈 찾으러 갔다가 뒈지게 혼난 적도 있다.

하루는 아버지가 엄마를 찾아오라고 해서 찾으러 나갔다가 못 찾고 돌아와 한참 맞았다. 아버지는 화내면서 고무신을 들어 영준의 등짝을 한참 힘껏 내리쳤고, 영준은 다시 엄마를 찾으러 쫓겨났다. 엄마는 저녁에 들어왔다. 잠깐 볼일을 보러 나갔던 것이다. 그러나 그런 아버지가 영준은 별로 원망스럽지 않았다. "노상 있는 일인데, 뭐" 하며. 저녁 먹을 때 아버지는 잠깐 눈길을 영준에게 줬다. 속으로 미안했을 것이다. 그러나 아버지에게서 미안하다, 잘못했다는 말은 들은 적 없었다.

그래도 아버지는 따뜻한 사람이었다. 영준이 힘들 때는 지원을 아끼지 않았다. 아버지가 아니었다면 영준은 여기까지 올라오기 힘들었을 것이다. 영준이 사기를 당했을 때 집까지 팔아 뒷받침을 해주었으니까.

영준은 아들에게 한없이 자상한 아버지였다. '아카(아빠 카드)'도 주고, 틈만 나면 대화도 하려 하고. 그런데 아들놈은 신경질만 팍팍 내면서 도대체 고마운 줄 모른다. 영준은 상념을 거두고 정신과 의사인 친구에게 전화를 걸었다.

'내 이놈한테만은 전화 안 하려고 했는데 자식문제니 체면이고 나발이고 없네.'

영준이 친구에게 "내가 아들에게 뭘 잘못했냐"고 하니 그가 이렇게 말한다.

"아들과 아예 대화를 하지 마. 부모가 자상하고 자식과 대화를 많이 나눈다고 자식 잘되는 거 아냐. 오히려 자식 망칠 수 있어."

영준은 기가 막혔다.

'이놈, 정신과 의사 오래 하더니 드디어 돈 거 아냐? 어떻게 자상한 아빠, 부모 자식의 대화를 부정적으로 볼 수 있어? 다들 화목한 가정을 최고로 치잖아. 대화 없이 화목한 가정이 가능해?'

영준이 이해가 안 된다고 하니 친구가 케이스 하나를 들려준다.

"한 고등학생이 입원을 했어. 그 아버지는 자기 아들이 정신질환에 걸린 것을 도저히 인정할 수 없었어. 자기는 직장에서 땡 하면 퇴근해 함께 저녁식사를 하며 하루에 한 시간씩 대화를 했는데, 어떻게 자식이 정신병에 걸릴 수 있냐는 거지. 그런데 내가 보기엔 그러니까 걸린 거야. 고등학교 때면 부모 중심에서 친구 중심으로 옮아가는 나이인데, 아버지가 붙들고 미주알고주알 얘기하고 있으니 미치고 환장하지 않겠어? 겉으로 표현할 수도 없고 말이지. 문제는 그 자상함과 대화야. 너도 네

아들 그냥 냅둬! 아들이 잘하고 있는 거야."

영준은 기가 막혔다. "그럼 아들을 막 때려주랴" 물었더니 그건 또 반대한다.

"자녀한테 가장 나쁜 것은 세상과 인간에 대한 공포를 심어주는 거야. 공포만큼 비효율적으로 에너지를 낭비하게 하는 것도 없어. 공포와 두려움, 경계, 피해의식, 피해망상 속에서 조금도 변화를 원치 않으면서 수십 년을 회피적·방어적으로 사는 조현병 환자한테 물은 적이 있어. 그렇게 살다가 죽을 때까지 아무 일도 일어나지 않으면 어떻게 하겠냐고. 그 환자는 그럼 참 다행이라고, 안도하면서 죽을 것 같다고 하더군. 공포는 그래서 무서운 거야. 공포가 무서운 게 아니라 공포로 인해 삶을 회피하는 게 무서운 거지. 그래서 아이들한테 폭력은 절대 안 돼. 하지만 그렇다고 아이들을 언제까지나 따뜻하게 보호하려고 해도 안 돼. 아이들은 언젠가는 세상에 나와 세상에 적응하고 세상을 헤쳐가야 하니까. 세상은 부모 품처럼 항상 따뜻하지가 않아. 세상이 차가울 때는 그 차가움을 견디고 적응하고 헤쳐갈 수 있어야 해. 그리고 솔직히 하나만 묻자. 너 뭐 아는 거 있냐? 아이들 지도할 만한 실력은 있어?"

순간, 영준은 말문이 막혔다.

'그러네. 그러고보니 내가 아는 게 별로 없네. IT 업계에서 일하지만 사실 나도 세상을 따라가기가 힘들다. 무슨 세상이 이렇게 빠른지…….'

친구가 마지막으로 일침을 놓는다.

"요즘같이 빨리 변하는 정보화 사회에서는, 또 전 세계가 열려 있는 글로벌한 세상에서는 부모 정도의 인생 경험 갖고는 자식한테 별 도움 안 돼. 괜히 자식 가르친답시고 자식 망치지 말고 너나 열심히 공부해."

전화를 끊고 잠시 멍해 있었다.

'내가 바보 천치였구나. 그런 주제에 자식을 가르친다고 덤볐으니.'

영준은 그제야 아버지를 이해할 수 있었다. 아버지도 아무것도 모르는데 "아버지, 저하고 대화 한 번 한 적 있어요?" 하고 대들었으니 매가 날아온 것이다. 아마 아버지는 형을 때리면서 속으로 이렇게 중얼거렸을 것이다.

'내가 뭘 알아야 대화를 하지, 이놈의 자슥아!'

46
내가 죽으면
그 아이는 어떻게 될까

다음은 칼 융의 어릴 때 기억이다.

> 융은 열두 살 때 어느 소년에게 한 방 맞고 쓰러졌다. 그때
> 융에게는 이제 학교에 안 가도 된다는 생각이 번개같이 스
> 쳐갔다. 그 뒤로는 학교에 가야 할 때가 오면 기절하는 일
> 이 생겼다. 그렇게 반년 이상이나 학교를 멀리했다. 그러나
> 융은 그러면서 결코 행복하지 않았고, 자기 자신으로부터
> 도피하고 있음을 어렴풋이 알았다.
> 어느 날 융은 아버지와 방문객이 나누는 이야기를 몰래 듣
> 게 되었다.
> "그래, 아들은 좀 어떤가?"
> "의사들은 어디가 나쁜지 몰라. 만일 낫지 않는다면 끔찍한

일이야. 내가 죽으면 그 아이는 어떻게 될까?"

융은 벼락을 맞은 기분이었다. 그는 조용히 빠져나와 아버지 서재로 가서 라틴어 문법책을 꺼내 공부하기 시작했다. 10분 뒤 기절발작이 있었다. 융은 의자에서 떨어질 뻔했다. 그러나 몇 분 뒤 나아져서 다시 공부를 계속했다.

'빌어먹을! 발작 따위, 다시는 일으키나 봐라.'

15분쯤 공부하자 두 번째 발작이 일어났다. 첫 번째처럼 이것도 지나갔다. 융은 끈질기게 달라붙었다. 한 30분쯤 뒤에 세 번째 발작이 일어났다. 그래도 융은 단념하지 않고 한시간 더 공부를 했다. 갑자기 그때까지보다 기분이 훨씬 더 좋아졌다. 발작은 더 이상 일어나지 않았다.

이때부터 융은 매일 문법책과 학교 노트를 가지고 공부했고, 몇 주일 뒤 다시 학교에 갔다. 모든 마술은 사라졌다. 융은 이것으로 무엇이 노이로제인지를 배웠다. 노이로제는 융을 철저히 엄격한 사람으로 만들었고, 부지런하고 성실하게 만들었다.

그러던 어느 날 융은 갑자기 자신이 안개의 장막으로부터 벗어나는 것 같은 느낌을 받았다.

"이제 알았다. 이제 나는 나 자신이다."

– 아니엘라 야훼 저, 이부영 역, 《회상, 꿈 그리고 사상》, 집문당, 2012, 43~46쪽 / 이경식 역, 《칼 융 자서전》, 범조사, 1985, 69~73쪽을 참고해 의역함.

융이 배운 노이로제란 뭘까? 아마도 융은 그때 나름대로 진화와 퇴화를 느꼈던 것 같다. 우리는 자라면서 점점 새로운 환경을 맞는다. 새로운 환경에 적응하려면 나 자신도 변해야 한다. 그게 진화고 성숙이다. 그런데 변하는 게 쉬운 일은 아니다. 기존에 잘 적응해왔던 나를 버려야 하기 때문이다.

> 내가 어렸을 때는 말하는 것이 어린아이와 같고 깨닫는 것이 어린아이와 같고 생각하는 것이 어린아이와 같다가 장성한 사람이 되어서는 어린아이의 일을 버렸노라
> – 〈고린도전서〉 13장 11절

사도 바울의 이 말처럼 크면 어린아이를 버려야 하는데 어린아이를 계속 유지하려는 사람이 있다. 부모님에게 계속 의존하려는 사람이 그렇다. 그러나 아무리 부모님 슬하가 편하고 안전하다 해도 부모님이 언제까지나 그를 지켜줄 수는 없다. 부모님도 나이가 들기 때문이다. 하기는 요즘 같은 백세시대에는 환갑 때까지도 부모님에게 의지할 수 있다. 버틸 때까지 버티는 것이다.

변하지 않고 의지하면 계속 어릴 때처럼 편하고 행복해야 할 텐데 그렇지 않다. 융이 느낀 것처럼 결코 행복하지 않다. 왜 그럴까? 본인도 알기 때문이다. 언제까지 의존할 수는 없다는 것을. 그들이 가장 두려워하는 것은 어머니의 죽음이다. 어머

니가 죽은 다음에 어떻게 살아야 할지 막막하다. 전혀 준비가 안 돼 있기 때문이다. 돈이야 어머니가 살아생전에 모아줘 어찌어찌 해결한다고 해도 삶을 해결할 길이 없다. 이제 누구에게 의지한단 말인가. 누구와 말하고, 누가 날 따뜻하게 보살펴준단 말인가.

불안하고 두렵고, 심하면 피해의식과 피해망상까지 발달한다. 그때 찾는 것이 술이고 약물이다. 술과 약물은 그런대로 불안과 두려움을 가라앉혀준다. 이를 융은 모성성에의 속박, 모성 콤플렉스의 부정적인 측면으로 보았다. 어린이가 무한히 어머니에 의지하듯 약물과 술에 의존하면서 약물중독이나 알코올중독에 빠져드는 것이다.

나이가 들 때 나이가 들려 하지 않는 것, 몸이 자랄 때 마음은 자라려고 하지 않는 것, 삶이 변할 때 자기는 변하려고 하지 않는 것! 그게 결코 행복하지도 않고 미래도 보장하지 않는다는 것을 융은 배운 것이다.

아버지의 이 한마디에.

"내가 죽으면 그 아이는 어떻게 될까?"

47
왜 화가들은
자화상을 그릴까

"거울! 거울을 볼 때마다 나는 항상 다른 사람을 보고 있는
것 같았지. 거울 속의 모습은 저다지도 맑고 자연스러운데
거울 앞의 나는 항상 짙은 구름을 품고서 헤어나지 못하고
있었어."

언젠가 쓴 희곡의 한 대목이다. 거울을 보거나 사진을 볼 때
의아할 때가 있다. 저게 나인가. 내가 예상하는 나와 너무 다른
사람이 저기에 있다. 20대 땐 나보다 아름다운 모습이, 30대 땐
나보다 강한 모습이 저기에 있었다. 왜 그럴까? 그 이유는 알
길 없지만 한 가지 분명한 것은 '나'는 나 이상이라는 것이다.
페니스도 참 신기하다. 내가 페니스를 좌우로 움직이고 싶어도
페니스는 꼼짝 않는다. 그런데 성적인 공상을 하면 섬세하게

반응한다. 아마도 쓸데없는 데는 에너지를 안 쓰고 정말 중요한 데는 확실히 에너지를 쏟는 것 같다.

그래서 어쩌면 나는 내가 아니다. 나는 그저 내 안의 또 다른 나에게 조종당하는 일부에 불과하다. 그러기에 자기 모습을 관찰하는 것은 흥미롭다. 내 모습 속에는 또 다른 나, 진정한 나의 주인이 있기 때문이다. 내가 현실에 적극적으로 나가지 않고 무기력하게 있거나 외롭게만 있는 것도 내 안의 주인은 용납하지 못한다. 그때는 환상을 일으켜서라도 나를 바쁘게 만든다. 내 안의 주인은 자기 에너지를 다 풀어내길 바라기 때문이다.

히키코모리나 자폐적인 조현병 환자들이 겉보기에는 가만있는 것 같지만 그들의 주변은 온갖 공상과 환각으로 가득 차 있다. 밖으로 나가서 열심히 살지 않는다 뿐이지 그들은 환상 속에서 열심히 살고 있는 것이다. 〈뷰티풀 마인드〉란 영화를 보면 자폐적으로 연구에만 몰두하는 존 내쉬에게 환각이 나타난다. 그 환각은 존 내쉬와 친한 친구 역할을 하며 그의 외로움을 달래주고 부족한 놀이성 등을 보충해준다.

그래서 내가 나를 아는 것이 중요하다. 내가 나를 잘 알 때 나와 내 안의 나는 힘을 합쳐 인생을 건강하게, 성공적으로 헤쳐갈 수 있기 때문이다. 자살하는 사람들은 어쩌면 내 안의 내가 겉의 나를 무릅쓰고 죽이는 것일 수도 있다. 그렇게 헛되게 희망 없이 살 바에야 차라리 같이 죽자고. 그래서 다음 생을 보자고. 자살을 원하지만 결정적인 순간에는 거두고 싶어 하는데도 손이 저절로 자기 목을 계속 매는 경우도 있을 것 같다. 자살한 어느 탤런트는 목을 맨 수건을 풀려고 그렇게 목에 생채기를 냈다지 않는가.

내 안에 있는 나는 정말 신비롭고 무서운 존재인 것 같다. 때로는 고마울 때도 있다. 위기의 순간에 잠재능력을 동원해 구해주기도 하기 때문이다. 자기 아이가 차에 깔렸을 때 차를 번쩍 드는 것 등이 그러하다. 이렇게 나는 나 이상이기에 나를 가만히 들여다보면 위로를 받을 때가 많다. 나는 무기력하지도 외롭지도 못나지도 않기 때문이다. 그래서 공주병 걸린 여자들은 거울보기를 좋아하는 것 같다. 암만 봐도 나는 내가 생각하는 이상으로, 사회에서 대접받는 이상으로 아름답고 신비하기 때문이다.

화가들은 자화상을 그린다. 아마도 그것은 아무리 들여다봐도 자신이 너무 변화무쌍하고 신비하기 때문에 한순간만이라도 붙잡으려는 몸부림이 아닐까?

48
자식을 올바르게
키워야 하는 이유

부모는 왜 자식을 올바르게 키워야 할까?

첫째는 세상에 환영받는 존재를 만들기 위해서다. 아이들은 어른들을 보고 배우며 자란다. 아이들은 열심히 일하는 아버지의 뒷모습을 보고 자란다는 말도 있다. 그런데 어른들이 이기적이고, 거짓말을 하고, 도둑질을 하고, 범죄를 저지른다면 아이들은 똑같이 배우며 자랄 것이다. 희대의 살인마 유영철이 가장 무서웠던 순간은 사람을 죽이고 간을 빼 먹을 때가 아니라 살인하고 시체를 해체할 때 전화를 걸어온 아이의 한마디였다고 한다.

"아빠 뭐해!"

부모라면 누구나 본능적으로 안다. 아이를 거짓되게 키웠다가는 세상에 발붙일 수 없다는 것을. 그런데 이기적으로 키우는 것에 대해서는 아직 반신반의하는 것 같다. 제 자식만 끼고 사는 부모들이 많기 때문이다. 그러나 그 자식이 커서 사회로 나가면 왕따를 당한다. 이기적인 사람과 함께 있으면 손해를 보니 다른 사람들이 멀리하는 것이다.

자식은 부모한테 이기적으로 사는 게 옳다고 배웠는데 왕따를 당하니 황당하다. 그래서 직장 원망, 사회 원망만 실컷 하다가 자살로 돌진한다. 세상 엿 같다면서. 그러나 세상은 그 자식이 엿 같다고 한다. 뭐 저런 놈이 다 있어? 우리가 자기를 위해 존재하는 줄 알아?

둘째는 자식의 건강을 위해서다. 인류는 오랫동안 진화를 해오면서 진실만이 가장 효율적이라는 것을 깨달았다. 그래서 우리 몸과 마음, 영혼은 진실되게 이루어졌다. 진실되게 살지 않으면 몸과 마음, 영혼이 뒤틀린다. 아내와 맞지 않아 바람만 피우다가 결국 이혼하고 잘 맞는 여자와 재혼한 남자가 말한다.

"거짓말하지 않으니까 정말 좋다. 바람피울 때는 어쩔 수 없이 거짓말을 해야 했는데, 그때는 뭔가 항상 불안하고 당당하지 못했다. 그런데 바람을 안 피우고 그래서 거짓말을 안 해도 되니 내 몸과 마음, 영혼이 다 맑아진 느낌이다."

살면서 사기를 참 많이 당했다. 그런데 사기당할 때마다 자괴감이 들곤 했다. 내가 이 돈 가치밖에 안 되나? 사기를 치면 그 사람과의 관계가 끊어지곤 하는데 그동안 형, 동생, 친구 하며 호들갑스럽게 사귀었던 관계가 결국 10만 원, 15만 원, 30만

원, 100만 원, 300만 원, 500만 원으로 가치매김하는 것이다. 사기꾼들은 큰돈을 노리지 않는다. 말은 어마어마하게 하지만 그들이 노리는 것은 푼돈이다.

There is no such thing as a free lunch. "세상에 공짜 점심은 없다"는 말이다. 사기꾼들이 가장 먼저 하는 게 밥을 사는 것이다. 밥을 먹고 가까워지면 상대가 좋아지고 행복해지고 더 나아가 자기를 믿고 고마워하기 때문이다. 그때 무언가를 요구하면 상대는 거절하기 힘들다. 이 좋은 상태, 행복을 놓치고 싶지 않기 때문이다. 그러면서 점점 사기의 늪은 깊어진다. 그래서 돈 많은 사람들은 아예 밥 먹자는 것부터 경계한다. 왜 아무 이유 없이 자기한테 밥을 사느냐는 것이다.

문명이 많이 발달했지만 세상은 아직 원시사회다. 보호구역만 벗어나면 호시탐탐 노리는, 빈틈이 있으면 어김없이 달려드는 존재가 있다. 보호구역도 안전한 것은 아니다. 좀비바이러스에라도 감염된 듯 갑자기 돌변하는 경우도 있기 때문이다. 수십 년을 사귄, 절대 그럴 리 없는 사람한테 사기를 당하는 경우도 있다. 아무리 친한 사람도 궁지에 몰리면, 욕심이 생기면 자기부터 살겠다고, 자기만 잘살겠다고 거짓을 택한다. 잠재해 있던 원시(이기적인 욕심)가 틈이 생기면 비집고 올라오는 것이다.

어떤 일본 만화에 이런 내용이 나온다. 우연히 길에서 퇴직한 상사를 만났다. 그는 너무 반가워 상사를 집에 데리고 가 따뜻이 대접했다. 그러나 상사는 대접을 받은 뒤 주머니에서 스프레이를 꺼내 그의 눈에 뿌렸다. 그가 눈을 잡고 뒹구는 사이 그 상사는 그의 지갑을 털어 달아났다. 그도 자기가 먼저 사는 길을 택한 것이다. 호의는 짧고 불확실하지만 돈은 확실하고도 길기에.

사기꾼들은 어떻게든 사람을 사귀려고 한다. 사람 하나하나가 그들에게는 월급이기 때문이다. 호구를 사귀면 크게 월급을 받을 수 있고, 자잘한 사람을 사귀면 자잘하게 월급을 받을 수 있다. 그래서 번듯한 사람이 구치소를 가면 벌떼같이 사귀자고 달려든다. 온갖 호의를 베푸는 척하면서. 하지만 그게 시작이다. 사귄 다음에는 곧 돈을 꿔달라고 하고 대개는 그걸로 끝이다.

'나만은 가치가 있으니 길게 가겠지' 하다가는 바로 뒤통수 맞는다. 사기꾼들이 내리는 견적은 그 사람이 얼마나 재산이 많고 가치가 있느냐에 달린 게 아니라 그 사람에게 당장 얼마를 꿀 수 있느냐에 달렸기 때문이다. 그들은 미래 가치를 믿지 않는다. 현찰만 밝힐 뿐이다.

그러나 사람 사귀는 게 쉬운 일은 아니다. 요즘엔 저 사람이 이상하다 싶으면, 특히 거짓말을 한다 싶으면 아예 상대를 안 한다. 사기의 역사도 길지만 사기를 방어한 역사도 길다. 사기꾼들은 밥을 사고, 상대를 칭찬하고, 돈이 나올 때까지 상대에게 딱 달라붙는 방법 등으로 접근하지만 사기 방어는 애당초 그들을 만나지 않는 걸로 차단한다. 낯선 사람은 아예 보려고도 않고, 심지어 절친한 사람이 소개를 해도 만나지 않으려고 한다. 한국에서의 소개는 선진국의 소개와는 달리 거절하지 못해 이루어지는 경우가 많기 때문이다.

동수는 선배가 어떤 칼럼니스트를 소개해줘서 선선히 만났다. 그는 동수에 대한 기사를 실어주겠다며 인터뷰를 하고 10만 원 정도의 돈을 요구했다. 사진기자 등 수고한 사람들에게 짜장면이라도 사줘야 한다는 것이다. 동수는 선선히 응낙했다. 10만 원 정도야 뭐.

기사가 나간 뒤 그는 다른 사람을 소개해주길 바랐다. 동수는 절친한 사업가에게 연락했지만 그는 이 핑계 저 핑계 대며 거절했다. 저놈이 왜 저러지? 의아해했는데 결국 그 친구의 판단이 맞았다. 동수는 그 칼럼니스트에게 다시 돈을 뜯겼기 때문이다.

그 칼럼니스트의 말은 화려했지만 실천은 없었다. 동수가 기막혀하자 그를 소개한 선배가 미안해하며 선물을 보냈다. 그 칼럼니스트는 다른 데서도 사기를 친다는 말이 들려왔다.

세월이 흐른 어느 날, 동수는 그 칼럼니스트의 부고장을 받았다. 그러나 가지 않았다. '장례식장에 갔다가 또 무슨 사기를 당하려고? 사기꾼은 죽어서도 사기를 치는 거 아냐?' 하는 심정까지는 아니었지만, 그냥 가기 싫었다. 생각하면 그가 불쌍하기도 했다. 그도 보증을 섰다가 다 날렸다고 했다.

사기는 사기를 만든다. 당한 사람은 자기도 사기를 쳐서 복구하고 싶어한다. 그러나 사기는 아무나 치는 게 아니다. 잘못 사기에 뛰어들었다가는 돈도 못 벌고 몸만 상한다.

　세상이 아무리 살벌하다고 해도 원시상태에 머무를 수는 없다. 그래도 문명보호구역으로 들어가야 제대로 안전하고 멋진 삶을 살 수 있다. 자식들이 건강하고 행복한 삶을 살기를 바란다면 자식을 정직하고 타인을 배려하는 사람으로 키워야 할 것이다. 이것은 선택이 아니라 필수다. 문명의 혜택을 받기 위해서는 반드시 있어야 하는.

좀머 씨는 하루 종일 뭔가에 쫓기듯 줄기차게 걸어 다닌다. 어느 여름날 오후 아버지가 운전하는 차를 타고 집에 가던 길, 엄청난 폭우에 이어 흰 공 크기의 우박이 쏟아지며 기온이 급강하하던 날이다. 아버지와 나의 눈에 비를 쫄딱 맞고 지팡이를 우스꽝스럽게 휘적대며 걷는 좀머 씨가 들어왔다. 아버지는 빠르게 걷는 좀머 씨 옆으로 차를 붙여 몰며 차창을 내리고 그를 불렀다. 물론 그는 못 들은 척 걷기만 했다.

"몸이 흠뻑 젖었잖아요. 그러다 죽겠어요!"

'그러다 죽겠어요!' 다른 말은 들은 척도 하지 않던 좀머 씨가 이 한마디에 우뚝 멈춰 섰다. 그 말 때문에 몸이 빳빳하게 굳어진 듯했다. 빗물로 범벅이 된 얼굴, 반쯤 벌린 입과 공포에 질린 커다란 눈동자. 그는 오른손에 쥐었던 호두나무 지팡이를 다른 손으로 옮겨 쥐더니만 여러 번 땅을 내려치면서 크고 분명한 어조로 말했다.

"그러니 나를 좀 제발 그냥 놔두시오!"

파트리크 쥐스킨트가 쓴 《좀머 씨 이야기》(유혜자 역, 열린책들, 1999년)의 일부 내용이다. 결국 그는 스스로 물속으로 걸어 들어가 죽는다. 좀머 씨는 왜 하루 종일 바쁘게 걷다가 결국에는 죽어야 했을까? 아마도 그가 보는 세상이 남들이 보는 세상과 달랐기 때문일 것이다. 그의 세상은 그를 절박하게 쫓아다녔을 것이다. 스스로 죽음을 선택할 만큼.

우리는 현실을 다 똑같이 보는 것 같지만 사실은 다 다르게 본다. 그 이유는 우리는 현실을 있는 그대로 보는 게 아니라 각자에 맞게 편집해서 보기 때문이다. 뇌과학자인 카이스트의 김대식 교수는 이렇게 말한다.

* 현실을 지각한다는 것은 뇌의 해석이다.
* 있는 그대로 세상을 보는 것은 불가능하다. 망막에서 관찰되는 것은 광자들의 확률분포밖에 없다.
* 뇌과학적인 입장에서 보면 인지하는 것의 대부분이 착시 현상이다. 감각기관의 정보에 뇌의 해석이 더해졌기 때문이다.
* 다시 말해 우리 눈에 보이는 세상은 인풋input이 아니고 아웃풋output이다. 지금 우리는 아웃풋을 보고 있는 것이고 아웃풋 자체가 뇌의 계산 결과물이다. 그래서 뇌가 다르면 다른 결과가 나온다.
– SBS CNBC 〈인문학특강〉 시즌 3 '뷰티풀라이프' 2회 중에서

또 〈다운 더 래빗 홀Down the rabbit hall〉이란 영화에도 이런 대사가 나온다.

> 눈은 어떤 면에서는 캠코더라고 할 수도 있습니다. 왜냐하면 눈은 단지 정보를 받아들이고 저장할 뿐이기 때문입니다. 그러한 정보를 실제로 조합하기 전까지는 아무 의미도 지니지 못합니다. 그래서 여러분의 삶과 세상의 의미에 대한 영화를 조합하려면 모든 것을 실제로 조합하는 편집자의 책상 같은 것이 필요하다는 것입니다.
> 결국 현실이라는 것은 그 사람이 종종 그것을 어떻게 인식하느냐에 따라 달라집니다. 사람들이 실제로 생각하는 것이 그 사람들이 살아가는 실질적인 현실이 되는 것이죠.

즉, 우리 생각이 현실을 창조하고 그 현실을 살아가고 있다는 것이다. 문자 그대로 일체유심조一切唯心造다. 그럼에도 불구하고 우리는 같은 세상에 살고 있다고 생각한다. 그것은 우리가 비슷한 경험을 하고 비슷한 생각을 하기 때문이다. 비슷한 교육을 받고 서로의 생각을 주고받으며 사회적으로 공통화시키기 때문에 우리는 같은 세상을 본다.

그런데 만일 어떤 사람이 비슷한 경험도 하지 않고 비슷한 교육도 받지 않으며 자기 생각에 독단적으로 사로잡힌다면 그는 전혀 다른 세상을 살 수 있다. 그 삶이 사회적으로 도움이 될 때는 창조적·감성적인 사람으로 대우받겠지만, 그렇지 않을 때는 좀머 씨처럼 홀로 살든지 아니면 사회질서를 어지럽힌 행위로 처단을 받는다.

요즘 '묻지마 범죄'가 기승을 부리고 있다. 그 범죄를 저지른 사람들은 하나같이 비사회적이다. 그들은 사회와 동떨어진 상태에서 자기만이 창조한 세상에서 살고 있다. '묻지마 범죄'의 특징은 반성도 죄책감도 없다는 것이다. 어쩌면 그들의 '자기 세상'에서는 당연한 반응일 수도 있다. '강남역 묻지마 살인사건' 범인의 경우, 사회적으로는 아무도 그를 무시하거나 피해를 주지 않았지만 자기 세상에서는 무시당하고 피해를 받았다. 그는 프로파일러들의 분석심문 과정에서도 "지하철에서 여성들이 내 어깨를 치고 지나간다", "여자들이 내 앞에서 일부러 천천히 가서 나를 지각하게 만든다"는 등의 발언을 한 것으로 알려졌다.

자기만의 삶은 위험하다. 우리 마음은 무의식이 떠올라 의식화하면서 성숙하게 되는데, 그 의식화를 돕는 것이 사회고 문명이다. 무의식 속에는 오랜 원시본능이 응축돼 있어서 그것이 떠오를 때 사회적으로 잘 소화하지 않으면 독단적으로 튀어나오게 된다. 이것은 개인이 감당할 수 없다. 워낙 에너지가 강하기 때문이다. 에너지는 엔트로피법칙에 따라 자유로워지려고 하는데 무의식(원시) 에너지의 자유로움은 사회를 초월한다. 또 그 에너지에 사로잡히면 자기 팽창self-inflation이 되면서 자기가 위대한 인물이 된 것처럼 착각한다.

영화 〈뷰티풀 마인드〉에서 존 내쉬는 자기가 세상을 구원한다는 환각에 빠지면서 아내와 아기까지 죽이려고 한다. 뒷날 노벨경제학상을 받을 정도로 우수한 두뇌의 소유자도 무의식이 만든 세상을 감당하지 못한 것이다. 살아 있는 에너지인 무의식의 에너지는 목적(무한한 자유로움)을 관철하기 위해 그를 과대망상으로 이끌어 결국 스스로 폭발하게 만든다. 정신병이나 죽음으로. 정신의학자 알프레드 아들러Alfred Adler는 이를 '과보상'으로 설명한다. 사람은 누구나 열등할 수밖에 없는데, 그것을 사회적인 가치추구를 통해 극복하려는 것이 아니라 혼자 이기적인 방향으로 보상(과보상)하려고 할 때 현실과 동떨어진 환상적 방향으로 가 굳어지면서 정신병을 일으킨다는 것이다.

이런 자기만의 미친 삶이 우리 사회에서 점점 늘어나고 있다. 우리 사회가 경제성장에 치중하면서 관계중심에서 이익중심으로 많이 바뀌었기 때문이다. 관계를 소홀히 하고 이익에 치중하면 세상을 사회적인 시각으로 보는 것이 아니라 계산적인 시각으로 보게 된다. 그 시각은 사회와 극심한 차이 및 충돌을 빚어내 개인적으로는 적응장애, 대인공포, 사회공포, 은둔형 외톨이, 우울증, 자살 등으로 이어질 수 있고 대외적으로는 파렴치한 이기주의나 '묻지마 범죄'로 터질 수 있다. 그들은 자기들의 세상에서는 당연한 선택을 한 것일 수도 있다. 그들은 자신들이 보는 세상에서 실제로 그렇게 보고 듣고 느끼면서 최선을 선택한 것이기 때문이다. 그러나 그 선택은 사회적 관점에서는 전혀 엉뚱하고 위험한 것일 수 있다.

아들러는 인간의 열등감은 반드시 공동체를 통해 극복해야 하며 혼자서는 절대 극복하지 못한다고 했다. 인간은 인간관계를 떠나서는 존재할 수 없다. 그래서 어릴 때부터 공동체의 일원으로 자기를 키워서 공동체를 위해 기여하고 사회적으로 기여하도록 해야 한다는 것이다. 남을 사랑할 수 있게끔, 일을 하더라도 공동체를 위해 할 수 있게끔 해야 한다는 것이다. 그러면 사람은 자기 안에서 떠오르는 강한 에너지를 승화시킬 수 있다. 수많은 사람들에게 자기 에너지를 나눠주고 나눠받으며 사랑과 행복, 재미로 자유로울 수 있다.

드라마 〈욱씨남정기〉에서 양부장(주호 분)의 질문에 욱다정(이요원 분)은 이렇게 답한다.

양부장 : 뭡니까? 왜 다들 손해 볼 짓을 하면서까지 저렇게들 좋아합니까?

욱다정 : 온갖 산해진미로 차려놓은 밥상, 혼자 먹으면 맛있습니까?

양부장 : 네?

욱다정 : 아님 맨밥에 김치뿐이더라도 다 같이 먹는 게 맛있습니까? 양부장은 어떤 게 더 행복한 사람입니까?

– tvN 〈욱씨남정기〉 15회 중에서

지금 우리 사회는 아들러가 말하는 정신건강과는 거꾸로 진행되고 있다. 공동체감보다는 이익에 급급하기 때문이다. 그러다보니 사회와는 동떨어진 자기만의 세계에 사로잡혀 이기적 · 파괴적으로 사는 사람들이 늘고 있다. 그들은 사회가 존속하는 한 반드시 망한다. 사회는 개인을 위해서 존재하는 것이 아니라 모두를 위해 존재하기 때문이다. 행복하고 건강한 삶을 살려면 사회적 시각이 반드시 필요하다.

아들러는 어린 시절의 교육도 많이 강조했다. 어린 시절의 용기, 사회, 가족, 부모와의 결속감, 신뢰감이 중요하고 이것이 충족되지 않을 때 문제가 생긴다고 했다. 즉, 개인은 공동체를 떠나서는 아무것도 될 수 없고, 공동체에서 인정받을 때 안정감이 있으며, 사회적 가치추구를 통해 자기실현을 해야 한다는 것이다.

우리 사회에는 특히 아들러 심리학이 필요하다는 말이 많이 들려온다. 그만큼 사회성 결여가 심각한 수준이기 때문일 것이다. 이제 나나 당신이나 자식이나 부모나 사회성을 키우는 노력을 게을리해서는 안 된다. 또 자기만의 '자폐적인 세계preoccupation to his own autistic world'에 사로잡혀 있는 사람들을 사회로 끄집어내야 한다. 그들을 방치할 경우 점점 더 심각한 시한폭탄이 될 것이기 때문이다.

그들을 사회로 나오게 하는 데 가장 중요한 것은 따뜻한 말 한마디다. 그들은 세상에 대한 상처, 두려움 때문에 자기만의 세계로 도피한 사람들이기 때문이다. 따뜻한 말 한마디는 그들을 추운 지옥에서 끄집어낼 수 있는 한 가닥의 거미줄이 될 것이다. 가늘지만 아주 단단하고 끈끈한.

－《성공으로 이끄는 따뜻한 말 한마디》 부모자식편에 이어
《사랑으로 이끄는 따뜻한 말 한마디》 연인부부편이 이어집니다.

성공으로 이끄는 따뜻한 말 한마디

지은이 | 김정일
발행처 | 도서출판 평단
발행인 | 최석두

신고번호 | 제2015-000132호
신고연월일 | 1988년 07월 06일

초판 1쇄 | 2016년 06월 23일
초판 2쇄 | 2016년 06월 29일

우편번호 | 10594
주소 | 경기도 고양시 덕양구 통일로 140(동산동 376) 삼송테크노밸리 A동 351호
전화번호 | (02)325-8144(代)
팩스번호 | (02)325-8143
이메일 | pyongdan@daum.net

ISBN | 978-89-7343-441-1 03810

값 · 15,000원

이 도서의 국립중앙도서관 출판시 도서목록(CIP)은
서지정보유통지원시스템 홈페이지(http://seoji.nl.go.kr)와
국가자료 공동목록시스템(http://www.nl.go.kr/kolisnet)에서
이용하실 수 있습니다.
(CIP제어번호 : CIP2016013584)